有華人的地方就有
龍人的作品

笑破蒼穹

2 世事如棋

龍人 策劃／易刀◎著

故事背景

大荒紀年。天鵬王朝。

大鵬王死後不到三年，古蘭叛亂。後五年，大荒群賊蜂起。

天泰帝繼位後，勵精圖治，平定大荒局勢。後來繼位數帝，窮奢極欲，民怨載道。

景河繼位，雖欲中興天鵬，但帝國積弱已久，又逢天災連連，盜王陳不風登高一呼，

大荒亂賊四起。

大荒三六六一年，天鵬瑞吉十年，陳不風率奇兵攻破大都，天鵬帝國宣告滅亡。

次日，河東慕容無雙起兵，誓言復鵬，天下群雄紛起響應。

大荒史上，一個延綿兩百多年的戰國亂世就此拉開了序幕。

笑傲小辭典

＊雪夜三戰——意指雪夜中的三場重要比鬥：一是無情門門主柳青青和劍神傳人葉十一的決鬥；二是大仙慕容軒和冥神獨孤千秋二人的交手；第三戰則是兩個武術雙修者龍吟霄和李無憂之間的比鬥。堪稱江湖上最具代表性的三場大戰。

＊雪滿京華——大荒三八六五年五月初一的夜晚，五萬黃州軍展開一場發洩式的大屠殺，士兵們在殺盡九千心驚膽戰的城守軍後，闖入民宅瘋狂地屠殺，血腥和殺氣直沖霄漢，夏夜裡竟然破天荒地下起了鵝毛大雪。

＊三王之亂——靈王假借協助城防之名，夥同常飛和百里溪陰謀造反，派出殺手金毛獅王將四皇子珉王殺死；但他自己也被平叛的九皇子靖王所殺。

＊三兔收雙士——慕容幽蘭以三個有關兔子的問題輕鬆地將盤龍寨老大韓天貓收服的故事。

＊七大封印——創世之初，天地間妖魔叢生，危害蒼生，創世神親自降妖伏魔，盡收世間窮兇極惡的妖魔。但就在他要誅殺最後七隻魔獸時，發生了元神分離的意外，在他分離成五大主神前，分別將這七大魔獸封印在縹緲大陸的七個地方。

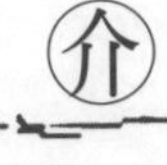

人物簡介

◎驚世帝王榜

＊大鵬王忽必烈——

天鵬王朝開國之君。駕崩後，帝國即陷入動盪不安的局勢。

＊景河——

天鵬王朝亡國之君。本欲東山再起，卻時不我予，只能抱憾以終。

＊陳不風——

人稱「盜王」，義軍首領。亦為造成天鵬王朝亡國之人。具有木水二性的金風玉露神功，打遍天下無敵手；與「大荒四奇」齊名。

＊慕容無雙——

風州王。天鵬瑞吉十年，陳不風率奇兵攻破大都，天鵬帝國宣告滅亡，慕容無雙起兵復鵬，率八十萬大軍與陳不風決戰於天河。

＊楚劍——

黃州王。巧用火燒連城之計，打下了蒼瀾十四州和崑崙三郡，建立新楚國。

＊珉王——

楚國四皇子。玉樹臨風，具有讓人臣服的帝王之相。文武雙全，一身武藝出自禪林無相禪師門下，一套般若神掌於京城罕逢敵手。

＊靈王——

楚國大皇子。年約四十，身形粗壯，雙手過膝，環眼圓睜，狀似鄉下農夫，與珉王氣度截然不同。頗具野心。

＊靖王——

楚國九皇子。三王之亂後獨霸一方。因鍾情慕容幽蘭，而與李無憂成情敵關係。

＊楚問——

楚國當今皇帝，號稱「龍帝」。對李無憂青眼有加，屢屢賜封李無憂爵位及各種恩賞。

＊蕭如故——

蕭國皇帝。統領煙雲十八州。弱冠之年即削平叛亂，一統蕭國。絕世用兵天才。

◎異界英雄榜

＊李無憂——
如彗星般崛起的傳奇人物，五行齊備的千年奇才。人稱「大荒雷神」。原是市井無賴，絕處逢生時誤食五彩龍鯉，更得隱世高人傳藝，從此使他脫胎換骨，逐漸步上至尊之路。

＊龍吟霄——
禪林寺弟子。武術雙修，小仙級法術高手。正氣譜十大高手中排名第九。

＊柳隨風——
江南四大淫俠之首。身具獨門絕技「如柳隨風」。與寒山碧為生平摯友。

＊蘇慕白——
昔年江湖第一風流才俊。十二歲就做到新楚宰相。著有膾炙人口、傳頌一時的《淫賊論》。

＊文治——
正氣盟盟主文九淵的獨子，年僅十九，已官居平羅國的正氣侯。正氣譜排名第十九

位。與李無憂比武後，甘願拜李爲師。

＊謝驚鴻——

人稱「劍神」。天下公認當世第一高手，胸懷俠義，重然諾，輕錢財。

＊慕容軒——

當世四大世家之一慕容世家的家主，慕容幽蘭之父。大荒三仙之一。十大高手排名第六。屬大仙級的法師。

＊司馬青衫——

新楚國右丞相，最大特點是好色如命。看似毫無鋒芒、才能平庸，卻被柳隨風認爲是心中第一英雄。

＊獨孤羽——

有「邪羽」之稱，地獄門弟子。名列妖魔榜第十。冥神獨孤千秋的嫡傳弟子。

＊任獨行——

擁有「劍魔」之稱。天魔門弟子。名列妖魔榜第十一。

＊獨孤千秋——

地獄門門主，有「冥神」之稱。其兄獨孤百年爲蕭國國師。

人物簡介

＊宋子瞻——

妖魔榜排名第一的神秘人物。

＊吳明鏡——

有「大荒第一刀」之稱。

＊厲笑天——

有「刀狂」之稱。與劍神謝驚鴻齊名。正氣譜排名第二。

＊東海葉十一——

謝驚鴻的入室弟子。其貌不揚，卻有驚人氣勢。

＊金毛獅王——

完全魔化的絕代凶人，靈王的殺手。刀槍不入。

＊文公達——

是正氣盟的三大長老之一，法力極其高強。

＊古圓——

文殊洞主持，人稱「封狼小活佛」。

◎絕色美人榜

＊寒山碧——

風華絕代、國色天香。武術雙修，人稱「長髮流雲，白裙飄雪」。邪羅剎上官三娘的弟子，行事極為狠辣。江湖十大美女中排名第三。妖魔榜排名第九。

＊程素衣——

菊齋傳人。人稱「素衣竹簫，仙子凌波」，江湖十大美女中排名第一。正氣譜排名第十。

＊諸葛小嫣——

玄宗門掌門諸葛瞻的獨女。人稱「一笑嫣然，萬花羞落」，江湖十大美女中排名第二。身懷玄宗法術之外，更自創獨門法術「彈指紅顏」。正氣譜上排名十五。

＊師蝶舞——

人稱「蝶舞翩翩，落霞秋水」，江湖十大美女中排名第五；正氣譜上排名第二十。一身「落霞秋水」劍法極是了得。

人物簡介

＊慕容幽蘭——

十大美女排名第六。胭脂馬和火雲裳爲其獨門標誌。其父即正氣譜十大高手排名第六的慕容軒，法術獲其父真傳。與李無憂一見鍾情。

＊唐思——

大荒四大刺客組織之一「金風雨露樓」排名第一的刺客，從無失手的記錄。妖魔榜排名第十四。與慕容幽蘭互爲表姐妹。

＊朱盼盼——

人稱「羽衣煙霞，顧盼留香」；十大美女排名第七。

＊劉冰蓮——

柳隨風對其曾有救命之恩，因之與柳展開一段情緣。

＊芸紫——

天鷹國的三公主，有「天鷹第一才女」之稱。性喜遊歷，常年輾轉於大荒諸國，豔名亦播於四海。

＊柳青青——

妖魔榜排名第四。無情門門主。有「妖蝶」之稱。

＊石依依——

超萌正妹，石枯榮之妹。爲了行動方便，在無憂軍團中變身成粗聲粗氣的壯漢謝石。

＊秦江月——

絕世美女。憑欄關外庫巢的守將，有「玉燕子」之稱。

人物簡介

◎超級仙人榜

＊諸葛浮雲——
道號青虛子。玄宗創始人。已兩百多歲。與禪僧菩葉、真儒文載道、倩女紅袖並稱「大荒四奇」，李無憂的結拜大哥。水滴石穿爲其獨門法術。

＊菩葉——
異界禪門的得道高僧。李無憂的結拜二哥。

＊文載道——
正氣門的創始人。也是李無憂的結拜三哥。獨門武功爲天雷神掌。

＊紅袖——
貌美無雙，聰慧過人。李無憂的結拜四姐。

＊無塵大師——
禪林寺羅漢堂首座。雲海的關門弟子，禪林掌門虛心的師叔。已年過八十，看來卻只有二十五六歲面貌。

＊黑白狗仙——

分叫黑石、白石。受大鵬神之命，守護進入九淵的第一門戶藍帶河。

＊莊夢蝶——

曾一人獨對三千高手，折劍而還，毫髮無損；與若蝶有過一段孽緣。

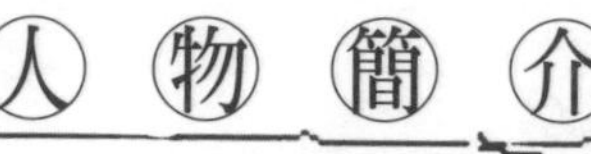

人物簡介

◎奇人異士榜

＊張承宗——

楚國斷州軍團最高統帥。

＊王天——

憑欄關守關元帥。用兵如神，人稱「軍神」。

＊張龍、趙虎——

楚國斷州城大將。後爲李無憂吸收，納爲手下。

＊段治——

善於製鐵的奇人，後追隨李無憂，忠心不貳。

＊朱富——

既無資歷又不懂兵法、不會武功，卻被李無憂任爲航州參將。

＊百里溪——

楚軍梧州統帥。

＊秦鳳雛——

楚軍梧州六品游擊將軍，卻幫助李無憂將百里溪殺死。

＊常飛——

楚軍大將。剛愎自用，靈王的人馬。

＊谷風——

珊州總督。

＊勞署——

珊州參將，後加入無憂軍團。

＊韓天貓——

盤龍寨山寨老大，法力高強。妖魔榜上排名第九十三。

＊石枯榮——

潼關總督。其妹石依依爲絕色美女。

＊耿雲天——

楚國太師。以小氣出名，實則城府極深，爲靈王人馬。

＊王戰、王猛、王紳、王定——

結義兄弟，土門四大戰將。軍神王天手下。

＊馬大刀——

土匪頭子。以「除奸黨，靖敵寇」的旗號揭竿而起，起義暴動。

目錄

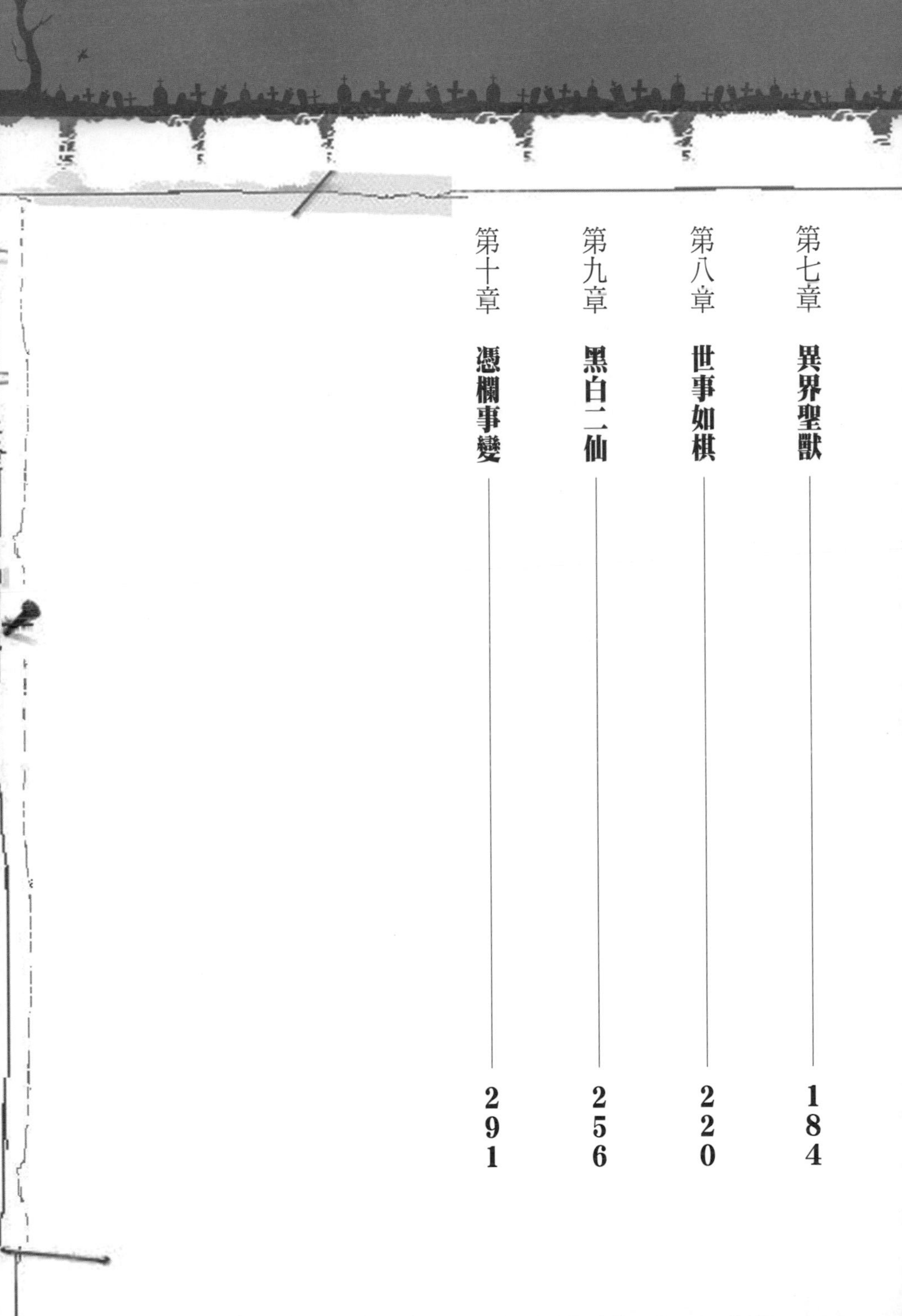

第一章　武林大會

一刻鐘後，鳳儀樓。

李無憂飲盡杯中的美酒，對吳明鏡笑道：「吳大哥可覺得這件事是不是比上刀山下油鍋還難？」

吳明鏡邊抓起碗狂灌，邊使勁點頭道：「嗯，恩公救了我的性命，本該是我請你喝酒才對，但恩公你卻堅持要付賬，這確實比讓我上刀山下油鍋還要難受啊！」

「那是當然了，也不看是誰想出的妙計！」李無憂道大笑道，「對了，吳大哥，你當我是朋友，就別再叫我恩公，我叫李無憂，你叫我無憂就可以了。」

「啊！您就是憑一人之力，大敗三國聯軍的大英雄李無憂啊？」吳明鏡張大的口足以容下一個雞蛋，臉上的崇拜簡直可以說是虔誠。

「真是越傳越離譜，老子什麼時候又成了大敗三國聯軍的人英雄了？」李無憂苦笑著搖頭。

「不是啊？可我們那兒都這麼說的！」吳明鏡不解道。

李無憂擺了擺手：「不說這個，對了吳大哥，你剛才施展的那幾招刀法玄妙莫測，已達返璞歸真的境界，可是傳自刀狂厲笑天的殺天九刀？」

「刀狂厲笑天？」吳明鏡皺了皺眉，「這個人我今天是第一次聽說。」

李無憂詫異道：「你號稱大荒第一刀，竟沒聽過刀狂厲笑天的名字？」

「沒聽過就是沒聽過，這有什麼好奇怪的？」吳明鏡一副理所當然的樣子，「你要是像我一樣每天在梧州城裏賣豬肉，會知道什麼刀狂刀瘋的？」

李無憂恍然——原來眼前這人是位一直隱居市井的奇人，難怪名不顯於江湖，但他忽然又想起一事：「咦！不對啊！吳大哥你既然隱居市井，怎麼得了個『大荒第一刀』的雅號呢？」

「哦！這是因爲老子已經不用秤了！」吳明鏡說到自己得意之事，口氣立時大了起來，面上也得意揚揚。

「這個……和大荒第一刀又有什麼關係？」李無憂大奇。

「因爲我殺豬的刀法又快又準，宰肉剔骨從來不會多斤少兩，早達到了絕不用秤的地步，黃州城裏哪個不知道？所以有人就稱老子爲『大荒第一殺豬刀』，我嫌『殺豬刀』不

好聽，他們就將『殺豬』二字去掉，改稱『人荒第一刀』了。」

……

「什麼？你說那東西是一封梧州軍元帥百里溪造反的密函？」當李無憂聽吳明鏡說剛才獨孤羽費盡心機想得到的東西並不是金銀珠寶或者藏寶圖什麼的，不禁微微有些失望。

「對！這點我願意用人格擔保。」吳明鏡看伯爵大人幾乎想打哈欠，只以為他不相信自己的話，忙拍著胸口保證。可惜他如果知道面前這位伯爵大人對所謂人格啊發誓什麼的全當放屁的話，就不會有這樣的舉動了。

李無憂看他說得認真，而之前獨孤羽也確實是來找那密函，心頭也不由狐疑起來：「百里溪憑什麼造反？梧州軍團和斷州、柳州兩軍團是互為犄角，他若造反，張承宗和王天這位絕代名將還不立刻就將他剿滅了？難道他還敢引西琦人入關？這樣做好像沒有道理吧？再者，靈王的勢力現在朝中佔據優勢，這個時候他為何要冒險用武力奪位？」忙問道：「密函呢？給我看看。」

吳明鏡微一猶豫，卻見到面前這少年真摯的笑容，恍惚間竟覺得這少年比自己老娘還要值得信任，便遞了過去。直到很久以後，他才知道自己是受了李無憂精神力的影響。

密函很短，僅僅有一行：

將軍，我託付你做的事可以開始了。

沒有收信人的稱呼也沒有署名，想來是寫信的人和接信人彼此很熟悉，而且也都非常有信心這封信會安全送到。

李無憂皺眉看了幾遍，問吳明鏡道：「你怎麼知道這是一封反信？」

一直酷得像頭犀牛的吳明鏡竟忸怩起來，古銅色的臉上竟微微有些發紅。

李無憂見此大笑道：「是不是有什麼英雄氣短，兒女情長的故事？」

吳明鏡點頭，說出事情的原委來。

吳明鏡和他的祖輩一樣都是梧州城裏的知名屠夫，生活本來一平如水。但不知道是不是因爲吳明鏡的父親超生群豬所積的陰德太多，在半月之前，吳明鏡很巧的在某次廟會上，邂逅了百里溪最寵愛的七夫人小如，兩個風馬牛不相干的人竟然一見傾心，當即就在某個無人的角落做出了那種事（李無憂：汗！你們還真不是一般的敢！），之後二人頻頻在此相會，但有一天小如沒有來，燃起愛之烈火的屠夫居然裝扮成下人混進了元帥府（李無憂：元帥府的治安也真夠差的了），但很不巧他進錯了房間，正要離開，卻聽到腳步聲，忙躲到床罩後，接著就有百里溪和一個神秘的黑衣人走了進來，當即就讓吳明鏡聽到了那人讓百里溪提兵回京城造反的事。

在強烈的愛國主義精神的感召下，偉大的愛國屠夫出手搶信，然後逃出梧州，踏上了遠來京都的迢迢路程。

一路上，他憑藉著驚人的刀法躲過了無數殺手的包圍，但在固州的時候，他遇到了獨孤羽的追殺，他一刀逼退後者的追殺後，掉頭就跑，但不知為何獨孤羽卻一直沒有追上自己（**李無憂：笨蛋，你輕功雖然不會，但內力那麼好，不要命地狂奔，又有幾個人能追上你？**），直到航州城外，才又被追上。

聽完吳明鏡的敘述，李無憂陷入了沉思：

「原來白里溪是要明目張膽地提兵回航州，對了，皇上半月前下旨讓我們進京的時候，同時也下旨除王天外的另外三大軍團的元帥也回京敘職，算上他們領的五千親兵所延緩的速度，現在他們的人應該已經到了百里之外的巨鹿郡範圍了。嗯，不對，大皇子既然要造反，百里溪所領的就絕對不止五千，但為了掩人耳目，應該是有……五萬人，黃州的常飛也至少帶了五萬人馬，加起來就該是十萬。嘿嘿！航州的城防軍是三萬，禁軍也是三萬，即便是戍守長城的崑崙軍團的趙符智帶回來的五千人不被滅掉的話，也是六萬對十萬，而且百里溪一方都是久經沙場的老兵，城頭的守軍和禁軍卻都是養尊處優已久，加上有心算無心，這場仗不用打也知道誰贏了……但你們好像少算了我李無憂，嘿嘿。」

「伯……無憂，這封信可以定百里溪的罪嗎？」吳明鏡看他笑得那麼詭異，不禁打了個冷顫。

李無憂搖了搖頭：「不行。寫這封信的人太精明了，沒有留下任何把柄。」

「啊？這……那可怎麼辦？」

李無憂道：「不能定罪，又何必一定要定罪？明天之後，他還能不能活下來還是個問題呢！」

「但……萬一他活了下來呢？」吳明鏡不解道。

「那，就該他定我們的罪了。」李無憂淡淡道。

養心殿在正大光明殿的後方，是皇帝起居的地方。

李無憂踏進殿門的時候，楚問正手裏拿著一隻綢帶編成的紅蝴蝶，輕輕地嘆了口氣，見他躬身要跪，揮了揮手道：「這裏沒有外人，不用多禮。」

李無憂便拱手作禮，站直了身體。

「無憂，你知道不知道怎麼才算是喜歡一個人？」楚問似乎滿腹心事。

李無憂不防他有此一問，沉吟半晌才道：「別人臣不知道，但就臣自己來說，我若真心喜歡一個女子時，就會敬她愛她，斷不會因爲她是女子就輕賤於她。讚美她的優點，寬容她的缺點，希望每一刻她都能幸福。答應過她的事，我一定會盡力完成……嗯，暫時就只想到這麼多了。」

「敬她……愛她，斷不會因爲她是女子就輕賤於她……答應過她的事，一定會盡力完成……我當時若是明白這個道理，又怎麼會……」楚問百感交集。

「皇上？」

「我沒事！無憂啊，這麼晚了，還來找朕，有什麼要事嗎？」

「皇上，臣有一個問題，不知道當問不當問。」

「赦你無罪。講！」

「不知在陛下心中，誰才是太子人選？」

「爲什麼忽然問這個問題？」楚問的雙眼忽然眯成了一條縫，裏面透出冷冷的寒光。

「因爲臣遇到一件棘手的大事，想請陛下聖裁。」李無憂一無所懼。

「哦？什麼大事？」楚問皺眉道。

李無憂簡略地敘述了百里溪的事情，最後道：「臣該怎麼做，請陛下明示。」

回到伯爵府的時候已經是子時了，但門前卻排了長長的一隊人，李無憂揪住隊尾的一個黃毛老頭道：「嘿，老兄，這失火了嗎？」

「你小子討打啊？」黃毛老頭怒道，「知道這是哪嗎？伯爵府！滾一邊去！亂說話。」

那架勢好像一個鄉下人不小心侮辱了他心目中的神祇，惱火中透著不屑。

李無憂哭笑不得，老子何德何能，能蒙你如此錯愛？不知道的還以爲你是我什麼人呢！

「不好意思，不好意思。既然沒有失火，那您老在這裏幹什麼呢？」李無憂陪笑道。

「幹什麼？你竟然不知道啊？李府招管家，這全京城人誰不知道啊？」

如果說剛才的語氣是不屑的話，那麼現在老頭眼裏就全是鄙夷了。

「這麼快？不是黃昏時才貼出去的嗎？」李無憂不可思議地搖了搖頭，撥開人群朝裏面走去。

「喂！哪來的？不准插隊！」

「欠扁嗎？小子！」

「你這人有沒有道德啊！」

「鄙視你！」

眾人義憤填膺，對這欲圖插隊的傢伙除了拳打腳踢之外尚且口誅舌伐。

李無憂眼珠一轉，一把拉過剛才那黃毛老頭道：「各位，你們知道這是誰嗎？他就是伯爵大人的父親的兄弟的二叔的隔壁鄰居的二大爺的三叔公的祖奶奶的曾祖父的大舅！誰要當總管，快來找他啊！」

他將那「隔壁鄰居」四個字說得極快，又夾在一大堆稱呼中間，旁人只道也一定是個親戚的名稱，心想這人的輩分可是夠高的，立時狂湧而上，將那老頭團團圍住。

「伯爵大人的父親的兄弟的二叔的二大爺的三叔公的祖奶奶的曾祖父的大舅，我是街尾張三，很希望成爲貴府的總管……」

「伯爵大人的父親的兄弟的二叔的三叔公的祖奶奶的曾祖父的大舅，我是李四，很希望……」

「伯爵大人的曾祖父的大舅，在下神拳無敵歸心，希望能到府上……」

「伯爵大人的曾祖父，我是……」

「曾祖父……」

老頭想說話，但被剛才李無憂順勢點掉啞穴的他，努力地張著嘴，卻就是發不出一個音來。

李無憂一臉壞笑，乘機擠進門去。

「李大哥，你總算回來了。」小翠氣喘吁吁道。

李無憂看得好笑：「辛苦你了。還沒找到總管？」

「才不！趙大人剛才已經回來了，已經定下了一個，我和他們說了，但這些人卻還是不肯走，說非要聽到您親自宣布不可。」小翠委屈道。

「嘿嘿！隨便他們吧！反正這隊伍看著也壯觀。我先進去了，一會兒找臭蟲來換你。」

李無憂不負責任地鑽了進去，對身後小翠不滿的聲音只當沒聽見。

剛進大廳，趙虎就引了一個年輕人上來，替二人介紹道：「無憂，我給你介紹一下，這位氣度不凡的年輕人就是我定的李府新總管，你看合適不……」

「媽的！如果柳隨風這王八蛋都能說氣度不凡的話，怕連豬都能說氣宇軒昂斯文儒雅了吧？」李無憂看了那人一眼，笑罵道。

「小子何德何能，豈敢與伯爵大人相提並論？」能如此不著痕跡地反擊李無憂，普天之下自然也只能是柳隨風。……

就在李無憂與柳隨風這兩個惡棍惡言相向的時候，太師府裏，靈王正對著耿雲天懶懶道：「百里和常飛都已有消息傳來，約定明天黃昏時候攻城。他們的意思是，那個時候應該是決賽的時候，一定會吸引最多的人。我看他們是在戰場待久了，膽子越來越小了，我們十三萬的精兵對六萬的垃圾，需要那麼謹慎嗎？」

耿雲天身體沒有半絲停止的意思，氣喘吁吁道：「小心……小心使得萬年船嘛！你那個九弟可是個狠辣角色，百里他們小心些總不是錯的……還有，李無憂這小子可是個大仙級的法師，不大好對付。你說的那人到底會不會來？」

靈王道：「這點你放心。一切都已妥當，而且即使他不來，李無憂也無法改變戰爭的結果。我已經查清楚了，上次斷州的事情，其實是他和慕容軒的女兒一起做的，他還因此躺了半個月，諒他這次也不敢使上次那種超大規模的殺傷性法術，而且到時候，他肯定會被留在會場，不能對我們造成什麼阻礙。」

「呵呵，原來這是個欺世盜名的傢伙……啊！好舒服。」耿雲天說到後來，長出了一口氣，雙臉通紅，雙眼裏都閃著興奮的光芒。

「喀嚓！」靈王適時地拗斷了那女人的脖子，他似乎已經對這樣的殺人方式上了癮。

丞相府最高的建築秦樓此時燈火通明，人聲鼎沸。舞姬們的腰姿如楊柳般搖擺不定，彷彿不舞破秦樓似不甘休，歌姬們唱著一首首動聽的歌，聲音悅耳而溫柔。

司馬青衫面帶笑容，殷勤地向客人們勸酒，口裏說著這樣或那樣的祝酒辭，客人們很有禮貌地回應著他。

德高望重的長輩們在鼓勵年輕的後輩，希望他們在明天的武林大會上揚名立萬，不要給自己和國家丟人。

熱血沸騰的後輩們信誓旦旦地說著千篇一律的誓言。一切都是那麼有秩序，即便每一個人的心都已快被周圍的熱鬧所融化。

不錯，這是一個專門為明天的天下武林大會舉行的動員大會。參加者除了丞相司馬青衫和珉王外，尚有許多朝中大臣和他們的子侄。

這個時候，珉王已喝得爛醉如泥，往昔的風度翩翩也早已被拋到蒼瀾河裏去了，一些早對他仰慕已久而又苦於沒有機會的名媛們紛紛上前搭腔。司馬青衫皺了皺眉頭，叫書童閒雲過來扶他進了一間廂房。

一進房，珉王的雙眸又恢復了往昔的清澈，彷彿一泓清潭，深不見底。但司馬青衫卻

絲毫不覺驚異，讓閒雲去守著門口。

「殿下，你是不是覺得有什麼地方不對？」司馬青衫謹慎道。

「不知道。」珉王搖了搖頭，「但一切都太寧靜了，這太不正常了。」

司馬青衫點頭道：「我也有同感。李無憂既然是三面都沒有投靠，他卻能輕而易舉就架空了提督府，將駱志的人都投閒，太師府那邊竟然沒有一點反應，而武林大會的籌備如此順利，也同樣很不正常啊！」

珉王點頭道：「是啊，而且遠不止此。聽說這次武林大會四大宗門和八大派都派了人來，這麼多的武林中人聚集在京城，竟然就真的半點事都沒發生，這未免太奇怪了。還有，靖王前陣似乎失蹤了幾天？他都做了什麼？」

司馬青衫聽他說到靖王並無半點感情，也不以爲意，只是道：「殿下，看起來一場大的風暴正在醞釀中。我看應該讓那位老人家出來透透氣了。」

「有這麼嚴重嗎？」珉王皺眉道。

司馬青衫笑而不答，這個時候，他的目光忽然變得異常的悠遠，裏面似乎閃爍著一種神秘莫測的光芒。

靖王很隨意地伸了個懶腰，一頭如黑色瀑布般的長髮披肩散了開來，襯托著他俊秀的容顏，如果不細看，誰都可能以爲這是一位絕美的女子。

「將！」他抬了抬手，面前棋盤上的一匹「馬」憑空跳到了九宮的掛角，這樣一來，一個殺著就已形成。

雖然這一招並不會要了對方「帥」的命，但卻乘機帶吃了對手的一隻「車」，這一盤棋是勝券在握了。

「王爺高明。」對面那人笑道，「這招隔空移物已經有我十年前的火候了。」

靖王哂道：「原來我高明的並不是棋藝啊！師父。」

那人但笑不語，手指一抬，棋盤上的一隻炮平移出三格，落到了一個新點上。立時間，局勢便發生了天翻地覆的變化，他隱然已可反敗爲勝。

靖王皺了皺眉，不服氣道：「我似乎也還沒輸。」

「對。你還沒有輸。那，到底是誰贏了？」這簡簡單單的一句話讓卻靖王沒來由地打了個冷戰，到底誰贏了？

在西琦的一處山岡上，賀蘭凝霜手搭涼棚，眺望著草原上的滿天星斗，在一顆流星劃破天際的時候，一絲微笑從她的唇角開始蔓延。

哈赤從後面縱馬上來道：「女王，那邊有消息傳來。」

「哦。他說了什麼？」賀蘭凝霜的眼睛亮了起來。

「一切照舊。」

在數千里之外的蕭國皇宮。蕭如故對蕭末道：「都準備好了嗎？」

蕭末恭敬回道：「都準備好了。」

蕭如故孩子似地笑了，喃喃道：「楚問，你要是能想到，事情就好玩的多了。」

這個時候，在航州城西門外，一個銀髮長衫的中年文士，輕搖摺扇，喃喃道：「我終於趕回來了。」

看了看那堅固的鐵門一眼，身影一晃，融入門內消失不見。

下一刻，人已站到了長街之上。

在東門，一個全身都散發著陰冷寒氣的黑衣人，冷冷地看著城頭上飄揚的新楚九龍旗，右手手指忽然一揚，一道碧綠色的火焰應指而出，落到旗上。

「啊！著火了！」守城的士卒慌忙上前救火，但一桶水潑上去，那火不滅反旺，不久竟連鐵鑄的旗杆也燒了個乾淨。

「哈哈！」黑衣人聲如夜鴞地笑了起來，轉身消失在濃濃夜色裏。

大荒三八六五年，四月三十夜，無風，星斗滿天。

大荒三八六五年五月初一，歷史將牢牢地記住這一天的航州。

因爲在這一天，這裏發生了太多的事，而很多的事甚至成爲了後世史家們一直津津樂道辯論不休的話題，而同時又有很多的事永遠的成爲了歷史之謎，江湖和江山，陰謀和背叛，就在這一天達到了完美的統一，當然最關鍵的是無數顆曾經光芒萬丈的明星在這一天隕落，同時又有無數顆即將光芒萬丈的新星升起，並一直照耀著大陸歷史前進的方向。

天空已經露出了燦如火錦的朝霞的時候，李無憂還在內裏天鵝絨的真絲被窩裏舒服地做著美夢，一人「砰」地踹開伯爵大人臥房的檀木大門，提著一柄九尺長的大砍刀朝屋中央那張大床撲去。

「不要！」小翠想要阻止那人，但等她剛伸出手還沒來得及做出一個拉那人的動作的時候，慘劇已經發生：先是一聲重重的鈍響，接著是一聲淒厲的慘呼，最後是一個滿臉碧血的紅衣少女趴在離床三尺的地下，捶地大罵道：

「死老公，臭老公，渾蛋老公，以後睡覺的時候不准放結界！」

終李無憂一生，會如此和他講話的，整個大荒，也僅慕容幽蘭一人。

但床上的伯爵大人似乎根本沒聽到她的咒罵，甚至連睫毛都沒有動一下，繼續沒心沒肺地打著鼾聲，小翠過來拉住慕容幽蘭道：「慕容小姐，大人還在睡覺呢，您要不等會再來叫他？」

慕容幽蘭一把將她摔開，提起九尺鋼刀重重地劈在面前的結界上。

這當然是徒勞無功的舉動，「啪」地一聲，鋼刀重重地反彈回來，刀背在小丫頭的眉間留下了一個紅印。

「氣死本姑娘了！」小丫頭怒吼一聲，扔掉鋼刀，雙手一陣比劃，嘰嘰咕咕地念起咒語來。

「媽呀！別用法術！」床上裝睡的李無憂慌忙叫了一聲，雙手一招，收掉結界，跳下床來。但已經晚了，一道閃電從小丫頭手心冒了出來，「哧」地擊在了他的頭上。

於是在這一天，京城的人們都有幸見到伯爵大人的怒髮衝天髮型，據說這曾被淫賊公會評爲當年的「十大時尚風雲大獎第五名」，但伯爵大人有沒有去領這個獎就不爲人知了。

早飯都沒來得及吃，可憐的伯爵大人就被慕容幽蘭拉上瘦黃馬，朝校場奔去。

由於人大都到校場去了，街上行人稀少，僅不時有一隊隊城防軍隊整齊地巡邏。路上向小丫頭問起芸紫和朱盼盼的消息，才知道芸紫作爲天鷹國的代表，已經早早去了校場，而朱盼盼卻在今晨離開了航州，行蹤不明。

「羽衣常帶煙霞色，不惹人間桃李花。」念及那女子的顧盼留香、天籟簫音，李無憂不禁悵然若失，朱盼盼就像天上的明月，永遠是那麼高不可攀，那麼不可捉摸。

「嘻嘻，老公，是不是想朱姐姐了？」慕容幽蘭調皮道。

「想！怎麼會不想？奶奶的！老子還要問她怎麼把你弄上床呢！」

校場呈圓形，人群被一道高約七丈的鐵柵欄圍在場外，東西南北四方各有一道由軍士把守的小門可以進到場內。

這個校場歷史極其悠久，最初是天鵬王朝時的一個競技場，新楚定都航州後，曾有大臣一度上書將這「前朝遺物」拆除，楚劍力排眾議，將他用作了城防軍校場。

黃瞻和陸龜年一改往年選擇皇宮外空地爲舉辦地的習慣，而是將此處重新粉刷，裝上柵欄，這就避免了以前籌備大會時的許多細節，既省了時間又省了人力物力。

大校場中人山人海，摩肩接踵，李無憂唯一能將他們區分開的方式，就是看各個門派豎立的旗子。

校場中最高的一面旗子在正北，旗上未寫字，只畫了九條彩色飛龍，正是新楚的國旗九龍旗。象徵正氣盟的紅色大旗矮了九龍旗一個階位，陪豎在一旁。與紅色大旗等高的旗尚有三面。

西邊的是一面白旗，旗上書了四個金字：方丈禪林。想來便是號稱當世四大宗門之首的方丈山禪林寺了。旗下聚了一群僧俗人眾，無塵和龍吟霄赫然在列。

正南方向一群道士簇擁的大旗上書的是一位老君圖像，寫的卻僅兩個大字：玄宗。當是玄宗門了。

李無憂目光掃去，卻並沒看到一個美麗女子，不禁微微失望：

「諸葛小嫣難道沒來嗎？」

東邊的旗子很是特別，一隻振翅欲飛的浴火鳳凰凸出，而整面旗上卻隱隱有一個骷髏頭骨，旗下聚集了無數年輕貌美的女子，但其方圓數丈內的座位卻空空蕩蕩。如此古怪陣勢，捨天巫其誰？

浮雲劍派、鐘鼓門、狂刀門、蒼瀾英雄幫、塞外王家、斷劍門、鐵衣盟和煙州百花門這大荒八大門派的旗子分別豎在四大宗門之間的空隙裏，卻比四大宗門又矮了一級。看來除了江湖中最神秘的菊齋外，四大宗門和八大門派都派了人來。

其餘的旗幟高度也參差不齊，旗上寫的字也五花八門：

「陽州通臂拳」和「珊州斷臂拳」這兩個門派一看就是死對頭。

「斷州臭豆腐門」與「黃州餃子幫」想必是以實業立派。

「蒼瀾鏢局」、「六合刀」、「上清觀」、「文殊寺」就是以門面作旗。

除此之外，尚有不少獨立特行的旗子。比如「偉大的法師獨孤無敵」、「深愛阿花的道士無根子」、「不酷你扁我──歐陽挨扁」還是正常的。

變態一點的是「千山淫俠」、「蘭陵笑笑生」、「洛城巨俠鍾無豔」。

最讓李無憂鬱悶的是「江湖第一帥哥武帥帥」、「大楚無敵酷男李四」、「我靚故我在──喜歡美男子的窟州美女幫」。

除此之外，其餘五顏六色的旗子尚有什麼「京城燒賣王大會期間七折優惠」、「飄香院所有美女預祝本次武林大會圓滿成功」、「無我寺爲大會祈福懇請善男善女捐助。」

最讓李無憂哭笑不得的旗子是這樣寫的：英雄大會裁判資格審判組組員趙七，我們永遠支持你！

校場中間散落著十餘個高三丈，長、寬各十丈的擂臺。最中央的擂臺比常人大了兩倍，正上方的白綢簾子上書了「第六十一屆大荒武林大會」一行大紅字，兩側的是一副對聯：

唯荒有才，斯地爲盛！

李無憂和慕容幽蘭這對璧人在校場口站了一陣，已經引起了人群的矚目，眼尖的副提督黃瞻拉著陸龜年迎上參拜，二人滿面紅光，顯是春風得意，李無憂也忍不住暗自替他們高興。黃瞻彙報說各項工作都非常順利，李無憂著實溫言勉勵了幾句。

走到九龍旗下時，除了楚問和靖王沒來外，朝中大臣、諸位皇子和其餘諸國使節均已在列，司馬青衫又一一爲李無憂引薦。蕭國來的是禮部大臣耶律硯，陳國的是睿智王羅延旗，而西琦派來的人是美麗的長公主賀蘭琴，都是一方重臣，顯示出各國的國主都給足了楚國面子。

理所當然的，平羅國和天鷹的代表當然是文治和芸紫。李無憂與諸人一一握手行禮。與慕容幽蘭火雲衣配小蠻靴的熱辣辣風情不同，芸紫今天穿了一襲翠綠長裙，配上她修長的曼妙身材，說不出的高貴，見到李無憂的怒髮衝冠髮型，「撲哧」一聲笑出聲來：「伯爵大人，您的髮型可真是那個……那個獨立特行啊！肯定能引領今夏髮型潮流。」

李無憂微微一笑，以表示自己對「獨立特行」這個不恰當的成語用法的欣賞。

但他正要說話，卻聽耿雲天譏諷道：「李大人特意梳了個雞（妓）冠頭，莫非有志於獻身青樓事業？」

「咦！太師果然是消息靈通人士啊！」李無憂故作驚訝道，「我正打算在京城開家麗春院，太師您很有潛力哦，若是來此發展的話，這頭牌是非您莫屬——如果您再年輕個幾十歲的話。」

「你……」耿雲天惱羞成怒，狠狠瞪了他一眼，轉身離去。

眾人大笑，而從這個時候起，大荒諸國人士達成了一個共識：千萬不要和李無憂鬥嘴。

眾人說笑一陣，場外一個清朗的聲音道：「皇上駕到！」

這聲音不大，卻立時將場中喧囂壓了下去，顯是內功深湛至極，李無憂循聲望去，遠遠地自西邊來了一隊威風凜凜的白羽御林軍，發聲那人是隊首的一員騎白馬的年輕將軍。

這將軍膚潤如玉，長髮披肩，十指纖纖，宛如處子，李無憂尋思道：「媽的！美得像個女子，難道這就是九皇子精王嗎？好像那東西也不是很大啊？」

眾人紛紛按各自的禮節接駕，場中鴉雀無聲，落針可聞。

御林軍進場後迅速一字排開，在靖王指揮下有條不紊地移動。過得片刻，一千御林軍已將場中包括通道、御座、擂臺等緊要位置重新布防了一遍。

又過一百御林軍，終於見一輛九匹龍駒所駕的豪華馬車。這龍駒與馬相似，卻頭生龍角，腳力勝過常馬不知幾何。但此物只產於大荒極南的南山，常人欲求一匹已是難極，這車卻能用九駒同拉，諸國人眾都是暗想：新楚富甲天下，果然名不虛傳。

御輦之前的高頭大馬上的是豬太監，他身側兩匹馬上卻各有一個黑衣黑罩的蒙面人，該是傳說中代代相傳的護龍二尊了。

到了校場北面，隊伍停下，兩百御林軍高手迅速佔據附近各處要位，豬太監走上前將御輦的珠簾拉開，頭束金冠、錦袍玉帶的楚問滿臉微笑地緩步而出。

九龍旗下。

楚問落座後揮了揮手，一側的豬太監大聲道：「皇上有旨，眾位請坐，不必拘禮。」

眾人坐下，豬太監又道：「下面，請大家以熱烈的掌聲歡迎陛下爲此次英雄大會的開幕致詞。」

掌聲如雷，良久不息。

楚問舉起手來，掌聲停下，他淡淡掃了場中一眼，面露微笑，眾人均覺得這位皇上和藹可親，平易近人，卻誰也沒想到這是今天噩夢的開始。

「各位朕的子民，各位不辭辛勞千山萬水來到新楚的武林英雄，大家好！（掌聲）自創世神秦乾開天闢地以來，人魔妖三族征戰不休，後來萬惡的妖族被秦乾大神打入異次元空間，設結界於雲龍山，後大神一分為五，人魔復交戰不休，綿延數千年，滄海桑田，人間正道……（此處省略約莫十萬字）文朝末年，天下大亂，聖王明奮起，引領天下潮流……（再省略十萬）至天鵬，大鵬王忽必烈揚鞭雲龍山，鐵蹄過處，古蘭俯首，然可惜盛世不長……（又十萬字）至此大荒群雄鼎立，為弘揚我大荒武風，對抗魔族入侵，天師諸葛玄機邀請天下英豪，辦此武林大會，傳至今日，已經一百八十有三年，所以我們舉辦武林大會的意義，想必各位都很清楚了，我就不多說了……」

這番訓話從宇宙混沌，創世神開天闢地，人魔初分，帶過諸朝歷史地理，一直講到了三王之亂，六國鼎立，已經從旭日初升講到了日正當空。

楚問獨特的南方語調，柔軟如水，只將眾人弄得昏昏欲睡，耳朵起繭，但偏還要作出一副恭聽聖訓的樣子，許多人已在暗自問候楚問的祖宗十八代了，此時聽他終於說「不多說了」，都是精神一振，但這幫可憐的人很快發現自己實在是太低估了這位七十多歲老人家的口水量。

「雖然如此，但我還要補充一點。嗯，這一點分為三個小點，每小點分為九個小小

點，當然每個小小點又包含了三百個小小小點……（省略十萬字）唉，時間太短，很多地方未能說清楚，真是抱歉，不過朕已將舉行這英雄大會主要的起源、目的、規則都已刻印成冊，歡迎大家到禮部購買……呵呵，看大家的興致很高嘛（眾人：你終於要囉唆完了，不高才怪！），好了，在這裏，朕只再重申一次獎賞。只要能進入大會前八名者，賞千金，進入前四者，賞萬金。第二名賞五萬金，第一名賞十萬金。另外，有欲在我新楚為官者，朕將賜他千夫長、萬夫長、將軍等官職。好了，現在大會開始！」

他這一番囉唆又已是一個時辰，此時已經是午飯時間，場外的人自然可以拿出乾糧用餐，參賽選手們卻不得不餓著肚皮開始比武。

後世的史學家們將這一屆武林大會稱做「歷史上最不人道的一屆武林大會」，就是由此而來。

第二章　口水神功

在楚問講話完畢前一個時辰，百里溪騎在玉驄馬上，望了望頭頂夏五月的豔陽，心頭竟莫名地有些焦躁，他皺了皺眉，問身旁的副官秦鳳雛道：「前面是什麼地方？」

「前面是落鳳林和枯水原，這兩條路都可以到達黃泥崗，元帥，我們選哪條路？」秦鳳雛恭恭敬敬回道。

百里溪沒有回答，只是喃喃道：「落鳳林？又是盛夏，我手種的槐楓怕也又紅了吧？」

「元帥？落鳳林方圓五里，要埋伏下一支龐大的軍隊也絕非難事，若是有人……」秦鳳雛的話說了一半，忽然停住，因爲這個時候，他看見百里溪微微皺了皺眉，忙自嘲地笑了笑，改口道：「是屬下多慮了，請讓屬下在前面開路！」

落鳳林又叫落楓林，林中生滿了槐楓，這種楓樹和普通楓樹不同，它是冬天發芽，春天茂盛，夏天反而是一年中楓葉最紅的時候。

火紅的楓葉鋪了一地，五萬騎兵如長蛇一般逶迤於林間的羊腸小徑，二十萬隻裹了厚

棉布的馬蹄踏在楓葉層上，發出悅耳的聲響，馬上的騎上們心情一片的平和。

隊伍速度漸漸變慢，最後停了下來。

百里溪望著自己手栽的槐樹，感慨道：「唉，『樹猶如此，人何以堪？』十年了，樹都長這麼大了，我也老了。」

秦鳳雛笑道：「元帥你春秋正盛，怎麼會老了呢？」

百里溪擺了擺手，正要說話，心頭忽然閃過一絲異樣，毫無半絲猶豫，他迅疾地拔出了背上的百戰神刀，紅色的真氣罩也佈滿全身，而這多年的戎馬生涯磨煉出來的第六感救了他一命。

羽箭似飛蝗一般，四面八方朝他立足的大樹射來。

百戰神刀舞出一圈黃色的刀光，每一刀無不妙到毫巔地劈在一枚箭頭上，箭矢紛紛被磕得亂飛。偶爾百戰刀來不及劈的箭矢，撞到真氣罩，發出「哧哧」的聲響後，也立時跌落在地。

但他的手下就沒有這麼好的運氣了，疾箭過處，人馬翻倒，慘呼不絕。

箭雨未絕，林中的機關陷阱又已發動，帶著尖刺的木排，幾千石的強力弩弓，飛舞的毒水，不分先後的射來，五千名士兵因此丟掉了性命，而其中有一百名是極其珍貴的法師。

四面八方都傳來山崩地裂一般的吶喊聲，不知從那裏冒出來的滿林的盜賊。這些穿著亂七八糟衣服的盜賊，手持大刀衝了上來。

百里溪替秦鳳雛擋開一支勁箭，對部下們大聲道：「兒郎們，都給老子不要慌。殺了這幫偷襲我們的兔崽子！」

經他這麼一喊，這些久經沙場的部隊，立時從因敵人的突然襲擊暈頭轉向中清醒過來，正規軍對付強盜的先天心理優勢，讓他們迅速地冷靜下來，持槍迎敵。

但這裏是密林，騎兵在這和這些神出鬼沒的步兵打，簡直是自討苦吃。同時他們的對手也絕對不是普通的盜賊，長槍長矛和大刀的對決，這一次明顯是大刀占了便宜。

首先遭到毀滅性打擊的是走在隊伍中央的三百法師騎隊，法師們還沒來得及施展他們擅長的法術，就被勁箭射死了近一百人，接著幾乎被自己人的慌亂馬隊衝得潰散，而他們剛剛從受驚的馬群中緩過神來，一隊手持大刀的盜賊就從林中冒了出來。

這些人先砍馬蹄，再砍馬上的人，而很多法師更是被摔倒的馬給活生生壓死或摔死。

偶爾幾名運氣好的法師，可以施展法術，但他們很快發現一件恐怖的事：在這個林中，他們的法力只有平時的十分之一不到——林中似乎被大仙位的法師布了削弱結界。於是火球變成了火星，閃電變成了銀色的蚯蚓條，而移形換位這樣的逃逸法術施展出來，不

過是讓自己向身側跨了一步而已。

接著，這種厄運降臨到了整個騎兵團。騎兵們不是覺得自己的長槍比平時重了數倍，刺擊的動作立時笨拙，就是懷疑自己手中拿的其實是一條劇毒蟒蛇，紛紛丟掉，楓葉也變成了一群群吸血蝙蝠，齜牙咧嘴地朝自己撲來，恐慌如瘟疫一般迅速地傳遍了整個騎兵團。

盜賊們卻絲毫未受此影響，士氣高昂，他們依然採取了先殺人後殺馬的戰術，加上走位飄忽，動作靈活，騎兵部隊剛剛整合的陣形立時又被割散。

接下來的已經不是戰鬥，而是一場屠殺。

大刀狂舞，熱血飛濺，火紅的楓葉被染得更紅，在夏日的豔陽和柔和的暖風中有種別樣的妖豔。

趁著百里溪替自己架開面前的三把鋼刀的空隙，秦鳳雛終於放出了一個弱小的藍色光球結界，勉強護住了全身，焦急地問百里溪道：

「元帥，這裏似乎被高人布下了削弱和奇幻類的兩種結界，敵暗我明，不如先衝出林外吧？」

百里溪雖驚不亂，但他雖然已經看出這絕不是一般的盜賊團，卻無暇細想究竟是誰會在這裏埋伏自己，聽到秦鳳雛的話，當即口噴真氣大喝一聲：

「兄弟們，相信自己手中的夥伴，不要被幻術所迷，快，跟著我，衝出樹林去。」

百戰刀舞出一片黃芒，提馬前衝，擋者披靡，很快殺出一條血路，騎兵們經他一喝，紛紛從幻術中回過神來，跟著他衝了出去。

沒有後退，也沒有向左右逃竄，而是向最有可能有伏兵的前方——只有久經沙場的老將才能當機立斷，但這一招雖然出奇，但並未制勝，因爲這一役注定了是未來縱橫大陸的一位傳奇人物的成名戰，宿命中，他只是陪襯明月的星光。

出了樹林，傷痕累累、人心惶惶的梧州軍團領袖並沒有直接朝固州進發，他隱隱感到那裏一定有陷阱在等自己，爲今之計，是趕回梧州，到了那裏就是龍入大海，一切都好辦了，他向剩下的兩萬殘兵下了一個命令：全軍進發枯水原。

盜賊兵團很快從林中追了出來，張龍大吼道：「兄弟們，殺了百里溪，大王我重重有賞！」

說完這句，他揮舞著大刀帶領手下衝去，卻被身後一人一把拉住衣袖，回頭才發現是趙虎，後者失笑道：「臭蟲，你還真以爲自己是山大王了啊！」

張龍停下腳步，不好意思地摸了摸頭，尷尬道：「不好意思，病貓，這都怪老子太有演戲的天賦了！」

「表演天賦？滾你奶奶的蛋吧！」趙虎笑罵道，「行了，別追得太快，咱們慢慢追過去也來得及。」

張龍不解，問道：「爲什麼？」

他問這句話的時候，楚問正在航州城校場裏的微笑著宣布大會開始；蕭如故對賀蘭凝霜微微一笑，忽然彎弓如滿月，朝城頭射出了第一支箭，一面九龍旗應聲而落；常飛卻在航州二十里外的黃泥崗上，剛剛派出了與百里溪聯絡的信使；爲後世人津津樂道的「雪夜三戰」的主角們幾乎都正在養精蓄銳。

在校場裏的慕容幽蘭悄悄對芸紫道：「芸姐姐，李大哥的笑容看來好詭異哦！」

芸紫嘆道：「小蘭，若是讓你不吃早飯和午飯，餓著小肚子上擂臺去和人拚命，你一樣會笑得這麼詭異的。」

「聽說閣下玉樹臨風英俊非凡博學多才見多識廣才高八斗學富五車文武雙全雄韜偉略，對不對？聽說閣下談吐不凡言簡意賅遠見卓識出口成章，常能明察秋毫力排眾議力挽狂瀾，並且視死如歸捨己爲人大公無私，對不對？又說閣下掌法蓋世劍法無雙暗器第一法術無敵，因此超凡脫俗，亦仙亦聖，每一招使出都驚濤駭浪雷霆萬鈞驚心動魄橫掃千軍驚天動地，號稱十全十美無懈可擊無與倫比，實是我等楷模，對是不對？」

李無憂面帶微笑地問劍客甲。

「是……啊……對……沒錯……」劍客甲下巴差點沒笑掉，只剩點頭的份。

「媽的！既然你這麼厲害，那你還站在這幹什麼？還不滾下臺去濟世救民報國安邦？」李無憂忽然臉色鐵青地喝道。

「啊……好，對！」劍客甲劍也沒動一下，迷迷糊糊地走下臺去。

裁判：「李無憂勝！」

「英雄，我不得不佩服您！」李無憂對法師乙說。

「你不是第一個說這句話的人。」法師乙顯然很滿意對手的態度，「不得不承認，我在法術上的造詣已經算是登峰造極了。」

「哦！我想您是誤會了，我佩服的不是您的法術，而是您的勇氣……」

「哈哈！兄弟你真是好眼力，江湖人稱『超級無敵大膽法師』就是在下了。」

「不好意思，您好像又誤會了我的意思。我是說，英雄你生得禿頭凹眼、糟鼻暴牙，背扛羅鍋，手細如繩，纖腰豐臀，腿粗趾短，如此面目猙獰樣貌猥瑣，要是我早自殺了千萬次了，您居然還有滋有味地活到今天，天下第一勇士非英雄您莫屬！」

「嗚嗚嗚，人家長得醜有錯嗎？」法師乙淚流滿面。

「長得醜當然沒有錯，但你出來嚇人就不對了，而跑到擂臺上來丟人，就更對不起你父母，對不起朝廷，對不起創世神……」李無憂嘆了口氣。

「那？」

「好了！別哭了，回去挖個坑把自己埋了！乖！」李無憂柔聲道。

「嗚嗚，多謝大俠指點。」法師乙一溜煙下場了。

裁判（驚訝）：「李無憂勝。」

「您不會就是人稱『雷神』的李無憂小爵爺吧？」刀客丙怯生生地問。

「知道還問？快滾下臺去，別浪費老子的口水！」李無憂怒道。

刀客丙「刷」地消失不見！

李無憂驚呆：「好拽……的輕功！」

裁判（冷汗）：「李無憂勝。」

「我知道該怎麼辦。」道士丁說完主動走下臺去。

李無憂：「孺子可教！」

裁判（恐懼）：「李無憂勝。」

……

「李無憂勝」

「李無憂勝」

……

一匹快馬閃過，馬上人翻身落馬，單膝跪倒道：「報元帥，屬下到達預定的地點，並未見到百里元帥的傳信兵。方圓十里內，也並不見百里元帥的軍隊。」

「百里溪這渾蛋搞什麼鬼？」常飛咒罵一聲，忽然道，「不用等他們了！全軍出發，開赴京城！」

常武勸道：「爹！殿下的意思是讓我們和百里元帥一起行動，我們是不是該等百里元帥來了，再一起進攻？」

「不必了！」常飛冷笑道，「離約定的時間已經快到了，晚了殿下的安排會出問題。況且兵貴神速，趁現在京城的人對我們沒有提防，我們正好去炸開城門。何況即便是被他們識破，京城那些錦衣兵，又哪裡打過什麼仗？我們和大皇子裏應外合，還不是三兩下就攻破了，哪裡還用得著百里溪那幫廢物來幫忙？嘿嘿，等他的人到時，局面就穩定下來，

什麼功勞都被我們搶走了。」

「可是爹……」常武還想說什麼，卻被常飛打斷，「不要多說了，兒子，爹吃過的鹽比你吃過的米多，打過的仗還會比你少嗎？好了，軍令如山！執行命令！」

「是。」常武無奈地答應，但心頭總有一種不祥的預感揮之不去。

枯水原是一片荒蕪的戈壁，原上十里內沒有任何的水和綠地，但在天鵬王朝時，這裏卻曾經是有名的石料產地。只是滄海桑田，早已面目全非，唯有原上低矮的坡丘和零星散布的廢棄巨石讓人憶起幾分舊時的風光。

兩萬盔甲旌旗殘缺、傷痕累累的騎兵此時正奔馳在這片戈壁灘上。

百里溪其實很不願意走這條路，因爲他覺得「枯水」兩字和自己的名字中的「溪」字相剋——清溪水枯，大凶之兆。但形勢比人強，要想擺脫身後的追兵，只能冒險一次了。

「元帥，我總覺得這裏有些不對勁，要不咱們還是先去黃泥崗會合常元帥他們吧？」秦鳳雛小心翼翼地對這支新敗之師的主帥說。

「本帥心意已決，若再多言，軍法何候！」百里溪挑眉斥道，他很快覺得自己的話似乎太嚴厲了些，放緩了語氣道：「鳳雛，你的話也不是沒有道理，只是很顯然，我們的計盡已經在對方的算計之中，要想脫身，只有出奇才能不落入對方蠱中。因此，敵人要我們去黃泥崗，我們偏偏就返回梧州，如此才有一線生機。」

秦鳳雛心悅誠服，道：「元帥英明。」

但他這聲「英明」實在是說得太早了，話音未落，鐵蹄聲響，成千上萬的馬賊團從前方的丘陵殺出。

之所以說是馬賊，是因爲這支軍隊的制服和先前的盜賊團一樣是亂七八糟。但百里溪知道這一定是某支正規軍，此時他只覺全身冰寒——自己的行動又一次墮入了對手的算計之中，這是怎樣可怕的對手啊！

這場仗比先前的還要不堪，梧州軍團的精英們一觸之下就立時崩潰，畢竟身後盜賊的追擊已經讓他們風聲鶴唳，此時又憑空冒出無數的馬賊，士氣已經全部衰竭殆盡，所以這僅僅是一場馬賊們比賽殺人多寡的遊戲而已。

百里溪知大勢已去，一夾胯下的玉驄馬，一人一馬飛速地向戰場的左方竄去。

秦鳳雛叫道：「元帥等等我！」拍馬趕上。

屠殺在黃昏來臨時終於結束，夕陽映照下，屍橫遍野，血流成河，嘶鳴的戰馬和斷裂的刀槍在淒涼的晚風中，瑟瑟地悲鳴。

大局已定，翩翩佳公子一樣的柳隨風緩緩巡視於熱血未乾的戰場，他伸指彈去白衣上不小心沾染的血滴，皺眉道：「早知道就該再晚些出來好了，唉，一會兒又要換衣服了。」

吳明鏡提著百里溪的人頭快馬趕了過來，佩服道：「柳兄你果然厲害，百里溪真的繞了一個彎後，朝黃泥崗方向逃來。」

柳隨風卻搖頭道：「你這屠夫，我不是讓你抓活的嗎？怎麼給我提了個人頭回來？」

吳明鏡委屈道：「你不是說這廝武功很厲害嗎？我只是隨便砍了一刀，他卻擋不住，而我收手不及，他就……」

柳隨風「咦」了一聲，詫異道：「不應該是這樣啊？但這確實是百里溪的人頭……怪了……對了，看到秦鳳雛了嗎？」

「沒有。」

豬公公高聲宣布道：「各位，經過近五十輪的比賽，今日英雄大會的八大高手終於產生，他們是：禪林寺龍吟霄，玄宗門馬翼空，大巫門的夏倩、柳容，正氣盟文治，浮雲劍派的葉問花，鐵衣盟惠能，還有就是雷神寺無憂。武林大會的宗旨向來是提攜年輕才俊，本次進入前八的八人都可謂是年少藝高……」

台下。

「嘻嘻！老公你真了不起，連指頭都沒抬一下，僅僅動了幾下舌頭，就輕易地進入了八強決賽。」慕容幽蘭一臉的崇拜。

芸紫也嫣然笑道：「伯爵大人在口水神功上的造詣，似乎還在武術之上呢！」

李無憂出乎二女意料地沒有自誇，只是抬頭看了看龍椅上正微閉雙眼養神的楚問，苦笑道：「最厲害的還是他老人家，連口都不用動，老子就不得不去幫他揚什麼鳥的國威！」

西子湖畔。

斜陽西下，落霞與孤鶩齊飛，秋水共長天一色。

晚風徐徐吹過這十里湖面，微波蕩漾，湖面金光一亂，驚落游魚無數。一襲黑衣的獨孤千秋將御風術施展到極限，整個人仿似一道黑光，優雅地穿梭於湖畔長亭、垂柳之間朝校場的方向飛去。

驀地，釋放於身周的精神力明顯地一滯，他暗自長嘆一聲，法術收去，瀟灑地落在湖畔。湖之彼岸，慕容軒青衫磊落，衣袂飄飄，獨立於湖畔長亭，怔怔望著面前的浮光掠金，一隻青鳥落到髮頂，竟也未覺。

獨孤千秋冰冷的聲音道：「慕容軒，你在等我？」

聲音以快似光電的速度透過百丈之距，一絲不差地落到慕容軒的耳裏。

慕容軒頭頂青鳥似嗅到冷冷的殺氣，輕捷地飛上雲霄，撲騰著翅膀想飛離這片天空。只是上空十丈，如撞鐵壁，跌在地上。

慕容軒心道：「對不起了，鳥兒，這裏已被我布下千尺結界。」

他的眼光穿透五十丈水面，碰到兩道冰冷而寂寞的眼光，淡淡笑道：「千秋，你可不可以不去？」

「不可以。」

「唉！咱們相識多年，難道非要兵刃相見不可？」

「國事無私交！慕容軒，你什麼時候這麼婆婆媽媽了？動手吧！」

「好！」

二人同時御風飛起，如一墨一白兩片輕雲，從湖面逼近。

相距五丈，慕容軒大喝一聲「天地無極，月華輪轉」，身形暴升三尺，左掌一揚，一道拳頭大小的月白光華朝獨孤千秋當頭打下，那光華出掌之後，迅疾變大，刹那射到獨孤千秋面前時，已大如車輪。

獨孤千秋嘿嘿一笑，向左側一斜，身形卻不退反進，月華輪頓時擊空，落到水上。卻如靜影沉璧，渾無聲息。但下一刻，一條車輪粗的水柱，沖霄而起。

此時，獨孤千秋手掌一揮，一圈環形黑光，仿若來自地獄的鬼氣，罩向慕容軒的脖子，後者身法展動，如鶴舞長空，輕靈而寫意地讓開。黑光落到了水柱之上，同時消失不見，一切又歸於平靜。

二人卻已換了個位置，各自凌波立於湖面，衣袂飄飛，恍如仙人。

同一時間，太師府。

一聲慘叫過後，一顆血淋淋的心臟被拋到後花園的青玉石板上。

婢女們的尖叫聲中，一個披頭散髮的金髮怪人在玄鐵籠之中瘋狂地搖動著鐵籠，紫色的電光和火焰在手與鐵柵欄間亂濺，怪人卻未覺其痛，只是仰天狂笑，聲如鬼魅。

下一刻，玄鐵籠開，怪人化作一道金光，飛撲向那顆兀自跳動的心臟。

「金毛獅王，知道主人要你做什麼嗎？」

「哼！耿雲天這龜孫子找老子還能有什麼好事情？說吧，這次他又看誰不順眼了？」

金毛獅王一口將心臟吞掉，冷笑道。

「嘿嘿！這次的人一定會讓你非常興奮！」

丞相府，秦樓。

「柳前輩，一切就拜託你了。」閒雲躬身道。

他對面那翠衣羅衫的麗人笑道：「前輩？我有這麼老嗎？小子，叫聲姐姐來聽聽。」

閒雲面色一紅，道：「前輩說笑了，晚輩不敢。」

麗人的纖纖玉指拂過面前少年的臉頰，搖頭道：「司馬青衫的風流，你這貼身書童竟是半分也未學到，呵呵，可真是枉在他身邊待了這麼多年。」

話音一落，人已消失不見。

美人已去，香風卻縈繞不絕，閒雲摸了摸緋紅的面頰，喃喃道：「我若叫姐姐，丞相回來還不殺了我啊！」

靖王府密室。

「老子怎麼看你怎麼像是在拉皮條啊？師父當到你這份上，可真夠窩囊的了！」一個白衣中年人皮笑肉不笑道。

他對面的黑衣老者不理他的譏諷，笑罵道：「媽的！大家好歹兄弟一場，你到底答應不答應幫忙？」

「我靠！又拿友情來壓老子，你就不能換一個藉口嗎？」

「呵！我們兩個大男人，不談友情，難道談愛情嗎？阿葉，其實人家暗戀你好久了哦……」

「停！算老子怕你了！」白衣人咒罵一聲，拂衣起身。

「呵呵！放心吧，只要你這次完成任務回來，我就將照影神功的最後一段心法告訴你。」

「去你媽的，這話你已經說了不下三百次了。」

「呵呵！那你再多聽一次又有何妨呢？」望著白衣人的背影，黑衣老者拈鬚笑道。

天色漸漸暗了下來，星斗滿天，卻不見明月。溫柔的晚風吹拂著新楚國的都城，燈火在風中輕輕地搖曳。

「不好了，參將大人，大……大，大事不好了。」一個小兵連滾帶爬地撲向朱富。

此時，朱富正舒服地躺在哨所的軟床上，慢悠悠地喝著小酒，得意地哼著小曲。

他以一個優雅的動作飲盡了杯中殘酒，微笑道：「陳三，什麼事這麼慌慌張張的？鎮定一點！跟了老子這麼久，難道你就沒有學到半點老子泰山崩於前而色不變的定力？」

「知道，知道，參將大人您涵養如海，海納百川，川流不息……但是大人，定力什麼的咱們待會再說好不好？大事不好了……」陳三急得滿頭大汗。

朱富擺了擺手，好整以暇道：「小三啊，這養氣定力之道可是一個大學問啊，你想想，一個沒有涵養，沒有定力的人，怎麼能當一個好士兵好將軍……」

「大人，當不當將軍我們等會兒再說，大事……」

「定力！定力！聽本將軍把話說完！」朱富被人打斷很是不爽，語重心長道，「小三，天塌下來，我們也要當背蓋，知道嗎？你看你慌慌張張的成什麼體統？遇事要冷靜，做事要有耐性。要知道本將軍可是在提督衙門看了十幾年的大門才有今天的定力，我告訴你，定力這東西啊……什麼聲音這麼吵？」

「大人，是逆賊常飛開始攻城了！」陳三終於抓住了機會。

「噗！」「乒！」——朱富驚得一躍而起，一口酒噴了陳三一臉，而手中酒壺摔得粉碎，「快……快……快去皇宮……不……不……校場……去報告皇上！我……我先去迎……迎……迎……」

「迎」了半天，那個「敵」字終於還是沒有說出口，卻沒了聲息。

陳三抹去臉上的殘酒，恍然大悟道：「哦！原來這就是泰山崩於前而色不變啊！」

——易刀O・S：如果你在泰山崩裂的瞬間就能昏厥過去，臉色當然不會改變！

一束刺眼的閃電劃破五尺長的虛空，橫劈向馬翼空的胸膛，他大駭下橫起靈刀幻出一個藍色的法力盾，電光四濺，盾牌被擊成粉碎，「砰」的一聲，整個人被擊得橫飛出五丈，摔到擂臺之下，好半天無法動彈。

「李無憂勝！」裁判高聲宣布。

台下掌聲如潮，眾人高呼著李無憂的名字。雖然是與大荒三仙齊名的雷神，但在一招間就擊敗玄宗門除諸葛小嫣外最傑出的年輕高手，這依然出乎眾人的預料。

事實上，從大會開始到現在，這僅僅是李無憂的第一次出手。之前對上所有的對手，包括天巫門年輕一代的翹楚小巫女柳容，李無憂也只不過微微笑了一笑，向來迷人而不自迷的巫女就乖乖地自己下臺去了。

這次大會之後，江湖上紛紛流傳著一個謠言：雷神李無憂會一種傷人於無形的法術——當然，只有少數知情的人才知道這日後雷神倚之縱橫天下的得意絕技的名字：口水大法。

李無憂飛下臺去，扶起馬翼空，微笑道：「馬兄！承讓了。」

這絕佳的風度立時又為他贏得包括馬翼空本人在內的眾人的讚賞，只是誰也不知他心裏正暗自嘆息：「唉！雖然大小仙位實力懸殊巨大，但被老子一招就擊敗了，大哥，你的玄宗門可真是一代不如一代了。」

楚問看了豬太監一眼，後者會意，向台下宣布道：「各位英雄，各位來賓，現在參加半決賽的四大高手已經出現了，他們就是禪林寺的龍吟霄、雷神李無憂、天巫門的夏倩和正氣盟的文治，下面……」

「砰！」

「砰！」

「砰！」

從城西傳來的三聲地動山搖的炮聲湮沒了豬太監的話，整座航州城似乎都在搖晃。炮聲三響過後，再無動靜，但西方卻偶爾有幾聲吶喊傳來。

誰也不知道發生了什麼事，就在此時，一匹快馬闖到校場門口，守門的軍士正要攔截，但看到馬上那通信兵亮出一面金牌後，立刻閃到一旁。

馬至九龍旗下，通信兵翻身下馬，靠近楚問三尺，跪稟道：「稟告皇上，西門那邊出了大事。剛剛黃州軍團常元帥回京見駕，因爲西門守將趙峰將軍認爲他帶兵太多拒絕他入城，雙方言語不合，已經打了起來，提督參將朱大人派屬下來請皇上定奪！」

靠近楚問的楚國朝臣都聽得心驚肉跳：打了起來，那不是造反嗎？而其餘人卻不知道發生了什麼事，都是面面相覷，剛剛還人聲鼎沸的校場，現在竟安靜得像個墳墓。

楚問面露微笑，揮手示意通信兵先閃到一旁，對眾人朗聲道：「諸位，剛剛我們打算在晚些時候才燃放的煙花忽然提前報喜來了，呵呵，讓大家受驚，朕真是非常抱歉。好了，請大家少安毋躁，現在大會繼續舉行。」

豬太監忙接話道：「經過抽籤的結果，半決賽第一場由龍吟霄對文治，請裁判上場……」

「父皇，請允許兒臣到西門去看看。」靈王、珉王同時出列對楚問奏道。

楚問皺眉道：「這事讓李提督去辦就可以了，你們就不用操心了吧？」

一旁的耿雲天道：「皇上，李提督已經殺入四大高手的行列，正是爲國爭光的大好機會，若是現在放棄，豈非可惜？靈王殿下練達果敢，去處理爭執的事再好不過了。」

司馬青衫忙道：「皇上，珉王殿下早年曾在軍中磨煉多時，應該更適合去平定叛亂。」

楚問沉吟片刻，道，「算了，靈兒你去吧，記得，自己多加小心。」

靈王大喜，答應一聲，起身上馬朝西門奔去。

耿雲天一臉得意地笑，司馬青衫和珉王對視一眼，心叫不好。

靖王一直未作聲，依舊面無表情。

李無憂也一直未作聲，只是對著靈王的背影伸出了一根手指。

直到靈王背影消失在校場的角落，楚問才似乎想起什麼道：「哎呀！我忘了件事，靈兒好像還沒見過朱富和常飛，珉兒，你跟去看看吧。」

珉王喜道：「謝父皇。」

看了司馬青衫一眼，轉身奔去。

李無憂又伸出一根手指。

靖王再也坐不住了，起座躬身道：「父皇，常飛此人陰險毒辣，大皇兄和四皇兄宅心仁厚秉性純良，兒臣擔心他們中了常飛的詭計，請父皇恩准孩兒去幫兩位兄長的忙。」

「宅心仁厚？秉性純良？嘿嘿……」楚問渾濁的眼珠裏露出了一絲不可捉摸的光芒，「你真的想去？」

「請父皇恩准。」靖王堅決道。

「那好，希望你真能幫上忙。」楚問淡淡道。

靖王拜謝而去。

李無憂又豎起一根手指，喃喃道：「果然父子情深啊！」

「不對！是兄弟情深！」慕容幽蘭糾正道。

「呵！就當是吧。」李無憂望了望天空的星斗如是說。

慕容幽蘭撅著嘴，芸紫卻露出了深思的神情。

場內萬餘名觀眾的眼光大多數已被擂臺上精彩的比武所吸引，僅僅有少數人看見龍帝最寵愛的三位皇子依次離開，但他們也只以爲三人要去處理煙花爆炸留下的禍患，幾乎沒有人會想到，自己已經見證了一場歷史上最慘烈政變的揭幕。

而三位皇子離去的順序，似乎冥冥中昭示著一種殘酷的真相。

由於處於武林大會的特殊時期，整個航州城在今夜都進行了宵禁，所以此時雖然只是華燈初上，街上已少有人跡。

駿馬飛馳，溫柔的夜風撲面而來，吹在新楚四皇子的臉上，涼涼的，癢癢的，令他十分的舒服。

轉過一條街，隱隱看見靈王的背影消失長街的盡頭，珉王心頭大喜，忙打馬狂追。

「嗷」的一聲厲吼，一道金光毫無徵兆地從左邊街邊的房頂飛撲而下，珉王敏捷地在

千萬分之一秒裏抽出隨身長劍，一按馬鞍，飛身迎上。

「噹」的一聲，長劍明明刺中了金光中那人的胸膛，但彷彿刺到了一塊鋼板上，彎成了弓形，珉王心知不好，借長劍的反彈之力側身旋走。

但方圓五丈似乎都被一種恐怖的殺氣所籠罩，氣機牽引之下，冰冷的寒意已快從腦後侵入神經，珉王大駭，慌忙低頭，險險讓過，但足下又是一道金光射來，慌忙舉劍去擋，同時憑空換氣，身形不可思議地由側旋改爲平移，但他很快發現一件恐怖至極的事：自己的身體剛剛移出三寸，就再也無法動彈，周身被一種強大的力量鎖定。

「難道……難道這就是傳說中古蘭魔族的絕技鎖神結界？」珉王終於想起什麼，但一切都已遲了，「噹」的一聲，長劍斷成兩截，墜到地上，而金光卻乘勢透過了他的胸膛。

金光斂去，一隻枯樹枝樣的手從珉王的胸膛緩緩伸出，還有一顆兀自跳動的血淋淋的心臟。

「哈哈！皇室龍心的味道，果然美妙無比。」金毛獅王吞下心臟，仰天長笑，珉王不甘心地最後看了一眼面前的敵人，倒在長街之上。

這個時候，靈王的背影才剛剛消失在街尾。

靖王出了校場後，並未前往西門，而是縱馬朝禁宮馳去。

他知道常飛和城防軍打起來，當然不會是簡單的禮制不合或者言語衝突，但無論那個武夫如何厲害，區區五千人馬又能起什麼風浪？嘿嘿！老大，老四，你們就去搶這「平亂之功」吧，小弟一定會讓你們大吃一驚的……

「靖王千歲這麼急是要去哪啊？」一個翠衣羅衫的麗人伸出纖纖玉手，攔住了他的去路。

靖王嚇了一跳，一勒馬韁，喝道：「你是誰，膽敢攔住本王的去路？」

「她就是無情門門主妖蝶柳青青！」一個手持長劍的中年男子自他身後轉了出來。

「是您！」靖王驚喜道。

「是我。」男子點頭道，「柳青青就交給我了。你去做你該做的事吧！」

「一切就拜託您了！駕！」靖王一點不拖泥帶水，對男子拱了拱手，策馬回身而去。

「閣下手持凶器攔著奴家的路，莫非是想非禮人家不成嗎？」柳青青嫣然笑道。

「嘿嘿！在下正有此意。」那男子面上露出標準的淫笑，張開雙臂緩緩迎了上來。

「奴家怕怕！」柳青青拍了拍胸口，媚聲說道，同時鳳目流轉，看似隨意，實是仔細地打量起面前這個一口道破自己身分的男子。

不高的個子，月白的粗布麻衣，亂髮，一雙濁中帶黃的鼠眼，一柄破破爛爛的鏽鐵劍，草鞋——整個一個猥瑣不堪的市井小人。但就是這樣一個平凡人物，卻讓她感到一股前所未有的逼人氣勢，而隨著那人的嵬沂，這股驚人的氣勢更是暴漲不止，逼得她不得不暗自將靈氣散布身周，這才沒被這種排山倒海的勁氣所壓倒。

「不對，那把劍……那把劍看似腐朽平常，無鋒無芒，但靈氣掃描卻看不出一點端倪，能讓劍氣藏而不露，渾不露半絲殺意的劍只能是真靈之劍，普天之下四把真靈劍中，如此形狀的……」

柳青青的臉色忽然大變，整個人倒退一步，失聲道：「驚鴻劍！難道你就是……就是……」

「區區東海葉十一，家師謝驚鴻。」那男子展顏一笑，彷彿浮光掠影，鯨魚露背，整個天地忽然明亮起來。

「各位，本次武林大會最緊張最振奮人心的時候終於到來了。」豬太監站在擂臺上，口沫飛濺道：「下面即將進行的決賽是由李無憂對陣龍吟霄。他們兩位的大名想來大家都如雷貫耳，這兩位均是武術雙修的絕世天才，誰才是本次大會的第一高手呢？請大家拭目以待！請兩位做好入場準備，下面我先向大家介紹一下本場比賽的諸位裁判，他們是……」

九龍旗下，楚問朝司馬青衫點了點頭，後者端起一杯酒，對李無憂道：「無憂，國家榮辱，朝廷的面子，全由你掌中長劍而定。望你莫讓陛下和本相失望才好。請滿飲此杯。」

李無憂接過一飲而盡，笑道：「下官定當不負所托。對了相爺，聽說您藝出禪林，而龍吟霄也是楚人，於情於理，你都該希望是他獲勝才對啊，爲何……」

司馬青衫抬頭望了望天上浮雲，笑道：「無憂，你看這天上浮雲來去，逍遙自在。只是當長風吹過，雲可就散了。你明白我的意思嗎？」

李無憂心道：「靠！你不就是想說『人走茶涼，面子大於裏子嘛』，幹嘛搞得那麼深奧？」卻一躬到底，笑道：「相爺公而忘私，下官定當竭盡全力，不負所托。」

語畢看了周遭眾人一眼，轉身拔出無憂劍，四顧一遍，大踏步朝擂臺走去。

就在此時，他忽然感覺看臺之上有一道熟悉的眼光投來，扭頭去看，千萬人中一個白衣長髮的美麗人影跌入眼中。

呵！你終於肯來了嗎？阿碧！

楚問看著場中那個虎視龍行的少年，冰冷的血液裏竟燃起一種久違的火焰。那些塵封已久的少年往事，那些戎馬關山的如歌歲月，在這一刻又湧上了他的心頭。

那持劍少年竟彷彿是自己昨日的影子。

第三章　雪夜三戰

場下。

芸紫：「蘭兒，你的眼睛怎麼了？」

慕容幽蘭搖了搖頭，掩飾道：「我沒事，芸姐姐。只是進了點沙子。」

芸紫頷首，算是接受了這個拙劣的藉口，只是低眉之間，一滴晶瑩淚珠也順勢墜下，不禁捫心自問：「芸紫，你是愛上那少年了嗎？」

司馬青衫捋了捋鬍子，睜大了眼睛，他卻忽然發現自己從來沒看清過那張永遠帶著微笑的臉。

耿雲天也看見了這少年持劍的姿態，但他眼裏卻閃過了一絲不易覺察的寒光。

航州城破了。

新楚建國二百餘年來，從未被攻破的京城終於被人攻破了！

諷刺的卻是，攻破航州的不是新楚的死敵陳國，也不是一直對蒼瀾虎視眈眈的蕭國或者西琦，而是楚人自己。

但無論是靈王，還是楚問，李無憂，誰都沒有料到事情的發展會是這樣。

靈王的計畫是由百里溪帶兵去東門，常飛去西門，當然能騙開城門是最理想不過，如果不能，那麼就只有強攻一途。而即便是強攻，也是由百里溪佯攻，常飛實攻，靈王自己則假借協助城防之名，裏應外合幫助常飛打開城門，務必以迅雷不及掩耳之勢攻下航州，一旦進城，就以雷霆萬鈞之勢撲向校場，將楚問和珉王、靖王軟禁或殺死，再聯合耿雲天控制朝政。

至於讓金毛獅王去校場中刺殺珉王則是一著閒棋，無論成功還是失敗則都達到了騷擾會場秩序，吸引住楚問等人的注意力的作用。

李無憂和楚問的布局，則是由張龍趙虎帶兩萬城防軍去中途埋伏，滅了百里溪（當然，**這個計畫最後李無憂交給了柳隨風去做**），朱富則帶領一萬城防軍擋住常飛五萬軍隊的猛攻，接著和柳隨風兩面夾攻，常飛自然潰敗。

至於靈王會去城頭，也在他們的算計當中，李無憂特意讓段冶（**這個打鐵的，原來也是個打人的高手**）盯住了他，稍有異動就抓他個人贓並獲（**其實按李無憂自己的意思，**

直接將靈王先抓起來更方便，但楚問認為應該在他暴露出詭計的時候再抓。雖然李無憂不知道這是因為人老後心腸容易變軟還是他們父子情深，楚問多少對自己的兒子還存了些幻想，但他依然答應了這個計畫——他不相信靈王這個鄉下農夫和耿雲天這個氣量狹窄的傢伙能玩出什麼花樣來）。

這盤棋的前半程完全按照著李無憂和楚問的意志在進行，柳隨風用狠辣的計謀和極其弱小的代價成功地擊敗了百里溪的五萬鐵騎，常飛這個剛愎自用的傢伙不出所料地依然按照了預定的計畫攻城，而靈王果然在聽到預定的三聲炮響後，向楚問請旨去「協調爭端」。

但就在這個時候，這盤棋卻發生了戲劇性的轉折——在這個被後世史家稱爲「雪滿京華」的棋局中拚殺的不僅僅有李無憂、楚問與靈王一黑一紅兩種棋子，還有他們先前所未預料到的靖王這個綠子，以及另一個似乎無關緊要的白子珉王。

之所以說無關緊要，是因爲珉王這個白子的主帥才剛剛登上帥台的邊緣，就被靈王的閒子金毛獅王給秒殺了。

楚問派珉王去「協助」靈王，當然不是李無憂所以爲的讓他去送死，而是存了僥倖之心，希望靈王會因爲顧忌珉王而放棄計畫。但他所不知道的是，珉王在追靈王的路上會遇到靈王的殺手金毛獅王——靈王自己也不知道。而誰也沒想到，這一著閒棋因此成了殺棋。

靈王最終沒能趕到西門，因爲他沒有命去，金毛獅王反而去了。

在吞吃了珉王的心臟後，金毛獅王這絕代凶人陷入了前所未有的瘋狂，心頭唯一的念頭就是殺光周圍所有的生命，剛剛轉過街角的靈王很快就成爲了犧牲品。

諷刺的是，在他缺少心臟的身體倒下的千萬分之一刹那，他回頭瞥見了長街的另一端，自己四弟珉王的屍體。

金毛獅王已經殺紅了眼，對血和人心的本能渴求，讓他朝整個航州城人最多的地方——西門，一路殺了過去。

段治的劍法雖然已達到賢人級的初期，但他擋不住金毛獅王這已經完全魔化的絕代凶人，而城頭的普通士兵當然也擋不住——普通的物理攻擊，如箭矢鋼刀，對這個周身環繞著金光罩的凶人完全不起作用，而一般的法術如火球、閃電什麼的，唯一作用也只是給他搔癢，而他只要手掌一揮，大蓬的金光射出，最少十餘名士兵就立時喪生。

金毛獅王在屠殺了近五百名城守軍後，打開了城門——他的直覺告訴他，城外有更強的人的心臟在跳動。

這成了夢魘的開始——城守軍的夢魘，金毛獅王自己的夢魘。

金毛獅王撲向城外的黃州軍，見人就殺，擋者披靡。彷彿是虎入羊群，他簡直就是來自地獄的魔獸，肆意地發洩著嗜血的欲望。

血肉橫飛，慘叫，驚恐，無助充斥著整個黃州軍的陣營。

在被殺了近一千士卒且發現用箭根本射不死這絕代凶獸後，常飛不得不提著青罡神劍親自來攻擊金毛獅王，後者興奮得狂叫，飛撲了上來，而誰也沒有想到的是，他的護體金罩就在這個時候莫名其妙地消失了，常飛的劍狠狠地砍在了他的頭上。

金毛獅王發出一聲淒厲地叫喊，化作一道金光落荒而逃。

黃州軍士氣大振，乘勢攻進了城內。血染長街。

眼，已紅。血，在流。卻無人顧及，所有的人，爲了自己知道或不知道的目標，刀劍相向。一將功成萬骨枯，自古如此。只是今夜後，航州城內的無名骨，又知道不知道自己的枯骨到底堆砌了哪位名將的不世功績呢？

大荒三八六五年的五月初一的夜晚，這個被後世史家冠之以「雪滿京華」的夜晚，剛剛被金毛獅王嚇得屁滾尿流的五萬黃州軍，開始了發洩式的大屠殺，士兵們在殺盡九千心驚膽戰的城守軍後，完全不聽主帥常飛的命令，開始闖入民宅瘋狂地屠殺，血腥和殺氣直沖霄漢，這個夏夜最後竟破天荒地下起了鵝毛大雪。

靖王帶領著三萬禁軍走到中心廣場的時候，聽到了由西邊隱隱約約的喊殺聲隨風傳來。超出常人的敏銳觸覺讓他知道了危險的臨近，這個時候，他作出了生平最正確的一次選擇——放棄了去東邊的校場附近設下伏兵以發動兵變的計畫，而是帶兵去西大街救援自己的兩位兄長（雖然他的本意其實並非如此）。

楚問先前放靖王出校場，其實是怕珉王無法對付靈王，而希望這個武功絕頂的九兒子能讓靈王不敢輕舉妄動，但他沒有料到這一著棋卻爲自己帶來了生機。

後人在評論這場荒謬而慘烈的三王政變時，用得最多的詞就是「世事如棋」，因爲其曲折。然而世事其實並不如棋，因爲即便是老狐狸如楚問，聰明如李無憂，睿智如柳隨風，也根本無法算準最簡單的下一著，更別提操控全局了。

人的力量，在造化面前，是那麼的渺小和可笑。

靖王看到瘋狂嗜血的黃州軍的時候，著實嚇了一跳：「這些見人就殺的傢伙莫非是魔族僞裝的？」

然而禁軍和黃州軍的戰鬥並不如他所預料的那麼艱苦，畢竟各自爲戰的單兵再瘋狂，也是無法和有秩序有組織的軍隊相抗衡的。

而在巷戰最艱苦的階段，柳隨風也率領著凱旋而歸的兩萬軍隊及時趕到。

兩支有組織的部隊前後夾擊，剛剛還威風八面的黃州軍很快就如摧枯拉朽般崩潰。叛亂終於被平定，但當兩支得勝軍隊的主將相互對望的時候，並無半分得意，而是同時露出了苦笑。

由始至終，由於東邊校場和西門相隔太遠，以及大仙級的高手李無憂在校場上方設下的隔音結界，校場中人除了聽到三聲炮響外，什麼也未能覺察。

他們唯一知曉的是李無憂飛身登上擂臺的時候，天空忽然下起了鵝毛大雪。但誰也不知道的是，數千里之外的梧州城正發生著更加驚天動地的變化。

大荒三八六五年的五月初一夜，雪滿京華。

這一夜，除了有最奇詭的政變，有最瘋狂的血腥，有最失敗和最成功的計謀，還有最華麗的決鬥。

這一晚的航州，同時發生了三場江湖中絕頂高手的比武，而這三場比武的象徵意義遠遠超出了它的實際意義。是以，在很多年後，江湖中的豪傑們依然對這雪夜三戰津津樂道，樂此不疲。

魔門無情門的門主妖蝶柳青青和神秘的劍神傳人葉十一的決鬥，是最頂尖的法術和武功的較量，也是珉王和靖王政治較量的衍生。

大仙慕容軒和冥神獨孤千秋二人的交手，是兩個最出色的法師間的比拚，而同時也是楚問和蕭如故的另一類交手。

龍吟霄和李無憂，是兩個武術雙修者之間的比鬥。這是三戰中唯一不帶任何政治意義的拚鬥，但這場比武的影響是極其深遠的，以至於在很多年後，李無憂還經常念叨一句：「如果當時我沒有和龍吟霄交手的話……」

只是多年後的人事滄桑，在斗轉星移，物是人非之前，是並無半點徵兆的。

會場的四周就被掛上了數百盞巨型的水晶燃氣燈，而擂臺的四個角落卻掛上了比之更明亮的水晶電燈，整個會場一如白晝。

> 水晶燃氣燈，是將燃氣和空氣緩緩輸入一個水晶罩，讓其在裏面燃燒的巨大燈型。至於水晶電燈卻是由修為極高的法師將大量的閃電禁錮到水晶球內，讓其互相衝撞，彼此抵消，以此產生源源不絕的光亮。

「雪！」

「下雪了！」

「看，雪啊！」

「李無憂召喚風雪了！」

隨著一聲聲驚呼，一襲藍衫的李無憂在天空悠悠飛起雪花的時候走上了擂臺。

所有的人的心頭都湧起一種聖潔的感覺，雖然他們早就聽說李無憂是水系的大仙級的法師，但竟然能夠呼風喚雪，改變天候，以此增幅自己的法力，這樣的手段實在是太驚人了！

擂臺之上，龍吟霄一臉欽佩道：「李兄的法術竟然已經達到改天換地的境界，龍某真是自嘆不如！」

「大白癡，你聽誰說過大仙級的法師就能改變天候的？老子若真能改天換地，也一定先將你這白癡徒孫給活埋了！」李無憂暗自苦笑，卻還不得不解釋道：「龍大俠謬讚了。事實上，這夏日飛雪不是我召喚來的。」

龍吟霄點頭道：「若是別人說，龍某定以爲他是在謙虛，但李兄的話中卻有一種讓人不能懷疑的真誠意味。唉！這年頭，像李兄這樣的至誠君子真是太少了。」

至誠君子？李無憂四下張望一遍，確定身周沒有他人，才想起他是在說自己，當即暗自好笑：「老子被人罵過無賴、流氓、淫賊、小王八蛋，但就是沒被說過是君子，哈哈，乖徒孫，你可真是有意思。」打了個哈哈，道：「真是生我者父母，知我者龍兄啊！其實龍兄，直就是小弟的偶像，小弟日思夜想都是成為龍兄這樣的君子人物啊！」

「呵呵！李兄過獎了。」龍吟霄淡淡一笑。

李無憂本對龍吟霄並無惡感，而且因為菩葉的緣故，頗有些親近之意，但此時一見龍吟霄那故作淡泊名利的姿態，就沒來由地覺得很是不爽，促狹心起，當即以一個蒼老的聲音傳音道：

「不，不，沒有過獎！想當日崑崙山下李家集外樹林之中，龍吟霄大俠竟然對一個身受重傷的弱女子也能狠心施下毒手，嘿嘿，如此若非君子風度，那實在是太沒天理了吧？」

「啊！是你！」龍吟霄忽然睜大了眼睛，「好！好！很好！原來當日那人……嗯，我可是一直記得你的好處。」

當日龍吟霄放過了寒山碧，趕回方丈山的時候，被剛剛出關的雲海和尚狠狠訓斥了一頓：「虛字輩的高僧不是圓寂就是成佛多年，你是在做白日夢吧？」

龍吟霄不服氣地去找那片金色菩提葉，但拿出來的不過是一片薄薄的乾狗屎。這才明白自己被人用幻術給戲耍了，當即引為生平奇恥大辱。不想今日竟然在擂臺之上遇到仇人冷嘲熱諷，氣急之下，竟是語無倫次，連說了四個「好」字。

李無憂看他面色鐵青，心頭暗爽，謙遜道：「龍大俠說哪裡話來？路見不平，拔刀相助乃是我輩習武之人分內之事。更何況在下對龍大俠的俠骨仁風一直欽佩有加，能爲大俠盡力實是小子的福分，大俠實在不必對我的好處念念不忘。」

龍吟霄養氣功夫極好，心緒瞬間已恢復正常，淡淡道：「李無憂，你冒充我師門長輩的好處，龍某可是一日不敢淡忘。」

「冒充？嘿嘿！」李無憂傳音冷笑道，「好你個欺師滅祖的龍吟霄，竟然敢說我冒充！好，老子今天就讓你這後輩見識見識什麼才是真正的禪林武術！」轉頭對站在擂臺邊角的本場比賽的裁判文公達大聲道：

「文前輩，請您宣布比武開始！」

文公達是正氣盟的三大長老之一，法力極其高強，聽到李無憂的話，看了看龍吟霄，見後者點頭，雙手一張，在擂臺的四周布下了一個結界，宣布比武開始，自己也隨即退到結界之外。

李無憂看了看遠處擂臺上的白衣女子一眼，灑然一笑，伸出右手對龍吟霄做了個請的姿勢。後者凝重點頭，拔出背上金刀，同時左手一揮，一道火焰甩到了金刀之上，左足前跨，金刀劈出一道金芒。

二人相距不下三丈，龍吟霄如此之遠就出招，實是有違常理，全場觀眾都是迷惑不解。

但下一刻，奇景產生：龍吟霄左足跨出之時人還在三丈之外，但足落之地卻是在李無憂身前三尺。既沒有殘像，也沒有幻影，眾人只都疑看花了眼，都湧起玄之又玄的感覺。

「小虛空挪移何足道哉？」李無憂冷笑一聲，身影一晃，竟一分為二——場中竟有了兩個一模一樣的李無憂，龍吟霄勢在必得的一刀，竟砍在了兩個李無憂之間的空地上。

「幻術！」龍吟霄微吃一驚，忙將禪林明鏡大法運轉全身，心湖立如皎皎之鏡，周圍動靜全如倒影一般映入心來。

啊！不可能！怎麼兩個都是真人！龍吟霄大駭之下，身形暴退。

但那兩個李無憂並未追趕，而是各自又將身體一晃，各自化作兩個人影，而新化出來的人影又自分化成了四人，四人中兩人不變，其餘兩人又自分化，一二得二，二二得四，二四得八，二八十六，四次之後場中已經有了十六個，不，是十八個一模一樣的李無憂。

啊！全場皆驚！

「蒼龍吸水！」慕容軒大喝一聲，一掌拍向西湖水面，一條龍形水柱應勢升起，噬向獨孤千秋。

「玄黃壁！」獨孤千秋揮手一擋，手前生出了一面長寬各兩丈的黃色透明牆壁，水龍撞到牆壁，立時化作冰沫，四處飛濺。

慕容軒口中念念有詞，右手食中二指一併點出，那飛散的冰沫化作千百支冰箭，自四面八方射向獨孤千秋。後者冷笑一聲，雙掌一合，玄黃壁化直爲曲，成球狀環繞在他身體四周。

冰箭射到玄黃球上，發出劈里啪啦的一串爆響後跌落水中。

慕容軒袍袖一拂，將雙手後背，笑道：「十年不見，千秋你的法術精進如斯，真是可喜可賀。」

「嘿！你也不差！不過，咱們總是這樣隔靴搔癢式地打下去，也不知哪年哪月才能分出個勝負。」獨孤千秋冷冷道。

慕容軒抬頭看了看天上的雪花，輕笑道：「聽說你已將玄黃大法練到第九重，這就使出來吧！我的九龍擊天大法也是好久沒遇到對手了。」

「好！」獨孤千秋哼出一字，右手朝湖中虛抓，一點黃光慢慢在他手心凝聚，黃光慢慢變大，最後成了一個巨大的金球，左右手汛疾一合，再張開時，金球變成了一柄土黃色的長劍。

慕容軒的臉上露出凝重的神色，七條色彩各異的光龍開始在他身周環繞。

「去！」獨孤千秋大喝一聲，玄黃劍下劈。

那劍初時只有三尺長，揮出之後遇風暴漲，漸漸變長，變寬，眨眼間竟化作五丈長，劍尖已落到慕容軒的頭頂。

慕容軒雙手結印，六條彩龍架住了玄黃巨劍，一條紅龍急速地撲向獨孤千秋。

碧綠色的火焰如細密的雨點朝葉十一的頭頂傾落，後者揮劍如風，無形的劍氣帶著潔白的雪花飛向那些火焰，每一片雪花正好抵消掉一小朵火焰。彷彿放了漫天的煙火。

柳青青雙手綢帶揮舞，指揮著那些碧綠的磷火，邊打邊笑道：「已經第三十七招了，葉公子。你如此只守不攻，又能撐得了多久？」

葉十一道：「我都不急，你急什麼？」

「既然不打，就趕快滾開，別擋著姑奶奶的路！」柳青青嗔道。

「該滾時，老子自然會滾！」葉十一淡淡笑道。

一十八個李無憂以一個古怪的陣形分散在龍吟霄的周圍，他們的動作表情全無差別，均是右手持劍，左手捏著劍訣。

龍吟霄雖然明明知道這十八人中只有一人是真的李無憂，但他將明鏡心法催至最高境界，卻依然分不清這十八人中誰才是真正的李無憂。

這……怎麼可能？那麼，只好用——菩提三千天劍！

龍吟霄大喝一聲，以指作劍，剎那間向四面八方刺出了一百八十道劍氣，每十劍一組，射向一個「李無憂」。

「啊！怎麼可能？」龍吟霄睜大了眼，懷疑自己是不是做了噩夢——十八個李無憂按不同的劍式同時揮動手中的無憂劍，他發出的一百八十道劍氣如泥牛入海，連半點波瀾都未生出。

「這種情形，你是不是在哪裡見過？」十八個李無憂同時開口道。

「十……十八羅漢陣！」龍吟霄驚道，「但……但……但這怎麼可能？」

一人化十八，十八人竟然組成了禪林寺的鎮山陣法十八羅漢陣。

「嘿嘿！不信可以再試試！」十八個李無憂齊聲又道。

龍吟霄沉著臉，大刀一揮，一式「天龍逐日」使出，一條龍形刀氣狂吞如捲而下。同時，左掌上舉，一輪金色的太陽應掌而生。太陽放出無數條金光，照亮了整個擂臺。

十八個李無憂同時將無憂劍上拋，十八柄無憂劍在上方結成一個巨大的圓盤，急速地旋轉。

金光和刀氣一碰到圓盤，立時被全數反激回去，龍吟霄慌忙施展小虛空挪移想避開，但那金光無處不在，終於還是有幾道光芒射到身上。

十八個李無憂終於又回復爲一個，將無憂劍還鞘，看了地上的龍吟霄一眼，嘻嘻笑道：「還打嗎，晚輩？」

「晚輩技不如人，不必了！」龍吟霄道，「不過，前輩您用的確實是禪林最正宗的法術和武功，但是……」

「沒有但是。不過如果前輩我高興的話，會在不久的將來去一趟方丈山，說不定我再高興一下的話，呵呵，或者會將十八羅漢陣的事情告訴你一下。當然，如果你不服氣，非要現在再試試的話，前輩我當然也不反對！」李無憂好整以暇道。

「晚輩不敢！」龍吟霄忙道。

「不敢就好！」李無憂笑道，「那好，現在你告訴我，這場比賽誰贏了？」

「當然是前輩您贏了！」

「不……是你贏了！」低聲說完這句話，李無憂身體忽然後仰，噴出一口鮮血，臉上露出一副不甘心卻又非常敬服的神情大聲道：「龍……龍大俠的菩提三千天劍果然名不虛傳，竟然能在十八個幻影中傷到我的真身，李無憂佩服！這場比武是你贏了！」說完踉踉蹌蹌地走下臺去。

文公達先是愕然，隨即朗聲宣佈道：

「第六十一屆武林大會總決賽的勝者，是禪林龍吟霄！」

觀眾與擂臺相隔太遠，根本聽不到擂臺上龍李二人的低語，聽到李無憂大聲認輸都是驚愕至極，大仙位高手與小仙位高手間的較量，竟然以小仙位的獲勝而告終？難道龍吟霄也已是大仙位高手？難道李無憂竟是浪得虛名？難道……

好半晌，場中才響起掌聲。

而這個時候，誰也沒有發現，台下的李無憂已經憑空消失不見，只有龍椅上的楚問看著天空越來越大的雪，淡淡道：「這真他媽是一屆無聊的大會！」

「第三百招了！葉十一，你他媽的是不是個男人？打還是不打，爽快點！姑奶奶還有要事在身，沒空陪你玩捉迷藏！」妖蝶柳青青簡直是怒髮衝冠。

「但老子今天似乎很有空。」葉十一咧嘴一笑，露出一口黃牙，「如果你不喜歡，將我打敗就可以走了！」

「你個縮頭烏龜，總躲在罡氣布成的烏龜殼裏，姑奶奶怎麼才能打敗你？」

柳青青說時右手一收，一根無形的絲線以一個詭異的角度纏繞在了葉十一的腰上，霎時將後者捆了個結結實實，分毫不能動彈，驚鴻劍也墜落於地，「嘿嘿！任你其奸似鬼，也要喝姑奶奶的洗腳水！這無情絲觸肉即化，葉十一，你這次總落到我手中了吧！」

「呵呵！你一直在用法術猛攻，同時引我說話，就是為了讓我不防備，好乘機將這無形無影的無情絲綁到我身上？」葉十一笑道。

「咦！你好像還是蠻聰明的嘛！阿葉！」柳青青得意一笑，但很快她就大惑不解，「都這樣了，你還能笑得出來？你以為我不會殺你嗎？」

「你殺不了我！」葉十一微微一笑，本是絲毫不能動彈的右手忽然一揚，地上的驚鴻劍彷彿在刹那間穿越了數丈虛空，橫架在了柳青青的玉頸上，而他的左手食中二指間正夾著一根若隱若現的透明絲線。

守了三百招後，葉十一終於攻了一劍，一劍制敵！

「你……」柳青青大驚失色中帶著迷惑不解。

「呵！不好意思，我忘了告訴你一件事。你知道不知道江湖中有幾種武功，一旦你修煉有成，對法術法寶的威力就免疫了，譬如菊齋的淡菊心法、正氣盟的浩然正氣，呵，還有就是我師父的照影神功。」葉十一露出歉然的神色道，「所以，我雖然並不能對你的頂級法術免疫，但像無情絲這種普通法寶，已對我不起作用了。」

無情絲是無情門的三寶之一，當然不是什麼普通法寶，但柳青青此時已經沒有心情和他辯駁，只是嘆了口氣，道：「劍神傳人，果然名不虛傳。青青輸得心服口服。你殺了我吧！」

葉十一虛空一抓，驚鴻劍倒飛而回，插入劍鞘：「呵呵，記住一句話，驚鴻劍只救人不殺人！後會有期。」語畢轉身揚長而去。

「喂……」柳青青似乎想說什麼。

「哦，忘了告訴你。下次和我動手，不要再用頂級法術以外的招式。」葉十一停住腳步，轉身好看地微笑道。

「我知道，但……」

「呵！還有，千萬別崇拜我。」葉十一似乎很瞭解女人的心思。

「不是，我……」

「呵。也別愛上我，不然我會驕傲的。」葉十一說完這句，以一個瀟灑的姿態掉頭而去。

對著他遠去的背影，柳青青幾乎是用吼的聲音道：「喂！自戀狂！誰有空愛你，我是說，你要走也該將無情絲留下再走啊。那東西好貴的……」

「撲通！」

「嘩啦」一聲巨響，玄黃巨劍劈了個空，落在了湖面，三丈內的水面被分成了兩半。

慕容軒避不過巨劍，升到十丈高空，輕吟道：「龍吟九霄追紅日！」紅黃橙綠青藍紫七條彩龍同時厲吼一聲，繞過劍光，口吐寒冰，撲向獨孤千秋。

「十年恩怨，今天就來個了結吧！」獨孤千秋狂吼一聲，右手虛虛一揮，玄黃劍由巨變小，同時一分爲二，二化爲四，如此反覆，刹那間湖上出現了千萬把玄黃劍。

千萬把玄黃劍如垂天之雲，遮天蔽日一般飛射向慕容軒和他的七條彩龍，千萬道劍光照亮了整個西湖。

七條彩龍竟然無一倖免地立時在玄黃劍下灰飛煙滅，慕容軒大喝一聲，掌中又吐出一條丈許粗的巨型雙頭白龍。

白龍的兩張口中分別噴出閃電和玄冰，漫天的玄黃劍遇到玄冰劍速立時降低，而碰到閃電立刻就被擊得偏離了方向。饒是如此，尚有數百把玄黃劍射來。

白龍厲吼一聲，龍尾一擺，周身立時刮起一股強力的旋風，剩下的玄黃劍立時被吹得四散，落到西湖之中。

但那旋風尚未散去，慕容軒忽覺巨大的無形壓力從四面八方擠了過來，慌忙將精神力提至極限，朝周圍探去。

「不好！是一葉障目和五嶽移山！」慕容軒大驚，整個人如一隻羽鶴沖霄而起，但人才升起三丈，一股龐大的巨力又自頭頂傳來，抬頭看去，卻是一座若隱若現的山峰當頭砸來。

「神龍出世！」慕容軒見避無可避，只得召喚出九龍擊天大法中的最後一龍。

金色的神龍方一現身，便曲盤在慕容軒四周，替他頂住了頭頂山峰的龐大壓力，而東西南北四方的湖面也分別顯出一座小山峰擠壓過來，慕容軒不得不再次召喚出七條彩龍，和白龍一起，抵住這四山的壓力。

原來方才獨孤千秋將玄黃劍化作千萬把的同時，在劍身附了隱蔽性幻術「一葉障目」，讓慕容軒未能察覺他正暗自佈下的五嶽移山大法。五嶽移山，是土系法術玄黃大法中的頂級法術，傳說這五座由靈氣幻化出來的大山，每座都重九千九百九十九斤。

獨孤千秋手掌疾拍，同時冷笑道：「慕容軒，你我雖然都是大仙法師，但五行之中，土本剋水，你難道還真的妄想戰勝我嗎？」

慕容軒見他每拍一次自己，身周的壓力就增一分，心知這就是地獄門的獨門法術「地獄胡笳十八拍」了，他每拍一次加在山上的力量就增加一倍，若被他順利地拍完十八掌，自己縱有九龍之力相抗，怕也要被五嶽壓成肉餅不可。

好吧！看來是決定生死的時候到了。

「千秋，你以爲你贏定了嗎？」五嶽擠壓之中的慕容軒忽然詭異一笑。

彷彿是水面泛過的漣漪，冥神的心頭忽然泛起一點不安，但當他將精神力遍布方圓二十丈，綠水無憂，青山不老，游魚低翔……一切依舊，咦，那隻青鳥什麼時候不見了？

「砰！」一道青光撞到獨孤千秋身前三寸，爆發出巨大的炸響。炸響過後，翠綠的羽毛和雪花一起飄蕩在他的四周。

「藏冰於物這種伎倆就想殺死我？慕容軒，你未免太小……小子你是誰？」獨孤千秋的話剛說了一半，一段帶血的劍尖就露出了他的小腹，而他回頭的時候，就看見了一個少年帶笑的臉。

「我叫李無憂，門主你好。」少年拔出長劍，笑嘻嘻地說。

「你也好。」獨孤千秋說完這一句對白，靈氣泄盡，足下一軟，沉到西湖底去。

同一剎那，五座大山同時煙消雲散，而慕容軒也收回了那九條奄奄一息的龍。

「無憂你若再來遲半步，我怕就被他壓死了。」慕容軒狂噴了數口血後，有氣無力地說。

「媽的！這都怪皇上年紀大了，廢話了一上午，不然我早來和你並肩作戰了，還有岳父大人，你有事沒事布什麼鬼結界嘛，我既要破進你的結界，還不能驚動那傢伙，你都不知道難度有多高！還好老子聰明，最後用劍在結界上劃了個洞，哈哈……哇，媽的，老子也吐血了！」

李無憂說到這裏，吐了一口鮮血，盤膝坐在水面上。

「行了，別賣乖了，浩然正氣練到第九重的人會被封鎖結界阻隔住？倒是你用須彌芥子和鎖魂將自己附身在青鳥身上，這兩種法術都是很傷真元的，剛才又被冰爆給炸了一下，傷勢應該不輕吧，少說幾句話，先回去休息一下，我可不想我的女兒還沒過門就要守活寡。」慕容軒語聲很淡，但李無憂卻從他的眼裏看出了感激。

李無憂道：「岳父大人你果然明察秋毫，英名神武，小子對您的景仰有如滔滔江水，連綿那個不絕。」

「滔滔江水？」慕容軒笑了笑，「不錯，長江後浪推前浪，無論是武功、法術，還是心計，你比我可都已不多讓了。」

李無憂邊聽這些沒有營養的讚譽邊謙遜地點頭，末了笑道：「岳父你過譽了，薑還是老的辣，小子何德何能怎敢與岳父你並肩？呵呵，對了岳父，我是不是可以和蘭兒正式舉行婚禮了？」

「不可以！我堂堂大荒三仙之一，當代地獄門門主，威震大荒六十四州的一代絕世奇才，怎麼可以如此輕易就被你一個乳臭未乾的小子殺死？」慕容軒正要說話，一個全身濕透、小腹汩汩冒血的人搶著道。

「拜託，大哥你掛都掛了，還出來攪什麼局？沒看到老子正和岳父大人商量終身大事嗎？到下面涼快去！」

李無憂看到那人正是剛剛沉入湖底的獨孤千秋，氣就不打一處來，一腳踹在他臉上。

「岳父大人，這婚事你看……」

「沒道理啊！我冥神獨孤千秋怎麼說也是異界至尊第一大反派，怎麼可以就這麼輕易就掛了？」卻是鼻青臉腫的獨孤千秋又浮出了水面。

「老大，你知道現在做反派要哪三個最基本條件嗎？一、要玉樹臨風英俊瀟灑；二、要陰險詭詐心狠手辣；三、假使如果萬一或者大概確實真的你不符合第二條，請參照第一條。你也不去照照鏡子，任何時候都是一臉冷冰冰的鬼樣子，好像誰都欠你好幾百萬兩一樣，早

把人都嚇跑了，怎麼做有前途的大反派？快接受你跑龍套的宿命，滾到水下餵魚去！第一大反派？下輩子投個好胎再說吧！我靠！」李無憂又是毫不客氣地一腳將他踹下湖去。

「呵呵！岳父大人，真是不好意思，被這不識趣的傢伙打擾了一下，我們繼續，剛才我說到哪了……哦，婚事，呵呵，你看是定在今晚呢，還是明天？」

「不用這麼急吧，咱們可以好好商……喂，千秋，這次連我都看不過去了，我女婿已經給你說得很清楚了，你怎麼還不安心地去死？」

慕容軒話剛說了一半，獨孤千秋又冒出頭來。

「我抗議！憑什麼是我跑龍套而不是慕容軒？你看他滿頭白髮，整個的營養不良，而且除了拿著把從來不用的摺扇附庸風雅外，一無是處，憑什麼他的戲比我多？」獨孤千秋指著慕容軒的頭，對李無憂大聲道。

李無憂：「你和我很熟嗎？」

獨孤千秋：「今天才第一次見面。」

李無憂：「那你有個漂亮的女兒嗎？」

獨孤千秋：「我無子無女。」

李無憂：「靠！那就對了！你既然和男主角沒交情，又沒有一個漂亮的女兒送給他做老婆，憑什麼和人家比？雖然我也承認他長得不帥，頭髮不但因爲沒營養而發白，還開了岔，老大不小了還生青春痘，沒文化，人品也不好，睡覺老打呼，隨地亂吐痰，便後不洗手，嫖妓不給錢……嘿，岳父您別瞪我，基本上我已經算是在誇你了……啊，別拿劍砍我……還是說你吧，獨孤千秋，你說說，你又沒交情又沒美麗女兒，易刀不讓你跑龍套，還能讓你搞什麼啊？」

「你說得似乎有點道理。但易刀是誰啊？」獨孤千秋道。

李無憂這次二話不說，看也不看就掄起拳頭狠狠砸在他的小腹上，後者應聲慘叫：「媽的！搞了這麼久，連作者易刀都不知道，還想當第一反派，做夢吧你！岳父，我們再商量一下婚事……咦，岳父你去哪……哇，岳父你的輕功好棒哦，居然還能貼著水面倒飛呢，有空教我啊……」

遠處傳來一個淒慘的聲音：「李無憂你這個渾蛋竟然偷襲我，我不會將小蘭嫁給你的。」

「媽的！打錯人了！」李無憂望著自己的拳頭，忍不住嘆了口氣，「岳父，你別怕，我來救你……好了，別礙眼了，滾下去吧跑龍套的大反派（**一掌拍在獨孤千秋的頭上**）……」

「我，我……我一定還會回來的！」

湖面迴旋著獨孤千秋不甘的聲音。

大雪初霽，柔和的陽光灑遍航州城的人街小巷。

積雪已被清掃一空，屍體和血跡都已被處理乾淨，清新的氣息在空氣中流轉。除了偶爾傾頹的房屋和隱隱的哀號，誰也不能將前天晚上的血腥和眼前的平和聯繫在一起。

安民告示和九門提督李無憂誅殺違反禁武令的獨孤千秋的公報在昨天已經貼了出來，現在依然還有三五成群的民眾在圍觀，指指點點，談笑風生。

京都的平民都有一個好處，在見慣了無數譬如政變弒君、血流成河、天下盛會等大場面後，已經變得寵辱不驚起來。

只要事不關己，他們通常對周圍發生的一切都警惕地保持著距離。所以在昨天楚問在晨報上發表公開演說，而諸國的使節也紛紛澄清自己的國家和此次政變完全無關後，除了在雪滿京華夜喪生的民眾家屬和失去房屋的業主還在等著領政府的補給外，絕大多數的人很快就穩定了下來，漸漸淡忘了血腥，開始津津樂道武林大會的盛況空前，美女如雲，那夜柳隨風如何地巧計算百里，李無憂又如何隻劍刺冥神，口沫飛濺，一切仿如目睹。

穩定，這不正是當權者和平民都要的嗎？但誰又知道平靜的海面下激蕩著暗流，並且隨時都會噴發？

李無憂和柳隨風並肩慢慢走在去皇宮的路上。

「有時候，人生真的就像一場賭局。短短一夜，竟發生了這麼多事。發起叛亂的靈王、常飛和百里溪，派出柳青青想去刺殺靈王的珉王，蕭國派來搗亂的獨孤千秋，近十萬士兵，全都輸了性命。楚問輸了兩個兒子的性命，蕭如故輸了一個珍貴的大仙級法師，耿雲天和司馬青衫輸了政治靠山，柳青青比武輸了名聲……這麼多的人輸了，那麼到底誰贏了？」柳隨風感慨道，「是贏得年輕一輩第一高手的龍吟霄，是一劍擊退柳青青的葉十一，還是隻劍誅殺冥神的李無憂？是三王之亂唯一的倖存者靖王，是成功讓忤逆之子伏誅的楚問，還是成功打敗兩路叛軍的九門提督？」

李無憂笑道：「誰贏了？隨風你這算是考我嗎？看上去，最大的贏家是臨陣倒戈的靖王，其次是楚問，最後才是我。但事實上，這場賭局最大的贏家不在這裏。」

「哦？那在哪裡呢？」柳隨風不知是假裝還是真的不解道。

李無憂並沒有回答他的問題，只是望了望北方，笑道：「如果不出意外，信鴿應該在今天凌晨就到了吧。」

第四章　無憂軍團

「吾皇萬歲萬歲萬萬歲！」文武大臣三呼萬歲，拜伏在地。

楚問揮了揮手，朱太監大聲道：「皇上有旨，眾臣平身。」

眾人稱謝起立，李無憂抬起頭看見了楚問。才一日不見，往昔那個和藹可親的老頭鬚髮已經全白，歲月在額頭留下的刀刻般的深痕也因此顯得突出，整個人彷彿突然蒼老了十歲。

楚問悲哀的眼神望了眾人一眼，用緩慢而低沉的語調道：

「眾位愛卿，前天晚上發生在京城的事，想必你們都聽說了。靈王，我最深愛的兒子，竟然夥同常飛和百里溪這兩個逆賊陰謀造反，並因此殺了朕的四皇子珉王，而他自己也被平叛的九皇子所殺。一夜之間，朕失去了兩位至親之人，但靈王是罪有應得，珉王是為國捐軀，這也罷了。但我新楚十萬精兵也因此喪生，他們沒有死在戰場上，卻死在了同胞的手上，這才是朕最心痛的。悲吾悲以及人之悲，他們哪一個人又沒有父母？他們的父母難道不會因此而心痛嗎？唉！」

「陛下千萬節哀，將士們若是知道陛下如此悲天憫人，也定當感覺死得其所，都會認爲能夠爲這樣的皇上獻身是一種福氣。」說這樣混賬馬屁話的，當然只能是耿雲天。

「皇上請節哀。珉王殿下和將士們若是知道陛下爲他們如此哀傷，也定感不安。」還是司馬青衫的話聽來順耳些。

群臣紛紛附和二人，顯然兩位皇子的死並未影響二人在朝中的地位。

李無憂暗自冷笑，面上卻也裝出一副如喪考妣的模樣哭道：

「嗚呼珉王，不幸夭亡！才蓋當世，風華正茂。雄姿英發，國之棟梁。天妒英才，奈何早逝？君命雖逝，忠氣長存。哀君情切，愁腸千結。惟我肝膽，悲無斷絕。昊天昏暗，三軍愴然。主爲哀泣，友爲淚漣。想某初到航州之日，便在斯地，與公一見如故，大碗喝酒，大口吃肉，大被嫖妓。相交之情，皎如日月。奈何數日之間，溫酒如故，物是人非。煢煢孑立，形影相弔。滿朝文武，如君之心。嗚呼千歲，生死永別！君如有靈，以鑒我心。從此天下，更無知音。嗚呼痛哉！」

這一篇文辭絕美的祭文當然不是李無憂自己寫的，他即使有那才氣也沒那工夫，這是從文載道不傳於世的一部典籍中偷來的，此時被他以佛門密法禪音佛唱融合精神力哭出，簡直可以說是見者傷心，聞者落淚，恍惚之間，眾人都深深地覺得這位李無憂提督和已故的珉王千歲簡直就是比親兄弟還要親，一起喝酒吃肉就罷了，竟然還一起嫖妓，果然是交情匪淺。

楚問雙目含淚，擺了擺手道：「無憂，你別哭了，弄得朕也想哭了，唉，想不到你和四皇兒的感情似乎比朕還要深啊。」

李無憂知道戲已做足不可再過，擦去眼淚道：「臣遵旨。事實上，不是臣與珉王殿下的感情比皇上的深，而是因爲陛下心懷天下，將自己的哀思都寄託給了黎民百姓，分給自己兒子的就少了。」

這個馬屁拍得恰到好處，楚問哀容稍霽，嘆道：「唉！爲王者，自當以天下爲家，百姓爲子，朕個人的哀痛比起整個天下來又算得了什麼？」

他略略一頓，話鋒一轉道，「朕今天早上收到兩封飛鴿傳書，得知兩個不幸的消息。一是，入夏以來，蒼瀾一帶普降暴雨，湖州蒼瀾河堤前天晚上已經決堤，沿岸數十里良田被淹，百姓流離失所。二是，在五月初一夜，蕭、陳、西琦三國聯兵七十萬攻打我西南邊境，至書信遞出時止，梧州城已被攻破……」

這兩個消息，一個比一個驚人，就彷彿兩座雲龍山同時投入東海，引起軒然大波。眾臣議論紛紛，朝堂霎時變成了個菜市場。

楚問擺了擺手道：「諸位愛卿，肅靜。朕想派兩位愛卿分別去處理這兩件事，不知道誰願擔此重任？」

「臣願去平定水患！」

出列說話的是屬於司馬青衫一系的工部尚書周宏基。

「臣也願去。」刑部尚書冷遷道。

這是耿雲天的人了。

緊接著，又有幾位依附靖王的大臣紛紛表示自己關心民間疾苦，願意去平定水患，但卻沒有一個說自己願意去戰三國聯軍的。

李無憂略一思忖，即明白了其中的道理。去湖州治水，不過是監工放糧，自己只是動動嘴皮，辛苦活自然有手下人去辦，並且其中大有油水，同時又討好了皇帝，可說是個大大的美差。至於去前線卻恰恰相反。四十天前，蕭、陳、西琦三國曾聯合出兵，被挫後損兵折將含恨而歸，這麼快就捲土重來，自然是矢志報復，必然來勢洶洶，梧州既然已破，只要聯軍再攻破憑欄關和潼關，之後就是千里平原，在平原上和蕭國與西琦人作戰，自然是更不討好，簡直是九死無生。同時，軍神王天和斷州張承宗自然也會提兵殲敵，是以這一仗即便是打贏了，那也是他們二人的功勞，半點輪不到自己，若是不幸兵敗，自己最輕是人頭落地，重則背上個「亡國將軍」的雅號，自然誰也不願意去了。

「幾位愛卿真是公忠體國，朕心甚慰。」楚問頷首道：「但怎麼沒有願意去抵禦敵寇的呢？有的話，請站出列來。」

朝中本有幾名年輕的將軍想帶兵出征，但立即被人眼色制止了。所有的人都站得挺直，深怕被皇上懷疑自己有半點為國捐軀的意思。

李無憂雖然被文載道狠灌過幾年兵法，但還不會狂到自己是孫武再世，能夠去抵抗蕭如故這樣的絕世用兵天才，頭也不偏地對身旁的柳隨風低聲道：

「隨風，你猜在這多事之秋，你的偶像這次會不會做縮頭烏龜而帶兵出征？」

後者剛剛因為雪滿京華夜的出色表現，而被提拔為左僕射這個四品武官，聽到李無憂的話，微微一笑道：

「丞相人人心懷家國，自然願意為國出征，不過嘛，我想肯定有人願意會替他出戰的，他老人家是用不著親臨沙場的。」

「不會吧？哪個白癡願意做這替死鬼？」李無憂訝道。

「你說沒有？」柳隨風拍了拍李無憂的肩膀。

「沒有。」

「你肯定沒有？」

「肯定。」

「果然沒有？」

「果然。」

「嘿嘿！」柳隨風忽然詭異地一笑。

李無憂立覺不妥，但腳底忽然傳出一陣火辣辣的劇痛，痛得他蹦起三尺，落下時卻站在了列外。

「朕真是太感動了，無憂你剛立奇功，現在又願領兵禦寇，真是大楚棟梁，臣之典範，好！朕就滿足你的願望，准你帶兵出征。」

楚問的臉上第一次露出了笑容。

「這個……那個……皇上……臣不是那個意思，剛才柳隨風這王八蛋他陰……」

「無憂！大丈夫敢做敢當，你就不用謙虛了。」楚問打斷道。

「但是……」

「不要但是，你要知道剛才你當眾辱罵朝臣可犯了一條重罪，還不願戴罪立功嗎？若

你能打退外敵，想來柳愛卿也不會和你計較了吧？」

楚問笑瞇瞇的神情，很有理由讓人懷疑他剛才的哀痛是不是在做戲。

柳隨風很配合道：「回稟皇上。李大人乃是性情中人，口吐市井汙言乃尋常之事，臣又怎會記掛在心？不過國有國法，若不將他治罪，總是於法不合。當然，如果李大人願意為國征戰，將功折罪，旁人自也不能再說半句閒話。」

這幾句話不鹹不淡，但話裏的意思卻一波三折，直將李無憂恨得牙癢癢，但說話那人偏偏一副正氣凜然的模樣，甚至連眼睛都沒眨一下，若是不知道的人，絕對會以為這位柳大人真的是公而忘私的好臣子。

既然好不容易有人出來當替死鬼，自然沒人會拒絕他的合理要求，於是整個朝堂立時一片阿諛之聲，意思無外乎是伯爵大人能於國家存亡之際挺身而出，實在是我等楷模，我們對大人的景仰之情有如滔滔江水連綿不絕，但若大人要後退不去，那就是國家罪人，民族敗類，群眾的眼睛是雪亮的，大人剛才辱罵朝臣的罪行我們都是目睹的——怎麼做，你自己看著辦好了！

是生？是死？這是個問題。

李無憂暗自冷笑，面上裝出一副感激涕零的樣子道：「承蒙皇上和諸位大人看得起李無憂，我自當為國為民鞠躬盡瘁，死而後已。領軍退敵，臣義不容辭。不過，國事危急，臣想皇上答應兩個條件，若是不然，即使陛下要治臣的罪，臣也不出征。」

「大膽李無憂！」耿雲天斥道，「竟然敢威脅皇上！臣請皇上立即將這目無聖上的狂徒抓起來，以正朝綱。」

李無憂也不言語，一副無可無不可的樣子。

楚問擺了擺手，微笑道：「無憂，你有什麼條件？不妨說來聽聽。」

「第一，我所率領的軍隊中，一切事務必須由我說了算，不能讓任何人左右我的決定，包括皇上您。」李無憂道，掃了柳隨風一眼，又似乎不經意地道，「柳大人足智多謀，在伏擊百里溪一役所表現出來的才智讓臣佩服得五體投地，臣想讓他做此次遠征軍的軍師，請皇上成全。」

楚問爽快道：「好！准奏！李無憂、柳隨風聽封。朕封李無憂為平寇大元帥，明日午時領兵二十萬前往配合王天元帥退滅三國聯軍，封柳隨風為隨軍參贊，三日後一併起程！」

「這麼快就能出賣老子？算你狠！」跪地謝恩的柳隨風望著龍椅上那面帶微笑的老狐狸，心頭只冒出這樣一句話。

朝會散去的時候，李無憂和柳隨風被楚問特意留了下來。

楚問神秘笑道：「知道朕留你們下來爲什麼嗎？」

「嘿嘿，皇上一定是覺得征途寂寞，打算賜十個美女給我解悶吧？」李無憂淫笑道。

「切！你以爲英明神武睿智無敵天下無雙的皇帝陛下會像你那麼淺薄無聊嗎？」柳隨風反駁道。

「還是隨風有深度！」楚問滿意地點頭，但這是因爲他還沒聽到柳隨風下面的話：「我說應該是賜兩百個才對，咱哥倆一人一百！您說對嗎？皇上。」

「你們也別猜了。朕是要送一個人給你們，但不是美女。呵呵，無憂，你別不高興的樣子，人雖然是我送的，但要不要就看你自己的了。」

楚問拍拍手，一個人從後殿走了出來。

「下官六品游擊將軍秦鳳雛見過兩位大人。」那人一躬到底，不卑不亢道。

「原來是你。」柳隨風淡淡道，「我就說百里溪怎麼會那麼容易被我擊敗，原來一切都是托秦兄的福。」

「柳大人此言差矣，一切都是皇上的功勞。您說是嗎？」秦鳳雛雲淡風輕地說。

楚問看著李無憂的眼睛道：「秦將軍附逆本當問斬，不過因爲能夠迷途知返，幫助吳將軍殺了百里溪，所以朕只是降了他的職位，允許他戴罪立功。無憂，這人你要嗎？」

李無憂淡淡一笑：「如此人才，臣怎會拒之門外？明日起，秦將軍就去馬隊做個很有前途的馬夫吧，聽說那裏的馬最近都拉不出屎，秦將軍術業有專攻，正好物盡其用，不知將軍以爲如何？」

「固所願耳！」秦鳳雛不動聲色地說。

當陽光整整地射在「欽賜一等伯爵李公無憂府」這一行金字上的時候，伯爵府內正被一片詭異的氣氛所籠罩。

李無憂和柳隨風兩人彷彿癡戀的情人一樣相互對視，而慕容幽蘭、張龍和吳明鏡幾人卻都一副忍俊不禁的樣子。

「呵呵！」李無憂伸手拍了拍柳隨風的肩膀，一臉友善地笑。

「呵……呵……又一道……」柳隨風看了看肩膀上的手，面容慘澹。

「呵呵！別緊張嘛！隨風兄。」李無憂又輕輕拍了柳隨風一掌，面上的笑容越發的友善。

「呵……不……我不緊張。」柳隨風打了個冷戰。

「隨風啊，你知道不……」

「李大哥，我知道剛才在上朝時用陰火符燒您的腳是我的不對，但你也知道，小弟我也不容易啊！楚問那老狐狸拿我六歲那年偷看隔壁大嬸洗澡、九歲那年和飄香院的翠紅搞婚外情的事威脅我，我才不得不幫他給您升官的啊！」柳隨風跪倒在地，雙眼含淚道，「李大哥，李大仙，李大聖人，你就饒了我這個無爹無娘的迷途小男孩吧！」

「老公，你就饒了柳大哥吧，你看他哭都哭那麼假，多不容易啊！」慕容幽蘭唯恐天下不亂，在一旁煽風點火道。

「有道理！聽說珍珠都是假的最值錢，因為造假的總比採真的要花費的工夫還多！」張龍這活寶也是個喜歡落井下石的傢伙。

「慕容姑娘，慕容姑奶奶，你看在我都將積蓄了十八年的淚水一次全流了出來的份上，就幫我說幾句好話成不？」柳隨風楚楚可憐地哀求道，「改天柳大哥給你一串公輸開天留下的法寶。龍哥，小弟正好有幾副紫水晶骰子放家裏無用，改日送上孝敬您，您看好嗎？還有，諸位只要你們能求李大哥饒了小弟，小弟待會兒就在鳳儀樓請大家吃一頓飛魚金翅宴如何？」

「公輸開天的法寶？」

「紫水晶骰子？」

「飛魚金翅宴？」

眾人大喜，眼睛裏已經開始冒光，在看到柳隨風猛點頭的同時，紛紛開始爲他求情，最後弄得李無憂都覺得自己再不答應就對不起觀眾了：

「算了，既然我最親愛的蘭兒和這麼多兄弟幫你求情，那我先小小地原諒你一下。好了，沒事了，大家去吃飛魚金翅宴吧！」

「吃飯當然不是問題！」柳隨風陪笑道：「不過大哥，你剛剛在我身上種下的一百道陰火符能不能先驅除了？」

「別傻了！大家兄弟一場，那點小事，我怎麼會真的和你計較呢？」李無憂又拍了拍柳隨風的肩，一臉真誠地笑。

「啊……又一道！」柳隨風哭喪著臉，「這一百零一道陰火符同時發作起來，還不將我燒成灰啊！」

「別裝了！」李無憂嘿嘿笑道，「你這小子根本天生就對法術免疫，我的符法怎麼能燒得到你？但你不知道的是，我在給你種入一百零一道陰火符的同時，也種下一百零一股

憔悴掌力……呵呵，別那麼害怕嘛，憔悴掌雖然陰險惡毒骯髒恐怖，但隨風你也是條鐵骨錚錚的漢子，應該不會受不住這點考驗的吧？」

「法術免疫？」「憔悴掌？」眾人先是驚奇地睜大了眼睛，然後立時又露出了無限同情的眼神。

「憔悴掌？就是號稱『為伊笑得人憔悴』，而與搜神手、逍遙指並稱江湖三大整人絕技的憔悴掌？李大哥你連這種武功都會……嘿，果然厲害！果然厲害！小弟佩服得緊……」柳隨風乾笑道，同時真氣下沉雙足，打算逃之夭夭，但足下剛剛有移動的趨勢，就忽然覺得四周有無窮無盡的壓力迫來。

沒道理啊，老子明明對法術免疫的，怎麼還受結界的影響？咦！不對，這是真氣鎖定！

柳隨風想到這裏直嚇了一跳。這傢伙真是個怪物，年紀輕輕，武功就到了這個境界！

「嘿嘿！我對你到現在依然能裝傻也佩服得緊！」李無憂說時，伸手作勢又要拍柳隨風肩膀，後者慌忙閃開。

「算你狠！」柳隨風是個識時務的人，當然不會自討苦吃，「你費盡心機這麼整老子，不就是想知道碧丫頭的下落嗎？不錯，你的感覺沒有錯，武林大會那天她確實就坐在看臺上。當天晚上她來找過我，說是她師父病了，她最近都在四處奔波尋找藥爲她師父治病，這次不過是路過京城，第二天早上就走了。」

「唉！也不知道我的憔悴掌許久沒用了還靈不靈呢？」李無憂淡淡道，同時眼睛有意無意地朝柳隨風瞟了瞟。

「呵呵！李大哥果然法眼如炬，什麼都瞞不了你！」柳隨風乾笑道，「事實上，她要到明天早上才離開京城，不過現在我也不知道她在哪裡。她給了我塊通靈玉珮，說她來找我時，這玉珮就會發光。」說時，掏出一塊紫紅色的龍形玉珮來。

李無憂一把搶過，揣入懷中，笑道：「早這樣不就對了？非要逼我出絕招不可，真是不會做人。」

這話直讓柳隨風恨得牙癢癢，但此時還受制於人，不好發作，憋得很是難受。旁人卻都再也忍不住，放聲大笑起來。

「咯吱」一聲輕響，唐思推門進來。

李無憂看她似乎有話對自己說，便對眾人道：「好了！你們先去鳳儀樓，我和唐思說幾句話，一會兒就來。」

眾人依言架著柳隨風離去，唯有慕容幽蘭朝李無憂和唐思扮了個鬼臉道：「什麼親密

話，連我也不能聽嗎？」

唐思狠狠瞪了她一眼，李無憂卻嬉皮笑臉道：「是啊，我正打算問小思，你昨天晚上做夢叫了多少次我的名字，你也要聽嗎？」

慕容幽蘭吐了吐舌頭，道：「木姑娘幹嘛要叫你的名字？你以爲你是大頭鬼嗎？」話雖如此說，卻終究不敢再聽，撒腿追眾人去了。

見眾人都已離去，唐思才道：「這幾天，我讓樓裏的人在追查冷鋒和盼盼姑娘的行蹤，但冷鋒這傢伙狡猾得很，根本沒留下半點痕跡，無從查起。倒是盼盼姑娘應該是朝潼關方向去了，至於目的，還有待考察。」

「潼關？」李無憂皺了皺眉，「她該不會是某國的間諜吧？」

唐思道：「這個我也不清楚，不過我已經叫樓裏的人密切注意她的行蹤了！」

「希望她不是吧！」李無憂點了點頭，笑道，「呵呵，唐思，你辦事真是細心，有你這樣的人幫我，可真是省了我不少力氣。」

唐思道：「受人之托，忠人之事，是我們殺手生存的不二法則。唐思既然接受了你的銀子，就該認真辦事。」

「是這樣的嗎？」

李無憂似笑非笑道，「不過我聽小蘭說，你似乎喜歡上了我，是不是有這回事？」

猝不及防下，唐思這冷面殺手的眼中閃過一絲不易覺察的慌亂和羞澀，但隨即恢復過來，冷冷道：「沒有的事！我們金風玉露樓的殺手是不會對任何男人動情的。好了，主人你沒其他事的話，我先出去了。」

李無憂聽她特意把「主人」二字咬得極重，不禁暗自好笑，卻也不說話，只是望著她的背影，喃喃道：「不對任何男人動情嗎？真是個古怪的規條，你師父不會是個被男人拋棄的憤世嫉俗人士吧？」

新楚的軍隊分布是個非常奇怪的陣形。在雲龍山和黃州各屯兵十五萬，梧州、斷州、柳州屯兵二十萬，作為京城的航州卻只有兵馬共六萬。

五大軍團的兵力任何一方都超過了京城，也就是說，任何一方要謀反的話，京城都只能處於被動的防禦。

有人說，這是因為楚問對各軍團長的信任所致，也有人說，這正是楚問高明的地方，因為可以讓五大軍團的實力相若，彼此牽制，誰也不敢任意妄動，而自己卻只保留足夠的自衛人馬，如果任何一方造反，城中的兵力既可守到其餘幾方來援，也不是沒有一拚之

力，這樣既收買了人心，又讓自己處於絕對的安全當中。

但有識之士都知道這完全是屁話，楚問這麼做，其實是無奈之舉。雲龍山彼端的魔族雖然最近兩百年來都很安靜，但誰又知道他們什麼時候會忽然出兵？趙符智號稱帝國三壁之一，卻也被派往此地，楚問對此地的重視由此可見一斑。

黃州臨天河，是商貿的集中港口，也是天鷹國往年攻擊的首選地點，若不駐重兵於此，那被天鷹或者平羅忽然攻陷，再圖防禦那可就晚了。斷州的霍蘭山比鄰蕭國，梧州臨近玉門天關和西琦，柳州卻是西琦和陳國歷年攻伐的重點所在，這三處都是不得不防，不得不守。

事實上，新楚雖然幅員廣闊，人口眾多，但朝廷自開國以來就以仁政治國，並未有過強行徵兵的先例，士兵都是自願入伍，這雖然為當政者贏得了極高的聲譽，卻在亂世中無疑自束手腳。因此新楚的常備兵員僅有一百二十萬，在各國中雖然不算少，但也僅僅是中等水準。好在新楚歷代名將輩出，這才頂住了周圍蕭陳兩國的進攻和西琦的騷擾。

但兵員的缺少卻讓排兵布陣上捉襟見肘，除了邊境需要九十萬人馬外，其餘的三十多萬人馬卻要散布在各城充當城防軍隊，能餘下守京城的人就僅僅六萬了。

楚問說是給李無憂二十萬兵馬，但京城中的人馬一共才六萬，到哪裡去找二十萬？所以京中能給李無憂的只能是城防軍和禁軍各出一萬，同時從黃州調五萬過來，而其餘的十三萬人馬就只有李無憂自己去招募了。

這也是朝中大臣紛紛不願出征的主要原因之一。

因爲朱富的緣故，在城防軍中挑一萬人那是不成問題，但要在靖王的禁軍中挑一萬人馬就很鬱悶了。

在李無憂眾人在鳳儀樓花天酒地，好不happy的時候，趙虎腦中閃過以上的情況，眼睛看著眼前的老弱的禁軍部隊，嘴角不禁對一旁的朱富苦笑道：「就算李無憂這渾蛋搶了靖王的女人，他也不用這麼狠吧？」

朱富當然理解他話裏的意思，靈王和珉王已死，靖王一人獨大，行動做事就不會再向先前那麼有顧忌，對付自己的情敵李無憂的政策也從拉攏改爲針對，於是笑道：「我想這和爭風吃醋沒多大關係，比如靖王來向元帥要將軍您，怕他也不肯答應的吧。」

「看我朝火坑裏跳，他不推老子一把才怪！」趙虎失笑，「不說這個，眼前的事情怎麼解決？」

朱富安慰道：「趙將軍不用擔心，我已經讓人快馬將徵兵告示傳達到周圍的州郡，而柳軍師也讓京城各大報紙在一刻鐘前補發了徵兵的號外，以元帥的聲望再加上軍師的文字

潤色，想必明天就會出現人頭攢動的場景了。」

趙虎點了點頭，這個時候，靖王的副將燕北飛上來道：「趙將軍，朱將軍，靖王派我來問你們，人挑好了嗎？」

趙虎指了指場中那些歪瓜劣棗，又看了面前這軍姿站得極其標準的年輕人一眼，笑道：「燕將軍，難道這些就是靖王給我們的禁軍精英？」

燕北飛肅然道：「不錯。他們中的每一個人，都是當之無愧的軍人的典範。」

「比如這位？」朱富手指那人瘦得皮包骨頭，一隻獨眼好半天才轉動一下，不時打一下哈欠。

燕北飛點頭：「是的。」

「你不是要告訴我他的箭法百步穿楊吧？」朱富譏諷道。

「不！」燕北飛斷然否定，「確切地說，是千步穿楊。」

「燕將軍還真幽默。」趙虎也不禁莞爾，他的手指向一個胖得像頭巨豬，梳著怒髮衝冠髮型，擺了個金雞獨立造型的中年漢子，又道：「燕將軍，你不是要告訴我這位號稱肥豬水上飄，是軍中極其罕見的優秀探子吧？」

燕北飛肅然點頭：「趙將軍高明，一猜就中。」

「那這位劍都握不穩的白鬍子老頭，大概就是一代劍術宗師；這位手持一把爛鐵鍬奄奄一息的年輕人，就是在建築上有所專精，那位帶著把鍋鏟就來報到的，就是可以毒死千萬人的用毒高手了？」

朱富只笑得前仰後合。

「朱將軍高明，一猜就中。」燕北飛不動聲色道，「唯一錯了的是，帶鐵鍬的年輕人其實是一個土系法師，建築高手是在牆角拉屎那個少年兵。」

趙虎雖然很欣賞他的黑色幽默，但並不打算再在這裏耗下去，當即道：「禁軍中果然是人才濟濟！既然燕將軍如此盛情，卻之不恭，朱將軍你將這幾個人帶走，另外再叫你手下挑些順眼的人，咱們這就走吧。」

「好走，不送。」燕北飛彬彬有禮道。

人頭攢動的情形還真的就出現了，但不是在明天，而是在今天下午。在李無憂一行人打著飽嗝，帶著滿足和嘖嘖的讚嘆（苦瓜臉的柳隨風除外）離開鳳儀樓的時候，他們驚奇地發現滿街的年輕人都行色匆匆地朝東城趕去。

李無憂抓過一人問道：「大哥，你們這麼急，是趕哪去啊？」

那人遞過一張已經捲成筒狀的報紙，不耐煩道：「拿著一邊涼快去！別礙著大爺去參軍找美女。」

李無憂接過展開一看，立時大笑起來，連聲道：「好，好，好！哈哈，真他媽有你的，隨風。」

眾人湊過一看，也都笑了起來，唯有慕容幽蘭朝柳隨風瞪著一雙水汪汪的大眼睛，作勢欲打。

原來那張報紙正是剛剛出的《帝都晨報》的徵兵號外，上面是這樣寫的：

朋友，你是否正覺得吃飽了沒事幹？朋友，你是否正為今夏避暑而煩惱？朋友，你是否正為尋找一個美女共度此生而煩惱？那你還猶豫什麼？趕快加入由李無憂伯爵親自帶隊的潼關旅遊團，完成今夏最刺激最香豔的探險之旅吧！

——歡迎十八至三十歲的有志青年男士踴躍報名。

車費、食宿全免！不收分文！

心動不如行動，來吧朋友！錯過了，你的一生會因此後悔的！

請攜帶有效證件與我們聯繫。

地址：城東校場。

聯繫人：小黃，小陸。

在這行字的旁邊，是一副栩栩如生的慕容幽蘭的彩色畫像，並且有一行小字注明：導遊慕容小姐將向您傾吐一片真情，願與你共度一段難忘的激情時光！

柳隨風見到慕容幽蘭兇狠的眼神，也不驚慌，只是文縐縐道：「請慕容姑娘暫息雷霆之怒，聽在下將原委解釋一二，若是不能讓姑娘滿意，隨風甘願受罰。」

慕容幽蘭道：「好吧！本姑娘就給你一次機會解釋，不過得再加一件公輸開天的法寶做代價！」

柳隨風也不討價還價，笑道：「姑娘說怎樣就是怎樣吧！其實自當日一見姑娘後，隨風就驚爲天人。我當即就想，像姑娘這樣天上人間都是難得一見的絕世容貌，若是只有我們這幾個有限的人知道，豈不是暴殄天物嗎？剛才早朝回來的路上，李大哥讓我去報館寫徵兵啓事，我靈機一動，若是借此良機將姑娘的畫像登在報上，既可讓天下人都知道姑娘的風采，又可讓無數仰慕姑娘風采的英俊青年來參軍，如此振奮人心的大美事，換了是姑娘你，想必也是要做的吧？」

這番話極盡吹噓拍馬之能事，柳隨風自以爲得體，但被拍者卻似乎並不覺得舒服：「這麼說來，我還該感謝你了哦？」

「感謝倒不必了。不過姑娘若是方便的話，小小地請在下喝杯茶，大家聯絡一下感情也是完全可以的。」柳隨風摸著下巴好看地笑道。

但他優雅的微笑並沒有保持多久，因爲接下來，慕容幽蘭姑娘已經趁他不備一鞭抽在他的屁股上，並且惡狠狠道：「本姑娘雖然麗質天生傾國傾城，但只要我老公一個人欣賞就可以了，用得著你多管閒事嗎？」

柳隨風拍馬拍到馬蹄上，尷尬地摸了摸屁股，喃喃道：「難道是怪我畫得太難看嗎？」

眾人大笑，齊聲道：「才知道啊？」

「靠！」

事實上，慕容幽蘭的畫像非但不難看，而且極其傳神。徵兵號外發出去不到一個時辰，臨時用來徵兵的校場中簡直是人山人海。這讓負責的黃瞻忙得不可開交。

不過成效是顯著的，當段冶和陸龜年二人將名單交給他的時候，雖然是早有準備，他還是嚇了一跳——雖然已經是精挑細選，但依然足足有三萬人參加了這支新軍。

不過當他看到那些人塡的入軍申請時，卻又嚇了一跳——幾乎所有的人都無一例外地在首行寫著和本次徵兵完全無關的主題：我自願申請加入最刺激旅遊團，進行潼關百日遊。

他茫然抬頭時，柳隨風已經趕了過來，後者不動聲色道：「照單全收！」

後世的史書在說到聖帝的無憂軍團建立時，幾乎都是：

「大荒三八六五年的五月初三，在外敵入侵的危急關頭，有三萬熱血兒郎響應聖帝李無憂的號召，懷著驅除外敵、統一大陸、結束戰亂的崇高理想，毅然加入了偉大的無憂軍團。」

歷史就是如此，這些在將來會被後世人傳頌爲「胸懷天下，矢志報國」的年輕人們，還在滿懷憧憬地想著如何實現自己「胸懷美女，矢志抱美」的偉大理想的時候，他們卻不知道歷史的真相已注定要淹沒在歲月的風塵中了——在抄下各人的資料和姓名後，柳隨風朝陸龜年使了一個眼色，後者會意地將那些文采飛揚，或者說將肉麻當有趣的申請表全部付之一炬。

一萬精銳的城守軍，五百吊兒郎當的禁軍，三萬性趣昂然的熱血年輕人，就此組成了日後聖帝李無憂縱橫天下的無憂軍團。

第五章　詐騙集團

在得到聯軍攻打邊關的確切消息後，三國的使節按國際慣例請求離開楚國，而天鷹的芸紫和平羅的文治兩人也提出告別，楚問其實並未完全從悲痛之間恢復過來，只是讓禮部尚書陸子瞻交割相關禮儀。

文治走前，親自到伯爵府來向李無憂辭行，並且要求正式拜李無憂爲師。後者看他在受挫後，氣質已經從狂傲無知轉爲謙和內斂，當即應允，讓他在芸紫和眾人的見證下行了三跪九叩的拜師大禮，看到他漸漸成熟，三哥後繼有人，很是高興，著實點撥了一下他的劍法，後者對他更加心悅誠服，在幾乎是死纏爛打地讓李無憂答應戰事平定之後去平羅做客後才滿意地離開。

芸紫走的時候，李無憂親自相送。

長亭復短亭，一直相送出城外十里。

臨別依依，芸紫輕輕摟住他的脖子笑道：「送君千里終須一別，就送到這吧。你還有什麼話對我說嗎？」

李無憂認真道：「聽人說芸紫公主豔絕天下，但數日相處，卻未曾領略過公主床上功夫，真是深以爲憾。」

芸紫親了一下他的臉，咯咯笑道：「倒沒想到你這狡猾鬼也有老實的時候。好，下次見面，就讓你嘗嘗滋味，不過，到時候別丟盔卸甲哦！」

李無憂在她臉上狠狠捏了一把，嬉笑道：「放心吧，一定讓你求饒。」

芸紫推開他的手，嫵媚一笑，揚長而去。

三萬新丁已經在徵兵令發出的當日就被柳隨風拉到城外十里的郊區，進行爲期兩天的「旅行預演」。

烈日皮鞭、整齊的軍服、無休止的操列，這和旅行家們想像中的美酒、美女、美景完全是兩個世界。占總人數兩成的細皮白肉的貴族子弟們要求退團，占三成的有閒平民意志開始動搖，而另外五成的地痞流氓卻已經開始跑路。

柳隨風讓負責旅行團安全的傭兵團（城守軍）用兵器和拳頭很「溫和」地勸回了那些逃跑的人，對眾人解釋說進行軍訓是爲了保障各位旅途的安全，剛剛飽受老拳照顧的眾人

當然不信。

這個時候，慕容幽蘭出現在了校場的中央。

在一秒鐘的驚豔過後，三萬人簡直是如同發情的野狗，高呼著「美女我愛你！」「小姐我願與你共度春宵！」「創世神，請讓她成為我的女奴！」之類的口號，從四面八方蜂擁而上。

雖然慕容小姐早有準備，還是被嚇得花容失色，當即毫不客氣地將帶著電光的長鞭一揮而出，人群倒了一片又一片。

但立時又有更多的人撲了上來爭睹美女的風采，小丫頭大驚，喝道：「雷擊天下！」百數道閃電應聲落下，接著是轟鳴的雷聲，在數百人倒地後，人群終於停止了騷動。

慕容幽蘭狠狠瞪了正一臉壞笑的柳隨風一眼，策馬去找始作俑者的李無憂算賬。

柳隨風踢了踢地上那些已經被雷擊得皮焦肉綻的可憐人，朝大家攤攤手，微笑道：「諸位現在終於明白一個整齊的隊列對自己生命安全是多麼重要了吧？」

於是士氣高漲，訓練熱情高漲。

李無憂終於沒有等到寒山碧。雖然他不斷拿出新的整人絕技相威脅，但柳隨風卻指天罵地的發誓自己真的知道的就這麼多，他無奈之餘，又協助眾人敲詐了柳隨風幾頓美味的飛魚金翅宴後，在五月初六的早晨，帶著慕容幽蘭、唐思、柳隨風、張龍、趙虎、朱富、陸龜年、段冶、四萬五百士卒、兩萬匹戰馬和一大堆軍需物資如期離開京城，開赴前線。

朝霞漫天，風輕雲淡，心情在微風裏舒展。

楚問帶著眾大臣和百姓來送行的時候，只疑自己走錯了地方：數萬奇裝異服的詭異人士正三五成群地散布在城郊的空地上，清脆的牌九骰子聲與酒碗的碰撞聲此起彼伏，輕歌曼舞和琴弦絲竹水乳交融，烤肉的濃香和玫瑰的芳香親密無間；旌旗東倒西歪地插在四周，上面似乎還殘留著一堆堆不知道是鼻涕還是大便的黃黃的東西，倒是一塊上寫「潼關百日豪華旅遊團」的大白布被一根竹竿高高地掛在空地的中央，不過掛反了。

「丞相，你確定無憂說的就是這個地方？」楚問覺得自己可能做了個噩夢。

「也許……他們可能已經提前走了！」這話連司馬青衫自己都不相信，因爲這裏有不少人依然還穿著楚軍統一的軍服。

耿雲天冷笑道：「嘿嘿！李元帥的軍隊風紀果然與別人不同。」

靖王卻不說話，眼睛在尋找慕容幽蘭的倩影，但結果讓他很失望。百姓們也開始竊竊私語，對這支抗蕭英雄統領的軍隊開始充滿了懷疑。

「李無憂何在？」朱太監尖銳的聲音在空氣中迴盪，倒想不到他竟然也是個內家高手。

場中正狂歡的眾人這才發現，不知道什麼時候，自己的周圍忽然出現了一大堆的鮮衣靚服的人。他們互相對望一眼，紛紛弓下身……箭矢、大刀、長槍，半熟的紅薯，還剩一半的雞骨頭，生豬肝，馬糞，煙灰，琵琶，花瓷碗，酒罈，紅肚兜，爛內褲，臭襪子——彷彿是一場暴雨，又好像是傳說中的魔族邪法「遮天蔽日」，所有的東西不分先後朝送行的隊伍扔了過來。

「誰能告訴我這是這麼回事？」

楚問邊躲閃李無憂昨天還信誓旦旦向自己保證已經調教成「精英中的精英」的無憂軍團的將士的攻擊，邊發出撕心裂肺的痛哭。

耿雲天揮舞著長刀企圖撥開面前的凶器，但很不幸，他的刀法並不如他做官本事那麼高明——一塊濕馬糞正好砸進了他嘴裏。

氣急敗壞的太師大人口齒不清地大罵：「李無憂你這個烏龜王八蛋，快給老子滾出來！」

司馬青衫放出一個金色結界罩住自己，好整以暇道：「皇上，這充分證明無憂軍團的戰士們即使在狂歡時都保持著高度的警惕，臣建議給他們嘉獎。」

靖王將護體罡氣催至極限，縱身朝東南方一個掛著帥旗的大營掠去，剛到帳外就聞到一陣芳香的氣息和聽到一陣如豬哼哼的鼾聲，當即怒斥著掠進帳去：「李無憂，父皇和我都來給你送行，你卻在……啊……」

聲音的最後，是一聲類似少女遇到色魔的非禮時那樣地讓人毛骨悚然的呼喊。

前來營救他的兩名貼身侍衛在看到自己的主子的慘狀時，全忍不住笑了起來：靖王一頭栽在一個豬食槽裏，一頭母豬正親暱地舔著他滿是豬糞的屁股，而旁邊十來隻小豬卻惱怒地拱著這個可惡的偷食賊。

掛著帥旗的營帳原來只是個豬圈！

詭異的是，這豬圈非但不臭，還隱隱透著一種芬芳的香氣。但到底這是什麼香氣，他們是沒有機會知道了，因爲在回到靖王府的當夜，他們的腦袋就秘密地和他們的身子分了家。

混亂在持續了約莫一刻鐘後，終於在抱著一大堆草紙的柳隨風出現的時候停了下來。

楚問看著面前的人一個個不是頭上黏著雞骨頭，就是臉上黏著泥巴，模樣滑稽至極，不禁笑出聲來，問柳隨風道：「柳軍師，你可不可以給朕解釋一下剛才發生的事？」

「不能！」柳隨風當然不想背這個黑鍋，「微臣剛才奉帥令外出拉屎，對此事全不知情，一切都只有李元帥才能解釋清楚。」

「那李無憂去哪裡了？」耿雲大和靖王同時怒道。

「這個下官也不清楚。」柳隨風搖頭，同時問自己的屬下道，「你們知道元帥去哪裡了嗎？」

搖頭，搖頭，還是搖頭。

四萬多人同時搖頭，竟然沒有一個人知道李無憂去哪裡了！

「什麼聲音？靜一靜！」楚問忽然大聲道。

立時鴉雀無聲，不，是場中只有一個雷霆般的鼾聲。

「回皇上的話，臣聽說李元帥正在那邊的房子為來日戰場的廝殺而養精蓄銳。」一身馬夫裝扮的秦鳳雛指著遠處一間帳篷，淡淡說道。

靖王謹慎地用劍挑開布簾，順著鼾聲的方向看去，在一塊寫著「生人勿擾」四個字的牌子旁邊，一個嘴角掛著晶瑩口水的少年在一張軟床上沉睡正酣，卻不是李無憂又是誰？

「李無憂，皇上來了，你還不起來見駕……」耿雲天氣極，衝上來照著李無憂的小腹就是一拳，但觸手之處卻又黏又軟，而床上再沒李無憂的影子。

不及細想，足下一軟，已落到一個深坑裏。

「好臭！」眾人紛紛捂住了鼻子，剛剛還嘲笑靖王的耿雲天在滿是臭水的坑裏看著自己手上的大便，只氣得怒髮衝冠。

「這到底是怎麼回事？」楚問啼笑皆非。

「皇上，這應該是傳說中的禪林的分身投影法術造成的結果。」司馬青衫沉吟道。

一個城守軍士兵補充道：「回皇上。無憂軍規第三百九十四條有言：凡豎有『生人勿擾』牌的地方，只准死人近前，所以李元帥睡覺的地方，一般是無人敢靠近的。」

「哼！這是因爲他仇家太多吧！」剛剛吃了大虧的靖王悶哼道。

「哈哈！這個無憂，可真是頑皮啊！」楚問望著耿雲天和靖王二人的狼狽樣子不禁開懷大笑。

「喂！誰在背後說我的壞話？」一個不滿的聲音從背後傳來，眾人回過頭去，就看到了一臉壞笑的李無憂和慕容幽蘭。

「元帥！」

「雷神！」

「李無憂，你好大的膽！」

「無憂，你剛跑哪去了？」

「哼！你終於肯現身了！」

「看劍！」

「吃我一掌！」

眾人七口八舌，而靖王和耿雲天更是劍掌相向。

李無憂不閃不避，只是嘿嘿冷笑，看著靖王和耿雲天，二人忽然想起什麼，硬生生撤回招式，對他怒目而視。

楚問笑道：「無憂，這到底是怎麼回事？」

「皇上，臣正要問你們呢！好好的沒事跑到這裏來打擾我的好事？」李無憂揉了揉眼睛，一副睡眼惺忪的樣子，而旁邊的慕容幽蘭卻鬢髮微亂，明眼人都知道他們剛才做什麼好事去了。

「不會吧！」楚問失笑道，「你難道不知道今天是你出征的日子嗎？」

「不是明天才出征嗎？」李無憂的神情很詫異。

眾人絕倒。

十分之　炷香後。

前來送行的百姓和朝臣們都非常開心地加入了狂歡的行列，送行會變成了野炊派對，朝廷、軍隊和百姓的關係達到了前所未有的融洽。

從來沒有吃過野外燒烤的楚問只吃得滿嘴流油，舉著酒碗對李無憂小聲道：「自從那天晚上後，朕已經很久沒有這麼開心了，無憂，多謝你。」

李無憂一笑：「皇上，臣自幼父母雙亡，皇上對臣就像親父一樣，所以看到皇上近來一直愁眉不展，就想到這個法子讓皇上高興一下。」

楚問感動地點了點頭，大有深意道：「呵呵，你如此有心，朕不會虧待你的。不過，一會兒太師和靖王一定會來問罪，你有辦法解決嗎？」

李無憂微笑道：「別的臣不敢說，但講到耍賴扯歪理，臣可是一把好手。」

說曹操，曹操就到。耿雲天和靖王這兩個今天最大的受害者，端著兩碗酒走了過來。

李無憂笑道：「殿下、太師，你們玩得可高興啊？」

「開心，怎麼會不開心呢？」耿雲天冷笑道，「李元帥，就算你記錯了日子這件事皇上原諒了你，但你的士兵們見了皇上和送行的百姓到來，竟然敢用那些穢物攻擊，這你該當何罪？」

「呵呵，這就是我們無憂軍團軍紀嚴明、英勇善戰的表現了。」李無憂好整以暇道，

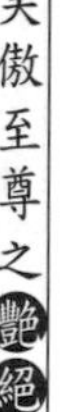

「這幾天我常常教訓他們，若是遇到大規模手持兵器的有敵意的不明部隊，無論他們當時在做什麼，都一定要利用身邊可以利用的武器將敵人打倒，你看，我的戰士是不是對這一條領悟得很好？」

「一派胡言！」耿雲天怒道，「就算你的士兵都沒有見過皇上和眾大臣，難道你的部下也沒見過嗎？怎麼會把我們當做敵人？」

李無憂道：「大人說得沒錯，我的士兵確實沒有見過皇上和諸位臣工，而見過他們的將領不巧都被我拉去開會了。唉！你看多不巧？」

耿雲天大怒：「好！算你說得有理！但即便是他們都沒有見過我們，但我們這些人都氣度高華，面露善意，怎麼會看起來像敵人？」

李無憂道：「皇上和諸位大臣看起來氣度高華、面露善意那是不錯的了，不過太師你和你那些手下嘛，呵呵，別怪我太老實，儀態實在不敢恭維，你看你面目猙獰不說，還全身污穢，全無半點大臣的禮儀，多虧皇上寬宏才沒治你失禮之罪，太師你還愣著幹什麼，還不趕快叩謝皇恩啊！」

耿雲天大怒道：「我身上的穢物分明是在你的帳中沾染的，怎麼是我失禮了？」

「看！太師你未經許可就亂闖我軍營帳，這實在是太失禮了！試問對這樣的無禮之人，我的部下又怎麼會不判定爲敵人呢？你看你自己不修品德，還連累了皇上受驚，太師，我覺得你還是趕快向皇上認罪，也許皇上看在你活了這麼大歲數不容易，一不小心就原諒你也不一定呢！」李無憂一本正經道。

「你……你……」耿雲天明知李無憂說的話全是放屁，但氣結之下偏是說不出話來。楚問哈哈大笑。

一直冷眼旁觀的靖王冷冷道：「久聞李元帥辯才無敵，今日一見果然名不虛傳，本王佩服。不過元帥，你的士兵有大半的人都不穿軍裝，而穿些花花綠綠的奇裝異服，旌旗亂插，將征西軍旗換成了旅遊團的旗幟，帥旗卻掛在豬圈門口，這些有辱國體的事，不知道元帥又作何解釋？」

李無憂不慌不忙道：「這些啊，都是掩飾！」

「掩飾？」靖王和楚問同時詫異道。

「沒錯！」

李無憂神神秘秘道，「我懷疑我軍之中已經混入了聯軍的奸細，所以決定將整支部隊僞裝成官方的旅行團，這點，想必英明的殿下也從我發出的號外中看出了些端倪吧？嘿嘿，那些奇裝異服表面是奇裝異服，但實質上它……還是奇裝異服，呵呵，這麼淺顯的話殿下不至於不明白吧……明白就別給我一個愕然的表情嘛……這就正常多了，而旌旗亂插，是爲了給敵人的奸細一個官方負責護送的軍隊也是烏合之眾的假象，達到完全迷惑敵人的目的。這也是易旗之舉的主要原因。至於帥旗插在豬圈門口也是我刻意的安排，因爲這樣的話，會讓可能存在的敵人以爲那裏仕的是護送軍的主帥，從而……呵呵，既然殿下已經領略過那些神豬的厲害，下官就不多說其功用了吧？」

楚問只笑得前仰後合，連聲讚道：「好，好，好主意！」

靖王面色鐵青，冷冷道：「李元帥用兵果然獨樹一幟，本王今天算是大開眼界，希望能夠早日平定寇亂，凱旋而歸。」

「謝王爺吉言。」李無憂躬身施禮。

靖王和耿雲天悻悻而去。

楚問朝李無憂豎了個大拇指，笑道：「無憂啊，朕琢磨著，這次給你二十萬人馬是不是太多了點？」

李無憂嚇了一跳：「皇上您別開玩笑了。二國聯軍七十萬，我國在憑欄關和潼關的駐軍都只有五萬，前線的王元帥和張元帥能抽調去協防的最多也各自十五萬，加起來也不過才四十萬，即使我真的能募到二十萬新兵，也和他們有極大的實力差距，怎麼會多？」

楚問正色道：「上兵伐謀，能不戰而屈人之兵，難道不比戰場上的爭鬥更好嗎？這次三國出兵不比上次，他們是有備而來，雖然我們最終一定還是會戰勝他們，但如果僅僅是軍事上的勝利，那也一定是慘勝，我們對付天鷹和平羅可能的入侵就會非常吃力。而軍隊始終是要爲政治服務的，你若能憑藉你的口才借助外交攻勢，在軍隊之外退敵，那就絕對是奇功一件了！」

李無憂茅塞頓開，彷佛看見了一個新的天地，點頭道：「『苟能制強敵，豈在多殺傷』，臣知道該怎麼做了。呵呵，皇上就是皇上，任何一句話都那麼有道理。」

楚問笑罵道：「少拍馬屁，多幹點事吧！好了，爲了便宜你行事，朕在金牌之外，再賜你一柄碧玉劍，若我軍能拒敵於憑欄關，你就不用亮出此劍，一切聽王元帥的就可以了；但若我軍不幸退守潼關，一切就由你做主！」

李無憂嬉笑著道謝接過，忽然跪倒在地，肅然道：「皇上！臣還有個要求，請皇上成全！」

「什麼要求？」

「這事往大的說，關係到大陸沉浮、新楚興衰、社稷存亡，朝小裏說，決定了此次平寇成敗與否。」

「哦？什麼事這麼嚴重？」

「剛才表演的歌舞團想必皇上都看到了，臣以爲若是能帶她們到前線去，必定能振奮人心，激勵士氣，從而迅速平定寇亂，從而能很快一統大荒，從而能很快統一縹緲大陸，從而……」

「……」

大荒三八六五年，五月初六，李無憂攜馬步軍四萬五百人兵發潼關。

——《大荒書・無憂傳》

史書上寥寥一筆，卻湮沒了當時好多的精彩。

辭別楚問的時候，已經是申時初，李無憂最後望了望這個自己生活了近半個月的京城，笑嘻嘻地招呼全軍出發，只是他的心情卻並不如表面看來的那麼開心。

不過是短短半月，在經歷了風起雲湧的政變後，離京的時候，他已從一個無任何職位的閃電侯升爲一等伯爵，統領二十萬兵馬的一軍主帥，可謂聖眷正隆、春風得意，只是進京時無牽無掛，離京時卻滿腹相思：芸紫回國，盼盼去了潼關，阿碧行蹤成謎。自己身邊只剩下小蘭和唐思了。

自己到底是個多情的人，還是個無情的人呢？——一個難題。

當初在遇到段冶前思索的三大難題，也終於有了一個解：慕容軒之所以要殺獨孤千秋，除了因為獨孤千秋是蕭國派來搗亂武林大會引起楚國內亂的奸細，而慕容軒正好是楚問的好朋友之外，據說還牽涉到二人昔年的一些糾葛，老傢伙不願意說，他也沒問。倒是慕容軒終於將他和小蘭的婚期定在了今年的除夕，讓自己欣喜若狂下，竟連刺殺冥神的事也一人扛下來了。

不過算了，反正自己背黑鍋也不是頭一回了。殺手的事，唐思不肯說，不過看情形，其實她也不知道，而冷鋒也沒有出現，看來一時半會兒是沒有結果了。

倒是自己能當上九門提督和無憂軍元帥，和朝中那三股勢力關係應該都不大，似乎另外有一股暗處的力量在幫自己，具體是誰，楚問半點口風也沒露，李無憂自己也就茫無頭緒。

三大勢力中，除了和司馬青衫保持著友善的關係外，其餘兩人卻都已是敵非友。世事當真是奇妙啊！未來的前途，到底充滿了什麼樣的荊棘和坎坷呢？不過，既然危險不可避免的話，那就來吧！

想到這裏，他使勁握了握拳頭，這個動作被一旁密切注意他細節動作的柳隨風誤會為他又有什麼不良企圖，慌忙縱馬逃出了他的攻擊範圍。

李無憂啞然失笑，不禁暗自檢討自己這幾天是不是修理這傢伙太過分，而讓他成了驚弓之鳥。但就這點難得一見的良心發現，很快被柳隨風不久後的舉動給徹底地湮沒了。

在離開京城的時候，無憂軍團的三萬旅行家們依然懷著美好的幻想，特別是在看到旅行團負責人李伯爵在餞行的野炊大會上找來的美女歌舞團後，這種幻想變得更貼近真實。

雖然有少數人覺得護送軍團的人看自己的眼神怪怪的，而出行的時候，皇上居然親自帶著朝中大臣來送行，略為起了些懷疑，但這很快在李無憂之後導演的鬧劇中煙消雲散。

只是，騙局終有被揭穿的一天。

三萬新兵中占五成是精壯的地痞流氓，這些人儘管在京城的大街小巷裏打起群架來驍勇無比，所向披靡，但他們更愛的卻是自由放縱地和美女一起吃喝享樂，規規矩矩地行軍於他們而言實在是……難受得不可思議——

雖然這個時候天公作美，雲淡風輕，天上並沒有火辣辣的太陽。

「媽的，無聊死了！老子就從來沒有這麼鬱悶過！」

「就是，就是，火衣美女和隨隊歌舞團的人也不知道跑哪裡去了。」

「兄弟們，沒有美酒、美女和美食，這他媽也叫旅行團嗎？」於是他們紛紛抗議，對各小分隊的負責人威脅說要退團，不然就一定要派美女過來。

負責人尚未說話，一個城守兵忍不住插口道：「別做白日夢了，去前線打仗如果都那麼舒服，給老子皇帝我也不做了。」

一石激起千層浪。本來就想無事生非的地痞們在知道自己受騙後群情激憤。他們先是表達了自己要和分隊負責人的母親以及十八直系女性親屬發生非正常男女關係的強烈願望，在得到冷眼後，矛頭開始指向李無憂，這個一刻鐘前還是玉樹臨風的大帥哥、無敵勇士、民族英雄、國家的明燈、偉大的救世主立刻被撕掉僞裝，變成了史上最噁心的騙子、民族的敗類、國家的公敵、無恥的懦夫、醜陋的小黑臉。

接著，他們決定要用自己的雙手爲自己受到的非公平待遇討回一個說法——雖然被抽籤派來「平亂」的倒楣鬼柳隨風軍師一再好心地告誡他們：「李伯爵這個人其實極度的陰險毒辣，而他此刻的心情其實並不如表面那樣燦爛，最好不要惹他。」他們還是執意要如此——畢竟爲自己的合法權益討回一個說法並不算錯，他李無憂再法力高強、武功蓋世，也不能無故殺人吧？何況他一個人再厲害也架不住咱們三萬人吧？於是他們在貼出抗議書的同時，開始將自己武裝到牙齒，做出氣勢洶洶的樣子——賴在原地堅決不走了。

李無憂一開始的態度其實是非常溫和的，他吩咐城守軍就地紮營，自己在帥帳中架起火鍋開心地和慕容幽蘭划拳賭酒，同時派人以詭辯的技巧專門地闡述了一遍那個徵兵號外

的官方解釋：

朋友，你是否正覺得吃飽了沒事幹？

朋友，你是否正為今夏避暑而煩惱（潼關絕對是避暑勝地，那裏過百萬的兵器發出的寒光，讓周圍的溫度絕對可以低到零下）？

朋友，你是否正為尋找一個美女共度此生而煩惱（我們只是提問，並沒有打算幫你們解決）？那你還猶豫什麼？趕快加入由李無憂伯爵親自帶隊的潼關旅遊團（沒錯，是旅遊團，只不過名字叫「無憂軍團」，你們也需要自己保衛自己的安全而已）完成今夏最刺激最香豔的探險之旅（如果你覺得有江湖十大美女中排名第七的慕容幽蘭小姐陪上戰場殺敵依然不夠香豔、不夠刺激、不夠危險的話，歡迎你參加我們的另一個旅遊團——古蘭七日遊）！

——歡迎十八至三十歲的有志青年男士踴躍報名。車費、食宿全免！不收分文！（這一條大家有目共睹）心動不如行動，來吧朋友！錯過了，你的一生會因此後悔的！

請攜帶有效證件與我們聯繫……

至於小字註明的「導遊慕容小姐將向您傾吐一片真情，願與你共度一段難忘的激情時光」，這一條大家在首次隊列訓練的時候，想必都已經經歷過了吧？

好了，大家看，我們其實真的完全是按照廣告上的方式辦事，你們還有問題嗎？

解釋雖然「有理有據」，但卻只激起了痞子們更大的民憤，他們甚至和城守軍進行了一場小規模的械鬥——結果因爲實力懸殊而被迅快地壓制。

只是叛逆並未因此半途而廢，地痞們充分發揮了他們從罵架中鍛鍊出來的口才，將一直冷眼旁觀的貴族和平民也拉入了自己的隊伍。

朱富臨時充當了通信兵，奔跑於帥帳和叛逆的隊伍之間。

「不好了，元帥大人，他們開始罵你母親大人了！」

「好久沒人問候她老人家了，這是好事啊！」李無憂擺了擺手。

「完了元帥，他們將您派去解釋廣告的人給暴打了一頓。」

「報答？他們知恩圖報，看來已離投降不遠了。」李無憂又擺了擺手。

「慘了，元帥，他們決定痛打柳軍師，軍師手無縛雞之力……」

「別扯淡了，小豬！那傢伙武功不知道多好，輕功都快趕上我了，誰能打得到他？」

李無憂不以爲然，喝下了第一杯酒。

「元帥你果然料事如神，柳軍師的輕功簡直是輕如羽鶴矯若驚鴻，仿似登萍渡水又如凌波微步……（省略三千字）已經成功地逃出了叛軍的包圍，不過他們開始和城守軍發生了械鬥，局勢千鈞一髮……」

「小豬！不會用成語就不要亂用，沒人笑你沒文化！」李無憂喝下了第九碗酒，語重心長地教訓道：「你好歹也是跟我混的，你亂說話，老大我也很沒面子……械鬥很快就會結束，你給我派人看住那些暫時沒有異動的新兵。」

「大人您果然是孫武復生，諸葛在世，決勝於千里之外，運籌於帷幄之中……這次沒有用錯就好，剛想說什麼來著？對了，械鬥果然被我軍鎮壓下來了，只是那些剛才未動的叛軍也加入了叛軍的行列……」

「好吧！讓軍師先將他們安定下來，我一會兒找他們談話……小蘭，我先去下洗手間，回來接著喝……」李無憂喝掉第十罈酒，面上露出了紅霞。

「死定了，死定了，大人死定了……」朱富再次跑進來的時候，滿頭的大汗，語無倫次。

「慌慌張張的成什麼體統？」喝掉一大缸酒的李無憂已經東倒西歪，但眼神卻依然明亮，「發生什麼事了？……他們威脅說即將兵變？發誓流乾最後一滴血？要將老子的頭割下去當球踢？」

「是……是……是的！」朱富聽上司的語氣中帶著一絲憤怒，剛剛緩和的心情又忍不住緊張起來。

「讓柳隨風這傢伙給我擺平，擺不平就讓他把他自已給我擺平了！」李無憂聲色俱厲道：「這個廢物，整天就會喝酒大話天下英雄，現在讓他給我平定一幫沒見過世面的鄉巴佬都搞不定，以後怎麼上戰場殺敵？」

「嘻嘻！如果京城的人都算鄉巴佬的話，那老公你自己這個標準的鄉巴佬又算什麼呢？」一直沒插上話的慕容幽蘭，一出口就直點李無憂的死穴。

但李無憂就是李無憂：「別說我沒提醒你，老子就是因爲娶了你這個鄉下婆娘才變成了鄉巴佬……」

慕容幽蘭：「雷電天下！」

驚呼聲，雷電聲，慘叫聲——朱富的。

片刻後。

口裏哼著小曲的柳隨風很舒服地躺在一副四人抬的擔架上，輕鬆愉快地進了帥營。

一旁的朱富抹了一把汗道：「回元帥，軍師已經將他自己給擺平了！」

李無憂：「……」

「元……元帥，現在該怎麼辦？」

李無憂看了看在擔架上一臉邪笑的柳隨風一眼，淡淡道：「別擔心，他們打不起來。

你也不用再去看了，和軍師一起來吃火鍋吧！」

「這個……那個……大夏天的吃火鍋喝烈酒……是不是……」朱富一臉的猶豫，畢竟不是誰都像李無憂那麼變態的嘛！

柳隨風的臉上也露出了悲痛的神情。

李無憂道：「難道你們連小蘭都不如嗎？」

朱富很想說老子從頭到尾就沒看到她吃過一口，但話到嘴邊又變了調：「元帥，這個，他們那邊真的打起來就麻煩了，我看我還是再去看看吧？」

「既然你們都不喜歡吃火鍋的話，那麼就讓火鍋吃你吧！」李無憂淡淡道。

雖然暫時沒人能理解「讓火鍋吃你」這個有語病的句子的真實「寒意」，柳隨風和朱富迅疾地以白米衝刺的速度坐到了火鍋邊上，口裏開始嘖嘖讚嘆：

「元帥大人您真會享受，大熱天吃火鍋果然和冬天不同，既能開胃健脾治療傷風感冒，對SARS、禽流感還有預防作用，更難得的是還能充分享受酣暢淋漓地流汗的快感……」

叛軍和城守軍果然如李無憂所料的根本沒有打起來，那些痞子流氓們雖然在京城的大街小巷裏打群架是所向披靡，但那是在不和捕快作對的情形下，他們對於官軍其實有種天然的恐懼，而這也是剛才的偶發性衝突很快平息的主要原因。

後來加入的貴族們都有良好的修養，他們深深地知道和官方作對，那絕對是非常不明智的舉動，所以雖然加入了叛軍，但喊得最小聲、態度也最軟弱。

反而是那些平民中的有閒階級，都是些恨不得無風起浪的傢伙，此時逮住了機會更是發誓要幹出一番「大事業」來，所以他們很快超越了地痞，變成鬧得最兇的人了。

只是起鬨是一回事，真正的兵變卻又是另一回事。這些成分複雜的叛軍們，雖然發誓要將雷神的頭割下來當球踢，但更多的人還是希望別人去割頭，自己來踢。

人同此心，所以這場鬧劇鬧了近一個下午依然沒有鬧起來，搞得手持兵刃在一旁密切監視他們的城守軍將士都有些意興闌珊了。

到黃昏的時候，這幫人已經筋疲力盡，雖然依然在叫囂要將李無憂的頭當球踢或者是要泡慕容幽蘭之類的廢話，聲音卻已經有些有氣無力，而人也紛紛坐到了地上。

這個時候，李無憂派人送來了晚飯。一開始叛軍發誓要絕食，說什麼大丈夫頂天立地，威武不能屈，美食也不能屈，堅決不吃「嗟來之食」。但很快的，在食物的香氣瀰漫了全場，而城守軍的將士們已經放下了兵刃，紛紛開始享用香噴噴的紅燒豬蹄、烤全羊什麼的時候，一個地痞終於忍不住上前去抓了一隻豬蹄膀，大口地咀嚼起來。

榜樣的力量是無窮的，這幫頂天立地的大丈夫終於決定先繳獲敵人的彈藥來武裝自己，邊吃還邊叫囂：「我們不會屈服的！」

晚飯過後，天色已經完全暗了下來，彎新月掛上了柳梢。

酒足飯飽後，叛軍們的鬥志又旺盛起來，他們的口號也從「退團」和「兵變」演變成「交出大騙子李無憂」和「賠償我們每人一兩紋銀的精神損失費」，一副不照辦就要拚命的架勢。

「交出大騙子」當然是不可能了，但對於「精神損失費」，李無憂卻讓人回話說，如果每人一兩的話，咱們還可以商量。

叛軍代表人破口大罵，說李無憂這是在打發乞丐。李無憂說好吧，那我給你們每人一兩五錢，不能再多了。

叛軍代表比剛才還要憤怒，說老子費盡口舌在這和你們討價還價，難道就值五錢銀子？

李無憂說：「他媽的，就你這不能打又想打卻又不敢打的膿包樣也值五錢銀子嗎？既然談不攏的話，那你們繼續鬧吧，老子要去睡覺了。」

叛軍果然不敢真打，但又不願就這樣草草收場，所以只好繼續示威繼續威脅繼續胡鬧。

這一鬧又鬧了兩個時辰，連叛軍自己都覺得有些無聊了，他們終於決定放棄那無聊的精神損失費，提出要李無憂讓他們回家的合理要求。

李無憂若是要放人，早將他們趕走了，哪裡會和他們費這麼多工夫，當即態度強硬起來：「既然來了，就給老子好好地當兵，打完聯軍，你們想走，老子絕不攔你們。現在想走，除非去地獄，否則就哪也別去。」

叛軍強烈抗議說，大楚開國以來就沒有過強制徵兵的先例，更何況是這樣連騙帶搶的？李元帥自己沒有聲譽，但多少要顧忌一下朝廷的聲譽吧？

李無憂說，去你媽的先例，三國聯兵七十萬攻打我們的邊境有沒有先例？我們的兩大軍團同時叛亂有沒有先例？敵人三天時間就能打到憑欄關，又有沒有先例？老子的聲譽就是朝廷的聲譽，你們再不給老子乖乖的，老子待會兒就將你們煮了！

受到如此野蠻和粗暴的對待，叛軍們終於不樂意了，決定破釜沉舟地發動武裝暴動。但找了半天，他們除了叉子、湯勺和竹筷外，甚至連一根竹竿、一把西瓜刀也沒找到，暴動當然只能胎死腹中。

第六章　奇特訓練

一個地痞頭憤憤道：「連刀都沒有，暴動個屁啊？你們誰能給老子找到把刀，老子就敢去將李無憂剁成肉泥！」

一個手下大喜道：「老大我有刀！」

「什麼刀？」

「指甲刀！」

「……當我沒說！」

暴動不成，叛軍最後決定還是要回到和平解決爭端的道路上來，他們派出一個代表來和李無憂談判。

代表剛剛走到帥營外，就聽李無憂人聲道：「軍師，張三的舌頭煮好了沒有？」

柳隨風的聲音道：「還有一會兒，剛剛才下鍋呢，不過，我覺得還是他的大腿肉又細又嫩，元帥要不先來一塊吧？」

朱富插口道：「屬下倒覺得大腿肉應該生吃味道更好些。」

李無憂道：「行了，反正剛才不是連鬧得最兇的李四也一起抓來了嗎，一半給你生吃，另一半讓小蘭用閃電做成燒烤吧！」

「才不！人家聽說生血對美容更有奇效，我也要生吃……」

——代表撒腿就跑。

朱富：「陳三，去將李四宰了，元帥夫人要生吃……愣什麼愣，就是你腳邊那隻鴨子，難道一隻鴨子就不能叫張三李四嗎？你好歹也是跟我混的，這麼久還沒點長進，老大我也很沒面子，真不明白你這小子到底是天生白癡還是先天性智商有缺陷？」

「小豬，天生白癡和先天性智商有缺陷好像是一回事吧？」

……

叛亂在代表回去後不到一刻鐘就平息了。

已經緊守了一下午的城守軍一起歡呼，因為他們終於可以睡覺了；流了一地冷汗的叛軍也歡呼，因為他們慶幸自己逃脫了成為火鍋底料或者變成燒烤的厄運；朱富、柳隨風和慕容幽蘭也歡呼，因為他們終於可以好好地吃一頓火鍋了；一直在某個營帳裏賭骰子的張龍趙虎等高級將領也歡呼，因為這樣一來，他們終於可以改打麻將了（**軍中唯一的一副麻**

將牌掌握在叛軍手裏），皆大歡喜。

唯一不爽的是李無憂元帥，因爲他本來是打算在再喝十八罈女兒紅後，就去用拳頭教訓教訓這幫痞子流氓，讓他們知道到底誰才是流氓頭的，沒想到這幫廢物竟然被柳隨風一個小計就嚇得投降了。

被柳隨風在心上人面前搶去風頭的無憂軍團統帥，痛定思痛後，決定執行一項挽回面子的舉動——特訓！

當他說出這個行動計畫的時候，在場的柳隨風諸人只說了一句話：願創世神保佑那幫可憐的人吧！

大荒三八六五年五月初六，絕對是無憂軍團歷史上一個值得紀念的日子。

在天邊剛剛露出第一絲曙光的時候，李無憂就集合了四萬五百餘名軍團戰士，開始軍團成立以來的第一次訓話。

「很高興經歷了昨天的風波後，大家都還活著。」一身戎裝的李無憂站在一處兩丈高的土坡上，以一種溫和得不帶任何雜質的聲音說道：「對於昨天你們的表現，我本人是感到非常失望的。不是說你們不該叛亂（我們姑且稱之為叛亂吧），而是因爲你們的作爲離我的期望相差太遠了。如果你們真的要叛亂的話，就該像個男人一樣，不畏強權，不怕流血，真的拿起武器來討回你們應得的東西，但是你們除了像小孩辦家家酒一樣的遊戲了一場外，又做了什麼？」

非同尋常的開場白，人群有了一些騷動。

「別不服氣，兄弟們。我知道你們都想說自己不是懦夫，只是因爲赤手空拳鬥不過手拿兵器的正規軍，只是因爲你們是守法的良民，只是因爲你們被軍師設計的假象所蒙蔽。我也知道你們想說自己其實也是條漢子，在京城打架戰無不勝；你們想說自己是貴族出身，血統高雅，不屑於舞刀弄槍；你們想說自己是悠閒的隱士，與世無爭……老子只想說，你們都他媽在放屁！」

李無憂說到這裏，眼神中忽然透出了一絲凶光，「我知道你們都很不服氣，覺得我侮辱了你們！沒關係！這樣好了，你們誰不服氣的可以上來和我單挑，無論是武功法術，還是詩詞歌賦都可以，只要你們能勝了我，或者能表現出一點你們是男人的血性，老子就親自爲昨天的事向你們道歉，並奉上銀兩讓你們上路。」

人群沸騰了，無數早看李無憂不順眼的人以爲得到了機會，接二連三地衝上臺去。

柳隨風和慕容幽蘭一行人雙掌合十，默默地爲這幫無知的人祈禱。

這次內部切磋的具體情形，後來成爲了無憂軍團的最高機密，一直不爲外人所知。但當天中午，附近的石膏、夾板、綁帶、跌打損傷藥和金創藥什麼的，價格忽然暴漲，並且依舊供不應求，附近河流也在這一天暴漲，據說是因爲有無數優雅的貴族打扮的人在這裏仰天長嘆「既生魚（余），何生李」的同時，狂嘔了幾百噸血所致，而李無憂的名字卻頻繁地出現在譬如廁所、垃圾堆、牛糞棚等與「骯髒」、「噁心」、「奇臭無比」等字眼能發生密切聯繫的地方，旁邊必然加上修飾標語「卑鄙無恥噁心變態醜陋無聊」。

雖然有不少的人妒忌，甚至憎恨李無憂強到變態的文武全才，但事實上，慘遭修理的三萬新丁中對李無憂個人崇拜的依然占了絕大多數，在短短的刹那，李無憂又回到了神的高度。他們高呼著李無憂的名字，發誓說要畢生追隨「歷史上最英俊最強大的統帥」，但柳隨風卻一針見血地指出：這毫無疑問是因爲他們對李元帥的真面目缺少足夠認識的無知表現。

不久後發生的事，再一次驗證了柳隨風的話。

在確認了三萬新丁都「自願」留下後，李無憂宣布了將軍團進行改組編制的決定：在原來城守軍的基礎上成立第一萬騎大隊，由捎虎擔任萬騎長。在新兵中抽調一萬人成立第二萬騎大隊，由慕容幽蘭擔任萬騎長。其餘兩萬新兵被分成兩個萬人步兵大隊，第一、二步兵大隊的萬夫長分別由張龍和朱富擔任。四個大隊各下轄四個人數編制爲兩千五百的千人中隊，各千騎（夫）長人選由萬騎（夫）長自定。

至於從禁軍中挑出的五百「精英」就組成元帥近衛團，由吳明鏡任統領、唐思秘密協助訓練。

改組完成後，李無憂說，爲了提高第二萬騎大隊和一、二萬步大隊這些新加入兄弟們的意志品質，從明晨開始，全軍將開始一些長期的訓練。

當有人膽戰心驚地問及訓練的具體內容時，李無憂輕描淡寫道：「都是些輕鬆愉快的玩意。」

得到這樣的回答，所有的人都明顯地鬆了一口氣，但一旁的柳隨風卻看見了元帥嘴角同時露出的那一絲詭異的笑意，心裏提前爲那些善良無知的人默哀了三分鐘。

第二天的訓練真的是輕鬆而愉快的——負重跑。

說他輕鬆，是因爲每個人腿上的負重都只有三公斤，而不是正規軍隊中流行的五公斤，跑步的速度也比正規軍要求的慢。說他愉快，是因爲在隊伍行進的同時，李無憂安排了隨軍的歌舞團爲隊伍唱歌助興。

但那些跑步的士兵們非但並無半點輕鬆愉快的意思，反而汗流浹背、面目猙獰，暗自幾乎將所有能想到的惡毒形容詞都加在了「李無憂」三個字的前面——如果是你在半夜被人從舒服的被窩裡拉起，再負重十五公斤（腿上三公斤、背上十二公斤），以一種近似蝸牛的速度「奔跑」在滿是泥濘（天上下著雨）的草地上的時候，旁邊車上的美女翩翩起舞的同時還開心地唱著《十八摸》的話，你也會罵人的吧？

這其實才是輕鬆愉快的開始，更輕鬆愉快的還在後頭。

在一個時辰後，天終於大亮，隊伍也終於走出了三百米。

李無憂宣佈說今早的訓練結束，大家過來用早餐吧。

早餐是軍隊中最常見的饅頭稀飯和麵包牛奶，沒什麼特別。唯一特別的是今天的食物吃起來特別有快感——入口後化得太快了，所以沒感覺。緊接著，所有的臨時茅廁都擠滿了人，而更多的人卻不得不在野外解決。

被雙眼發紅的人群問罪時，廚師一臉無奈地說這與自己的廚藝無關，只是早餐中全被元帥灑了一種特殊的藥沫。

輪到李無憂，這無恥的賤人微笑道：「早說過都是些輕鬆愉快的玩意了，你們拉過之後難道不覺得真的『輕鬆』了很多，心情也『愉快』了很多嗎？」

士兵們立刻沒了脾氣。

這當然還沒完。

早飯過後，部隊開始了真正的急行軍。具體的速度是無法計算的了，但在這三萬人的赤腳部隊硬是和第一騎隊的騎兵們一起從巨鹿郡趕到了三百里外的固州。

李無憂看到自己的部下們在趕了這麼短的路後，就一個個東倒西歪如一堆堆爛泥，忍不住譏諷道：「兄弟們，才區區三百里路就不行了，你們到底還是不是男人？」

筋疲力盡的士兵們沒有說話，只是從此之後，三個大隊的士兵們每個人的枕頭下面就多了一個寫著李無憂名字的稻草人和一把帶著狗血的尖刀，據說還有不少人開始鑽研例如降魂、毒咒等最艱深的黑巫術。

第二天，士兵們紛紛抱怨行軍太快了，李元帥決定順應民意，讓行軍速度慢了下來——是真的很慢，每天只走三公里，只不過每個人的肩上都扛著一隻重達百斤的麻袋，而歌舞團的美女們又開始在旁邊唱歌。

於是又有人抱怨太慢了，隊伍的速度又變成每天三百里，接著變慢——變快——變慢……

士兵們對此還完全提不出任何意見，因爲每次行軍，李無憂元帥也是和他們一樣的裝備一樣的步行，並且神情非常的愉快——在崑崙山最初的幾年，李無憂甚至每天早上都要

負載數百公斤在半個時辰內從谷底跑到三千多尺高的峰頂，現在這點對他來說真的是非常愉快的。

三個大隊的士兵們只剩下詛咒李無憂能被口水淹死，或者第二天早上被人發現死在女人的床上，但無論他們怎麼詛咒，偉大的李無憂元帥依然很開心地活著，並且越活越快活。

幾天之後，訓練的情形發生了一點點變化。李無憂規定每個大隊中的四個中隊開始進行行軍比賽，並進行必要的獎罰——在慢走的時候跑得最快的，和在快跑的時候走得最慢的中隊將受到懲罰，與之相反，走得最慢的和跑得最快的中隊將受到嘉獎。

罰的內容有增加負重、增加帶藥沫的伙食、增加額外訓練等幾項，但獎的內容就千奇百怪了，從最初的每人幾兩銀子和減少負重到一根不放藥沫的雞腿，到後來的傳看一本帶彩色插圖的色情雜誌、官方提供偷窺美女洗澡的機會等不一而足。

當然在這些獎賞中，色情雜誌和李無憂讚揚他們是男子漢的話是最受歡迎的。事實上，更多的人還是喜歡「官方提供偷窺美女洗澡的機會」這一條，但即使是有官方的特別保護，偷窺歌舞團的美女們洗澡也是一件極其危險的事，這是因爲慕容幽蘭將軍現在和歌舞團的團長兼天后級歌手嫣姬已經好如姐妹，所以在臨時澡堂的周圍通常都會被布下各種陰毒的結界，而官方則只爲你秘密地疏散人群和保證你儘量不受打擾。

在有五個人因爲那些結界而不得不退出軍隊轉投皇宮從事太監這份高尙的職業，而又有九人險些步先輩的前塵後，這份看起來極有誘惑力的獎賞也就無人問津。倒是色情雜誌都是軍師精心搜藏而被元帥不小心給找到後分發下來的，無論是圖畫的印刷品質還是圖中美女的水準都是絕對極品，這反而成了最受歡迎的獎勵方式。

至於被李無憂誇獎一句「某某中隊，你們終於有些男子漢的味道了」的時候，就意味著今天晚上你們可以洗一次澡了，這當然是天堂級的享受，倒是李元帥自以爲很鼓舞人心的誇獎卻很少有人放在心上。

到後來，比賽的隊列從中隊變爲大隊後，情形就變得非常壯觀。

雖然爲了提高訓練品質，無憂軍團儘量走荒郊野外，但依然吸引了不少的百姓來圍觀。快跑的時候，附近的百姓經常可以在聽到喊聲震天後，看到一隊隊裹著煙塵或者帶著泥漿卻穿著朝廷軍服的詭異人士呼嘯而過。慢走的時候，附近的百姓們卻又看到一隊隊盜賊化裝成官軍的模樣，扛著滿是金銀的麻袋在艱難的跋涉，旁邊還有不知道從哪個院子裏找來的姑娘在唱著淫蕩的小調。

奇怪的是，縣太爺和郡守大人見了那強盜頭還要卑躬屈膝的行禮，並且非常愉快地滿足了那人要求增加某些物資的請求。事後才明白那些人原來真的是官軍，不過他們更奇怪

了——難道這年頭官軍也打劫嗎？

不理會沿途百姓的莫名驚詫，無憂軍團就是在這種被士兵們形象地稱為「龜兔賽跑」的行軍方式下，過著「暗無天日」的生活，終於在這一日黃昏時分來到了珊州城外。

屈指算來，全軍行程兩千多里，才用了不到半個月時間，已經創下了步兵行軍的歷史紀錄。

想到再過一千多里路就該到潼關了，李無憂決定放那三個大隊四天的假，每五千人輪流進城休養半日。

眾人欣喜如狂，激動之餘簡直覺得李無憂就是再生父母，渾忘了此刻之前自己還在暗自詛咒這人活著太沒天理。

柳隨風風流成性，這一路上李無憂又不准他碰歌舞團的美女，簡直是快要憋瘋了，此時聽到李無憂說放假，當即自告奮勇地請纓由他帶隊。

李無憂微笑答應，柳隨風不疑有他，大喜而去，直到回來的時候，他才想起李無憂此時的笑很有些意味深長。

柳隨風一行人化裝成平民剛走不久，得到消息的珊州總督谷風就親自帶著參將勞署來迎接李無憂進城：

「早聽說李元帥『一人破萬騎，隻劍斬冥神』的英雄事蹟，下官和珊州百姓對大人都是仰慕已久，聽聞李元帥領著禦寇神兵路經此地，滿州百姓都是聞訊起舞、歡聲如雷。下官順應百姓要求，已經讓州尹盧大人在醉花居略備薄酒，恭迎元帥和諸位將軍入城。望元帥看在百姓對大人朝夕思慕的份上，紆尊降貴，移駕前往。」

李無憂面帶微笑地看了看面前這個頗有些道骨仙風的中年人，怎麼也不能將他和一州總督以及剛才的諂媚之語聯繫到一起，打著官腔道：

「谷總督公務繁忙，竟然親自來迎，李無憂真是受寵若驚。大人和百姓們一片盛情，本帥本不當辭，不過本帥尚有許多要事需要處理，盛意心領，進城一事我看就不必了吧。」說時，眼角微微瞟了瞟一側的慕容幽蘭，繼續道：「聽說貴州三十里外有一座蓮花山，山上的盤龍寨中嘯聚了一幫土匪，危害百姓，本帥正打算去為民除害，不知可有此事？」

谷風察言觀色，嘆道：「不錯。這山上確實有五千餘名悍匪，下官也多次曾讓本州參將勞署將軍去圍剿。不過說來慚愧，這山上的匪頭韓天貓這老賊法力異常高強，勞將軍每次都師出無功……」

「撲哧！」慕容幽蘭笑出聲來，「谷總督，你讓老鼠去逮貓怎麼會有不失敗的道理？」

她話語天真，惹得眾人都笑了起來，便是勞署也不好衝這如花美女發作，只是面上露出了慚愧之色。

谷風故作驚訝道：「這位見識非凡一語中的的巾幗女英雄，莫非就是傳說中美貌與智慧並重的慕容幽蘭將軍？」

慕容幽蘭傲然道：「正是本將軍！你倒說說那蓮花山在哪裡，本將軍這就去將那隻貓給捉下來！」

谷風喜道：「早聽說慕容將軍是大仙的愛女，法力高強，有你和元帥一起出手，那隻小貓必然是在劫難逃！」

「不用，不用，本將軍一個人去就可以了！」慕容幽蘭忙道。

李無憂皺眉道：「小蘭，聽說那韓天貓可是妖魔榜上排名第九十三的厲害人物，我對付他都尚且沒有把握，何況是你呢？」

勞署也道：「慕容將軍，那韓匪老而彌堅，非常了得，我看咱們還是進城慢慢商議後，再做打算吧！」

慕容幽蘭滿不在乎道：「你們只管去赴宴，我這就帶人去將盤龍寨鏟平了。」說時，上馬招呼她第二騎隊的人去了。

谷風道：「勞參將，你也去給慕容將軍引路吧！」

勞署依言而去。

李無憂朝一直隱藏在附近的唐思做了個手勢，後者神色複雜地看了他一眼，追著慕容幽蘭去了。

谷風和李無憂對望一眼，相繼大笑。

蓮花山在珊州東南三十里，左右雙峰如一對並蒂蓮花，因此得名。山高峰險，唯雙峰間有一條羊腸曲徑可通峰頂，端的是易守難攻。勞署前前後後攻了七八次，都鎩羽而歸，卻連韓天貓的人影都沒見到。

倒不是這位珊州參將有多無能，而是這條小路實在險峻，只要被人一卡住，根本就是「一夫當關，萬夫莫開」，更何況是被一個法師夾雜著數千山賊？

勞署很詳細地和慕容幽蘭講解著地形，還有屢次戰鬥得來的寶貴線索，後者越聽越是皺眉，忍不住譏諷道：「聽你這麼說，這山還沒人能打下了？」

勞署是個直來直去的漢子，當即道：「若是雷神出手，那是輕而易舉，若是將軍你嘛……」

慕容幽蘭大怒：「你是說本將軍就攻不下來？」

勞署道：「正是這個意思。」

「好！我若攻下來呢？」

「那……那我勞署就任憑將軍發落！」

「一言爲定？」

「一言爲定！」

看到勞署答應，慕容幽蘭怒色立收，嘻嘻一笑，忽然縱馬奔到寨門前，大聲喊道：「小貓兒，快出來，姐姐給你送魚來了！」

「撲通」之聲不斷，兩軍人馬倒下一片。

醉花居的二樓。

花不醉人人自醉。

谷風和州尹盧湖生非常殷勤地勸酒，醉花居的頭牌憶紅正坐在李無憂的大腿上，說不盡的巧言令色，看不夠的軟語溫香。玉人在懷，美酒在唇，李無憂已經迷醉。

谷風和盧湖生對視一眼，對李無憂身邊的美女笑道：「憶紅姑娘，伯爵大人可能有些醉了，你扶他進房休息吧！」

憶紅嫣然一笑，依言扶起李無憂，後者擺手道：「我……我還沒……沒有醉，二位大人，來……咱們繼……繼續喝……」

話未說完，人已趁勢倒在了憶紅的懷裏。

「呵呵！伯爵大人雖然沒有喝醉，但為國奔波，旅途勞頓，不妨先休息休息，咱們接著再喝如何？」谷風笑道。

李無憂沒有再說話，因為這個時候，他的嘴趴在憶紅高聳的胸部上，哪裡還有空閒說話呢？

很快的，二人就到了憶紅的臥房。

「大人，奴婢去給你倒杯茶解解酒好嗎？」憶紅將李無憂放到床上，溫柔說道。

李無憂摸了一把她的臉，嘻嘻笑道：「不用了，我們家憶紅就是最好的解酒湯！」

憶紅說聲大人你好壞哦，掙扎著去桌子上倒了杯茶過來，李無憂接過一飲而盡，笑道：「好了，美人，過來讓我親一下。」

憶紅聞言嬌笑一聲，俯身過來，張開玉手朝他摟抱過來。但她的手剛剛伸到肋前，右手的脈門同時被扣，「噹」的一聲，一柄寒光閃閃的匕首掉落地下。

憶紅大驚之下，左手一掌朝李無憂面門按落，但甫一出手，一股酸麻之感立即從右手脈門傳遍全身，左手拍下時氣勢洶洶，但落掌時卻已綿軟無力，彷彿是在李無憂的額頭輕輕地撫摸了一下。

「你……」憶紅檀口微張，明眸中儘是驚訝。

「你什麼你？冷鋒姑娘，別來無恙吧？」李無憂伸指封了她身上幾處大穴，懶洋洋道。

「你怎麼知道我就是冷鋒？」憶紅面色變冷。

「呵呵！這樣子看著才有一點江湖第一神秘殺手的樣子嘛！」李無憂笑道：「老實說，你扮妓女扮得還是很道地的，是不是經常兼職啊？」

「你……」

「你怎麼翻來覆去就這一個字啊，無趣之極。老子好不容易來逛次窯子，居然遇到個假貨，真是掃興！」李無憂說到後來頗爲有些不平，忽然眼睛一亮，「嘿嘿！冷姑娘，咱們不妨假戲真做吧？」

冷鋒冷冷道：「你別得意得太早。」

「你是不是想告訴我，你剛才已經在那杯茶裏下了毒？」李無憂嘻嘻一笑，張口噴出一口茶，見冷鋒面露訝色，得意道：「不用驚訝，這玩意老子三歲的時候就會了。」

冷鋒道：「好。你殺了我吧。」

「拜託！冷姑娘，你可是個美女哦，別動不動就講打講殺的好不好？」李無憂語重心長道，「那樣很損壞你的形象呢！」

「你……你這個無賴……」冷鋒氣結。

「我……我就是個無賴！」李無憂嘻嘻一笑，湊過嘴去在冷鋒臉上輕輕啄了一下。

「你……」冷鋒瞪著一雙美麗的眼睛，彷彿兩道冷冷的刀鋒。

「我……我今天晚上就要和你……嘿嘿……」李無憂露出一個標準的淫笑。

「你……」

「你……走吧！」李無憂忽然收斂笑容，解開了她的穴道。

「你真的就這樣放我走？」冷鋒覺得自己居然能逃過非禮，簡直是沒有天理，「你就……你就不問我，是誰要殺你？」

「沒有必要！我早知道了！」李無憂看著她明亮的雙眼認真道，「另外，你的演技有什麼破綻，呵，真的很專業。我之所以認出你，是因爲我在剛才見到你的時候就已經認出你的……體香！呵呵！別驚訝，上次在西湖和你交手雖然如同驚鴻一瞥，但我確實已經記得你獨特的女兒香了，嗯，你可以將這稱爲……淫賊本色。」

「撲哧！」冷鋒第一次真的笑了出來，「你倒很有自知之明。我走了，下次再見！」

看著冷鋒推門而出轉瞬消失在拐角，李無憂面如金紫，張口噴出一口鮮血。

「牽機毒入口就侵入百穴，你自恃聰明，以為憑真氣包裹就會沒事，那其實是自找死路！」

房中忽然多了一個黑衣人。

真的是鮮魚。生蹦活跳，楚楚動人的一尾鮮活紅鯉魚。

那騎著紅馬、提著紅鯉魚的紅衣少女在寨牆下兀自喋喋不休：「小貓兒乖，快下來，姐姐給你魚吃。」

雪白鬍子三尺長的韓天貓站在寨牆上哭也不是，哭也不是，怒也不是，罵也不是，甚至連打也不是，因為這在之前的行動中都已經被證明是徒勞的，雖然韓天貓已經初窺仙位之秘，但慕容幽蘭雖然不如李無憂那麼變態，卻也早在兩年前就已經進入仙位了，更何況，慕容軒的法術絕對不是一般人可以抵擋的。

「好吧！」韓天貓在無計可施，而慕容幽蘭似乎仍然沒有甘休的趨勢的情形下，終於決定做出一個讓步，「如果我出三個難題，小姑娘你都能解了的話，我就投降，如果做不到，就請你離開。」

「輸了要認我當姐姐哦！」小丫頭眨眨眼睛。

韓天貓沉聲道：「好！」

雙方的人都沸騰起來，這可以說是本年度古怪的一次打賭。

「第一題，我這裏有一根竹竿，竿的頂端掛有一隻烤兔，如果你能保持這根竹竿像現在這樣的直立，在不使用削、鋸、砍或者法術等手段將竹竿弄短或者弄斷，而且也不能使用輕功的情形下，不需要別的人幫忙而能用手取下烤兔的話。這第一題就算你解了。」

不遠處的唐思點了點頭，知道韓天貓多少看在慕容軒的面子上給小蘭留了餘地：這第一題雖然看似困難，其實是一道考古題，最簡單的解法就是將竹竿放到例如水井、河橋等有高度差的地方，將竹竿向下移動就可以取到烤兔了。

她正要傳音過去，小丫頭已經笑道：「這題太簡單了！看我的！」抓過竹竿狠狠地插到地上，撲上竿去，雙手一抱，雙腿一夾——像一隻猴子一樣爬了上去……

眾人冷汗直流……

第一道題就這麼解決了。

「慕容將軍的解決法子，果然很……那個特別。」韓天貓乾笑道，「好，現在是第二

題。我這裏有一個籠子，籠子裏關有一隻兔子，你如果能在不打開籠門的情形下取出兔子的話，就算你贏。當然，條件是不能使用法術，不能破壞籠子。」

第二道題聽上去有些荒謬，但也不是完全沒有解法，至少唐思就很快想到了一種：騙開——你讓我不打開門取出一隻兔子我當然不可以，但是讓我不開籠門向裏面放一隻兔子就不成問題了。如果對方中計，那麼在他打開籠門取出兔子的一剎那他就已經輸了。

雙方的人都紛紛的猜測慕容幽蘭會怎樣解決這道難題。

「哇！好可愛的一隻小白兔哦！」小丫頭先是歡喜地叫了一聲，接著對跟在身後的第二騎隊第一中隊的千夫長宇文祿大聲道，「小祿子，你去拿把刀來，隔著籠子將那兔子殺了，然後將兔子剁碎了，一塊一塊的取出來。」

說到這裏，望了望滿臉驚詫的韓天貓一眼：「貓兒，你只說讓我將兔子取出來，可沒說是要生的還是死的，整的還是碎的，我這麼做不算違規吧？」

「不……不算。」韓天貓直冒冷汗，全場的人也跟著狂冒冷汗，這小丫頭還真是……

第二天，全無憂軍團的人都達成了一個共識：寧可得罪李無憂，莫要得罪慕容幽蘭，因爲前者可能讓你遍體鱗傷，但後者卻可以讓你傷無可傷（**碎成塊狀的人，當然是傷無可傷**）。

「第三題，請聽好了。現在有一片的兔子大腿肉，請問，如何才能分辨出這是雌兔肉還是雄兔肉？」

此題一出，全場譁然。

這已經不叫難題，而是死題，根本無解。如果是一隻剛剛死掉的兔子還可以用讀魂術，但現在這隻兔子已經被烤熟了，並且只有一片大腿肉，這怎麼分辨？這一次，連唐思都覺得沒轍了。

「嘿嘿！慕容姑娘，這道題若你也能解出來的話，我韓天貓二話不說，直接燒了山寨跟你走。」

「小貓真乖！這麼想和姐姐走的話，那姐姐我就不客氣了。」慕容幽蘭嘻嘻一笑，拈起那塊兔肉念念有詞，漸漸的，那塊兔肉放出一道耀眼的兔形白光，接著立即又消失。

慕容幽蘭胸有成竹道：「這是一隻雌兔。」

「哈哈！你錯了！這是一隻雄兔，割下這塊兔子肉的那隻兔子現在還在……」話說到一半，韓天貓忽然閉了嘴。

「呵呵！大家都看到了分辨這片兔肉雌雄的全過程了，方法我就不用再重新敘述一次了吧？」慕容幽蘭一臉天真地說。

歡呼，排山倒海的歡呼。

不僅僅是無憂軍團的人，甚至有許多盤龍寨的人。

小丫頭一開始就擺出一副白癡加三級的模樣，其實是扮豬吃老虎，在最後關頭又假裝使用法術要讀魂造成韓天貓的心理壓力，這才讓後者在不經意間說出答案。

事實上，慕容幽蘭的戰術固然高明，其實韓天貓出題本身就有錯誤，若是他問這片兔肉到底是雌兔還是雄兔的，而不是問怎麼分辨的話，那這個法子就沒有用了。不過現在，終於還是她贏了。

眾目睽睽下，韓天貓當然賴不掉，因爲那樣的話，以後他在江湖中就混不下去了。最後，這位年近七旬的老翁果然乖乖地叫了一聲「姐姐」，一把火燒了盤龍寨，和無憂軍團的人下山去了。

目睹了全過程的勞署對小丫頭簡直佩服得五體投地，二話沒說就答應了入夥的要求。這就是爲後人津津樂道的「三兔收雙士」。

李無憂又吐出一口鮮血，慘然道：「你就是那些殺手的雇主？」

「不錯。」

「我既然已經要死了，你能不能告訴我你爲何要殺我？」

「不能。」

「你真是謹慎得變態。」

「我當這是誇獎。」

「好吧！」李無憂苦笑道，「我只好去問閻羅王了。」

「不……」這一次「錯」字尚未出口，一道無匹的劍光已經劈頭而至，黑衣人右手虛虛一抓，一柄短刀已經落到手上，揮刀相迎。

二人瞬間已激拚了九招，李無憂又噴出了一口鮮血，黑衣人冷冷道：「你越是越運功，牽機毒就發得越快。」

李無憂不答，招式卻越來越快，無憂劍幻出一天的劍幕擋住了那人短刀的攻擊。

那人實是他出道以來見過的第一高手，每一刀都大巧若拙，妙到毫巔，換了旁人，怕早在那人第一刀揮出的時候就無力地放棄了，李無憂數次想使出法術來攻敵，但一種近乎天然的直覺告訴他，對面那人根本不懼法術，好在李無憂自己的劍法也已臻至化境，這才能對攻不敗。

這是一種非常恐怖的情形。兩個人的刀法和劍法都達到了返璞歸真，以無勝有的境界，招式已經完全的消失了，在這裏只有劍意和刀意。

往往是李無憂一劍指到黑衣人膻中穴，那人的刀就已開向李無憂的肩阱穴，然後兩人卻不得不換招。

這是一種學武之人夢寐以求的較量，但李無憂現在卻後悔得想哭。他知道只有自己真的中了牽機毒，幕後那人才會走出，到時候他無論是放個結界還是幾招制敵，都有機會服下佛玉汁解毒，毒一解是打是逃都全在自己，但他萬萬沒有料到對手非但不懼法術，而且武功之高與自己也是不相伯仲，他根本騰不出手來。早知道就該把那個屠夫給帶來了。

黑衣人越打越是冷靜，刀法越來越快也越來越穩，顯然是看穿了李無憂的窘境。

「去你媽的！」李無憂忽然大罵一聲，張口噴出一口鮮血，整個人卻借刀劍相交之力，朝後猛砸而去。

牆壁被生生砸出一個人形的窟窿，李無憂也順勢落下樓去。黑衣人微微一頓之後，短刀也已跟到。

卻在此時，一道綠光疾射向他面門，黑衣人不得已下，側身一讓。綠光打到牆上，深入三寸，卻是一片柳葉。這個時候，李無憂卻已乘勢落到釋放柳葉那人的身邊。

「算你走運！」黑衣人冷笑一聲，幾個起落已經消失在茫茫夜色中。

李無憂趕忙吞下一口佛玉汁，這才看清自己面前的正是柳隨風，而他旁邊正站著一位楚楚可憐的小美人兒。

「隨風！你要我怎麼說你才好，才這麼一會兒工夫，你就又拐騙了一個未成年少女！你知道不知道你這樣做，很丟我的臉的！」李無憂沉痛的語調充分說明他是多麼的恨鐵不成鋼。

「大哥，這次不是兄弟我拐別人，而是別人黏著我不放啊！」柳隨風苦笑道。

「你說像我這麼有理智的人怎麼會相信這麼無稽的事情？」李無憂毫不客氣道，「就你這社會的敗類，極品的垃圾，造糞的機器，怎麼會有美女看上你呢？」

「你這人看起來斯斯文文的，怎麼說話這麼難聽？」小美人皺眉道，「柳大哥，我們走吧，別理他！爹爹還等著我們回去吃晚飯呢！」

柳隨風朝李無憂苦笑，那意思是：「這次你相信了吧？」

李無憂看得不解，但當他看清楚那美人的臉，忽然頓悟：「這位姑娘可是姓劉？」

「你怎麼知道？」小美人奇道。

「嘿嘿！我怎麼會不知道呢？」李無憂忽然想放聲大笑，「柳兄，不知道這是叫緣分呢，還是報應？」

「楊柳堆煙，水光瀲灩。西湖春尚好，只是離別經年。憶當日，孤山梅冷，一笑嫣然，誤光陰竟千年。於天涯，將孤舟放了，煙靄畫遍。憑了斷，一夕纏綿？屈指，佳期已誤，韶華冰蓮。憂可傷人君應知，古鏡裏，白髮紅顏。嘆息罷，但傾杯。浮生事，且付昨昔今年。」

輕輕吟唱這詞的不是一個嬌滴滴的小姑娘，而是正身著戎裝騎在瘦黃馬上的威風凜凜的李無憂。本來纏綿婉轉的一曲《夢黃粱》被他以一種怪聲怪調的詭異聲音演繹之後，變得讓人莫名的恐怖，但唱詞那人兀自不甘休，「嫣然」道：「多謝柳公子救命之恩，奴家願以身相許！」

如果眼神可以殺人的話，毫無疑問，柳隨風早已讓這幸災樂禍的傢伙永垂不朽千萬次了，這個時候，他正狠狠地瞪著李無憂道：

「白癡！你給老子閉嘴！是不是在我去珊州之前，你就預料到我可能和冰蓮重逢？該不會根本就是你去通知的冰蓮的吧？」

李無憂正色道：「小柳，說什麼李大哥我也是堂堂無憂軍元帥，怎麼會做這樣偷雞摸狗的事情？嘿……就算是懷疑我也別用那麼冷冰冰的眼神嘛，好歹咱們還兄弟一場呢，出賣你對我沒有好處的事，我是被人千刀萬剮也不肯做的！好了，好了，別瞪我了。我可以對天發誓，我真的沒有去通知劉冰蓮和她的家人，怪只怪你們倆真的是太有緣了，這才讓你在珊州大街上走路都能把她撞倒，而她就那麼一剎那就將你認出來了！嘖嘖，真是千里姻緣一線牽，前世今生難再逃，就好比那戲水的鴛鴦終於要白頭，又好似那……」

柳隨風沒有再聽李無憂的聒噪，眼光望著前方正和慕容幽蘭聊得非常開心的劉冰蓮一眼，心頭一陣哀傷：「難道我風流不羈的柳隨風就這樣被這麼一個小丫頭給拴住了？」

「呵呵！別那麼哀傷得想尋短見的樣子。」李無憂拍了拍他的肩膀，「其實有一個女人願意天涯海角的追隨你，也未嘗不是一種幸福。」

「拜託！大哥，那是世俗人的想法，你怎麼可以讓我天下第一風流才子柳隨風也有這樣的想法呢？」

「靠！在我李無憂面前，你居然敢稱天下第一風流才子？老子看你是不想混了！」李無憂舉起拳頭作勢欲打。

「別以爲老子真的怕你！」柳隨風橫眉豎目，挽袖撩袍。

「好！咱們拳頭上見真章吧，喂，你個白癡別跑……」

「白癡才不跑！」

前方是一片小小的丘陵，據說過了這片丘陵，就是沃野千里的蒼瀾平原了。平原過去就是潼關，潼關的前方就是憑欄關。

根據最新的消息，三國聯軍和王天、張承宗的軍隊已經在憑欄關交鋒了好幾天了，雙方各有勝負，看起來還是楚軍略佔優勢。

李無憂將目光收回，落到自己的隊伍身上。在珊州剿滅盤龍寨後，無憂軍團和慕容幽蘭的聲望都是暴增，因此當李無憂說要在珊州徵兵的時候，很容易就募集到了三萬多的精壯男丁，並且在此地又補充了一萬匹戰馬。

一下子，隊伍就擴充成一支七萬人的大軍了。只是看起來，這場仗的長期性和艱苦性都遠遠超出了自己的預料，到了前方的雅州和蘆州看來得多募集些人了。只是軍隊的戰鬥力並不是和人數成正比，要想真正的有所作爲，自己這支軍隊還得加緊訓練才行。

李無憂正在沉思，前方的隊伍忽然出現了一陣騷亂，慘叫聲中，隱隱傳來「魔族」和「金毛獅王」之類的呼喊。他不及細想，一按馬背，施展輕功，迅疾地掠向前去。

李無憂到的時候，局勢已經穩定下來，吳明鏡、張龍和段冶三人已經和一個全身金毛的人打得難解難分，周圍的士兵手持著弓箭和長槍在助威，地上還躺著好幾具血淋淋的屍體。

金毛人刀槍不入，動作極快，往往是旁人只看到一陣金光亂竄，三人身上就或多或少的要添幾道血痕。而三人對金毛獅王的攻擊卻很乏力，普通的刀劍根本傷不了他，三人只好使用刀氣或者劈空掌一類的功夫勉強還擊。

「鎖神結界！」金毛獅王忽然大喝一聲，一種無形的結界立時籠罩了方圓三丈。結界內的張龍的動作立時變得簡直如同一隻螞蟻，而段冶和吳明鏡內功深厚，雖然不如張龍那麼誇張，但出劍揮刀的速度也立時慢了一半，而他們旁邊那些助威的士兵們則完全無法動彈，一個個張著口，舉著刀劍，臉上還殘留著剛才的興奮和恐懼。

李無憂見此大喝一聲，真氣一動，背上的無憂劍化作一道無匹的劍光射了過去，堪堪擋住金毛獅王攻向張龍的一爪。後者興奮得嗷嗷亂叫，捨掉三人，張牙舞爪地朝李無憂撲來。

李無憂右手虛抓住無憂劍，以隔空御劍之術遠遠的與之相抗，左手結印，打算施展個移花接木以轉移鎖神結界的威力，但忽然想起這怪物本身對其他任何法術攻擊都是免疫的，他的結界會不會也是免疫的呢？

卻在此時，乾坤袋裏一陣騷動，隱隱有吱吱的聲音傳入耳來，這不是小白在叫嗎？從伯爵府的秘道得到這隻小白鼠，除了每天不吃不喝這項本領是普通老鼠難以望其項背外，其他的都和普通老鼠沒什麼區別，白天就躲在乾坤袋裏睡覺，晚上才出來散散步。

李無憂除了偶爾在牠去嚇慕容幽蘭的時候教訓這傢伙一頓外，現在已經很少管這個在秘道中收的小弟了。這個時候大敵當前，牠又想出來搗什麼亂？

李無憂心念一動，念了個咒語，將這傢伙給放了出來。

小白落地之後，搖著尾巴，慢吞吞地朝金毛獅王走去。

士兵們忽然看見場中多了一隻白老鼠都是詫異非常，而剛剛提到的慕容幽蘭更是驚叫起來，反是金毛獅王似乎感到了無窮的恐懼，整個人瘋狂地發抖，嘴裏還不停地念叨：「聖獸，是聖獸……」

小白忽然低吼一聲，當即方圓十丈之類烏雲密布，狂風大作，沙石飛走，一片五彩祥雲將牠小小的身體包裹起來。

「靠！不過是一隻小老鼠登場，犯得著搞這麼誇張嗎？」李無憂嘀咕道。

彩雲漸漸變大，小白的身體也漸漸變大，到最後竟然大得和一頭水牛差不多。到狂風止住，彩雲散去的時候，一頭高出尋常老虎兩倍的白毛老虎威風凜凜地站在了場中。

所有的人都驚呆了，接著大叫一聲，全數作鳥獸散。小白怒吼一聲，那「千山之王，捨我其誰」的霸絕聲音，立時將奔逃的人嚇得匍匐在地，腿足酸軟再不敢有任何異動。

小白搖了搖尾巴，似乎很滿意眾人的反應，霸氣十足的眼神鎖定了金毛獅王。

這個時候，張龍三人忽然發現自己的行動力又恢復如常了，紛紛跑到李無憂身邊，因爲直覺告訴他們，這裏才是最安全的。

柳隨風和慕容幽蘭也已趕來，李無憂收回無憂劍對這兩個蠢蠢欲動的傢伙道：「別亂動，看戲好了。」

小白大吼一聲，雙肋下忽然長出一對羽翅，同時身形化作一道白光朝金毛獅王撲去，金毛獅王似乎對小白有著一種天生的恐懼，見到小白過來，慌忙化作一道金光想逃走，小白銜尾猛追。

白光的速度明顯快過了金光的速度，金毛獅王不得不迂迴折轉而不敢走直線逃跑。

李無憂等眼力好的人卻看到小白似乎根本沒有立時收拾金毛獅王的意思，每次要追上時都是伸爪在對手身上撩撥一下，又立刻放走，倒像是貓戲老鼠的樣子。

士兵們看出小白是來對付金毛獅王的，都鎮定下來，一些膽大的帶頭爲小白喝起彩來，慕容幽蘭看得起勁，叫人抬來一面軍鼓，有節奏地敲了起來。

一時間，場中彷彿是過節一般熱鬧起來。

小白也是越玩越起勁，爪子將金毛獅王的金毛抓得滿地都是，到最後，整個場中都是金毛亂飛，而金色的血液也流了滿地。

李無憂尋思道：「看上去，這金毛獅王根本不是人而是某種通靈的金系魔物，而這隻

白虎的來頭也極大，似乎是屬於神獸一級別的，難道老子居然無意中撿了隻寶貝？」

當即對小白喊道：「小白，別玩了，咱們還忙著趕路呢！快給老大把那頭獅子給宰了做點心。」

小白似能聽懂人言，大吼一聲，身上忽然冒出無數個小白的影子，朝金光撲去。一聲慘叫過後，金毛獅王倒在地上，脖子上一排整齊的血洞正在汩汩地流著金色的血，緊接著從冒血的地方開始蛻變，整個人很快真的變成一隻金色的獅子。

「原來真是個妖人！」

「錯！應該說是個人妖！」

危急過後，士兵們開始議論紛紛。

小白就地一滾，又變作了一隻白毛老鼠，搖著尾巴望著李無憂，似乎是要討賞。

慕容幽蘭過來抱起小白，歡喜地遞過一個小盒道：「原來小白這麼威風的，來，姐姐給你吃胭脂！」

「天！小蘭，你怎麼可以餵聖獸吃那種東西？」卻是柳隨風驚叫道。

「哪種東西嘛？」小丫頭橫眉怒目道，「我這蜜汁水胭脂很好吃的，連我老公都很喜歡吃呢！」

李無憂：「……」

將士們看了看元帥發紅的臉，什麼也沒說，神色嚴肅地轉過頭去，接著——狂笑不止。

金毛獅王被解決了，但他爲何忽然出現在珊州城外，並且魯莽地襲擊無憂軍團，這就無人知道了。

透過他會使鎖神結界來看，他應該是古蘭修煉成精的魔獸，但好端端地怎麼跑到大荒來了呢？這個問題暫時是無解的了。

物似主人型，連被柳隨風吹得天花亂墜的聖獸白虎也不例外。小白果然很喜歡小蘭的胭脂，自從那天之後，回到乾坤袋的時間漸漸少了，每天更多的時候都和她黏在一起，不是躲在小丫頭懷裏睡覺，就是經常搖著尾巴，像隻哈巴狗一樣跟著小丫頭到處亂跑。

每每看到牠向小蘭討胭脂吃，李無憂就會一臉認真地問柳隨風：「號稱上至天文地理下至人情世故無一不知的柳軍師，你真的能確定這就是傳說中四大聖獸之一的白虎？」

這個時候，柳隨風就會不厭其煩地保證：「憑我柳隨風博覽群書所得，這確實就是傳說中與青龍、金鵬、火鳳齊名的上古聖獸白虎。」

於是李無憂就會很懷疑地問：「有吃胭脂的聖獸嗎？」

柳隨風立刻就會不耐煩地說：「有，有，有的，聖獸嘛，愛好當然和尋常畜生不一樣嘛！」

「哦！」李無憂半信半疑地點頭，然後就問：「這隻聖獸到底是公的還是母的？如果是公的，吃了胭脂會不會變成母的？如果是母的，吃了胭脂會不會變漂亮點？」

於是柳隨風無言，於是談話結束。

從這一天後，本來就充滿詭異氣氛的無憂軍團更加詭異了，因爲一天到晚說不準什麼時候某塊營區就會刮起一陣狂風，然後飛沙走石，接著就會傳來一陣老虎叫和一個少女銀鈴般的笑聲：「小白，你好威風哦！」接著，就是更響亮而得意的老虎叫聲。

狂風通常是接二連三持續一個通宵的，因爲小丫頭曾經發誓要搞清楚老虎和老鼠之間轉化的原理，打算在將來發明一種叫七十二變之類的什麼東東。

李無憂曾經受部下們的委託，來勸她放棄這種徒勞的舉動，但偉大的發明家卻振振有詞道：「如果對既有事實我們都不願意研究的話，你怎麼能指望人類還保有想像的權利呢？」

李無憂搞不清楚這句話是哪位上古哲學家或者某位後現代主義詩人的傑作，只好道：「如果是這樣的話……那好吧，您繼續。」

於是小白和慕容幽蘭得以繼續危害軍營，並且在不久後開始危害人間。

第七章　異界聖獸

在從珊州前往潼關千里征程上，無憂軍團似乎對剿匪剿上了癮，過山必剿，遇寨必滅。剿滅的土匪除了窮兇極惡的外，多數人都被收入軍隊中。

有人就此向楚問參了李無憂一本，說「前線戰情正急，李元帥卻不務正業，耽誤軍情，論罪當斬」，楚問笑了笑說「攘外必先安內，無憂這麼做沒有錯啊」，於是所有人都明白，現在的李無憂聖眷正隆，少惹為妙。

地方官在得到消息後，立刻明白這位李元帥是個強勢人物，得罪不起，當即有求必應，李無憂卻覺得無趣之極，因為這樣一來，他原本最擅長的敲詐勒索等得意絕技就英雄無用武之地了。

百姓們雖然知道前方軍情告急，但潼關一日未破，就一日沒有切膚之痛，反是李無憂幫他們剿滅山匪，平靖了旅途，這位少年元帥的聲望在民間迅速達到了一個高峰。雖然有一干儒生在那裏大叫「黃口孺子，誤國誤民」，但很快被地方官鎮壓下去。

李無憂對這些毀譽根本不加理會，每日裏都是讓柳隨風領著部下們繼續玩龜兔賽跑的遊戲，他自己則帶著五百近衛奇兵和慕容幽蘭遊山玩水，順便收拾幾千強盜什麼的。

大多數情形下，李無憂和慕容幽蘭是不會出手的。通常的情形下，五百近衛兵都是由神刀屠夫吳明鏡率領去面對數倍甚至十倍、二十倍於己的士兵，並且是主攻。

奇怪的是，這種打法下，傷亡率非但不高，而且低的離譜，通常打下一座山寨，士兵的傷亡數都是以個位計。

別的大隊的兄弟們問起原因，近衛兵團的人只說了兩個字：兩倍。於是那些人就帶著一種看神的目光離開了——兩倍的意思是，每天這五百人的負重量是全軍的兩倍，跑的路程是全軍的兩倍，吃的帶藥沫的食物也是全軍的兩倍。

一想到自己背著兩百斤的麻袋肯定趴下，而這幫變態非但要扛，每天還要比自己多走一倍的路，他們還能有什麼話呢？

在這樣一種地獄魔鬼式的訓練方式下，五百近衛兵全部變成了絕世輕功高手和大力金剛腿的傳人。

而一般山賊和近衛兵交手的時候，通常只有兩種情形發生：第一種，人數相差不遠，那盜賊們就慘了，多數情形下，他們都只能看到一大片的旋風，然後就是自己的頭和身體分家。第二種，山賊的人數占了絕對優勢，通常是數倍或者十倍二十倍什麼的，那麼……他們更慘。因為前一種還是痛快的宰殺，這種情形下，他們遭遇的只能就是折磨。

其基本程序是，一支百人小隊提著砍刀氣勢洶洶地衝了上來，山賊們凝神迎敵卻一觸即潰，死傷無數，當即調動大部隊來鎮壓，但那幫輕功高手立時消失無蹤。接著另一支百人小隊就會從後方撲上來，死傷一片，之後撤退。然後是前面又攻上來……接著是左右……之後是前後左右，近衛兵的人反正是一觸即走，同時留下一大片敵人的屍體。

這種來去如風或者被稱為偷雞摸狗式的作戰方式，就是後來典型的無憂軍團作戰模式——沒有必要，絕不硬拚。

很多過五千人的大山賊團不是被支離破碎地殺死，就是這樣被生生折磨得投降了。

搞到後來，附近山上的強盜們一聽說無憂軍團即將光臨本地，強盜頭就對手下道：「兄弟們收拾東西，準備上刑場或戰場吧。」

在這樣一種百川歸海的情形下，無憂軍團雖然沒有再招募新丁，但人數很快就達到了十萬，而其中更有五萬是騎兵。

見到這種情形，趙虎不無憂慮：「元帥，那些土匪身手是都不錯，但自由散漫慣了，這麼多的土匪集結到一起，我看十萬人的戰力甚至遠遠比不上那一萬城守軍……」

「自由散漫？」李無憂一字一頓道，「你覺得我們的軍隊沒有紀律嗎？」

「大概是這樣的。」趙虎雖然知道這是事實，但說這話時，依然用了個不肯定的語氣，並且打了個寒戰，因爲以往的經驗告訴他，每當嬉皮笑臉的李無憂難得認真的時候，就一定有人要倒楣了。

這次當然不會例外，李無憂很認真地拍了拍他的肩膀，輕描淡寫道：「沒有紀律就讓他們有紀律吧！」

這句話說出來的時候，趙虎彷彿看到又有數萬人即將陷入地獄。

在與趙虎談話後的第二天早上，李無憂對部隊進行了第二次重組。

之前的兩個騎兵萬人隊和步兵萬人隊維持原狀不變。在此之外，讓新加入的六萬人組成了三個騎兵大隊和三個步兵大隊。

第三步兵萬人隊的萬夫長是段冶，第四隊的萬夫長則由從第二騎隊中新提拔的一個叫葉青松的年輕小夥子擔任，而第五步兵大隊則交給了一個叫善鴻的少年山賊統領。分別由勞署、韓天貓擔任第三、四騎兵大隊的萬騎長。

至於第五騎隊的將士們則實在是太「幸運」了，因爲軍中高級將領不夠，他們本來有幸由柳隨風軍師親自指導的，但很不幸，李無憂元帥在重組軍隊的前一天晚上在搓麻將的時候，輸了好幾萬兩銀子給前者，於是指導他們的人換成了李無憂。

趙虎對這份人事名單很快提出了質疑，因爲除了韓天貓外，各個萬人隊的長官都實在是太年輕了，勞署二十三、葉青松十九，那個善鴻甚至只有十六，並且段治和葉青松、善鴻三人甚至根本沒有任何的正規作戰經驗。

李無憂笑道：「人總是會變大的，沒有經驗可以慢慢累積嘛。臭蟲兄，你不也是從什麼都不會開始的嗎？」

「可是……」

「沒有可是！既然你覺得他們什麼都不懂的話，那你就幫我好好教教他們吧！」李無憂打斷了趙虎的話，一臉壞笑地說。

既然上司的話就是軍令，於是原定的指揮六萬新軍訓練的人就由李無憂變成了趙虎，至於李無憂自己則在遞了一張陣圖給趙虎後，就再不理睬後者的苦苦哀求，找柳隨風等人繼續搓麻將去了。

六萬新軍又開始沿著他們前輩的足跡，繼續龜兔賽跑未竟的歷程，而原來的四萬「老兵」除了每天有三個時辰進行必不可少的體能訓練外，還要開始研究一種叫捉鱉陣法的玄奧陣法。

有鑒於士兵們紀律散漫、思想領悟不夠，李無憂決定要從嚴治軍。在體能訓練之外，對全軍進行了一次全面的組織紀律和愛國思想教育。

組織紀律的教育形式是多種多樣的，譬如後來在無憂軍團中形成傳統的一種方式是：由柳隨風帶隊組織一個中隊的兩千多人到附近村莊去偷窺村姑洗澡，但看的過程中，只能懷著一種觀摩欣賞的態度，而絕不允許發出聲音和動作，違規者立刻就會被全軍扔出去接受全體村民拳頭扁擔的「溫柔撫摸」，回來之後還要將「我是有組織紀律的無憂戰士，不是自由散漫的盜賊」抄到筆禿爲止，並且早晚兩餐的藥沫加倍。若是全隊被發現，除了要被鞭打示眾向百姓道歉外，還要對每人每天的負重量加成。

另外，軍團每經過一個像樣的城市，李無憂就輪流放士兵的夜假，士兵們歡呼：「元帥萬歲！」紛紛跑去城裏的青樓、妓院，甚至是隱秘的暗窯——這些痞子兵和他們的主帥一樣，似乎天生就有一種尋找這種地方的天賦。

但他們歡呼得似乎太早了，作爲紀律訓練的一部分，逛窯子的旅途絕對不如他們想像中的美妙，通常是在他們最開心的時候，負責訓練的教官就會吹響集合的暗哨——無論你是剛剛酣暢淋漓，還是箭在弦上或者剛剛劍及履至，都不得不停下動作，迅快地穿衣集合，否則除了回去要面對最恐怖的懲罰外，還要取消以後出來享受的機會——當然，如果你想當逃兵那就另當別論了，不過能不能逃出曾經刺死獨孤千秋的雷神的魔爪，這是一件相當值得掂量的事。

在採取了諸如此類讓士兵們又愛又恨的特殊紀律教育方式後，無憂軍團的新兵們很快就領會了元帥的意圖，到達憑欄關的時候，已經不負所望地成為一支軍紀嚴謹得變態的鐵軍了。

至於愛國思想教育，那就完全是各個萬人隊隊長的演說時間。

最初的時候，他們還是非常盡責的，多數時間都在給士兵們講外敵入侵，占我國土，我們身為大楚男兒應當奮起反抗，驅除韃虜，恢復河山。而一開始的時候，士兵們的熱情也是非常高的，大家赤著胳膊，大聲地喊口號，一個個熱血青年的模樣。但幾次之後，士兵們失去了熱情，開始意興索然，並很快昏昏欲睡。於是負責教育的人也意興闌珊，話題就扯遠了，開始和大家探討後楚幾年內能統一大荒。

這下子，士兵們的熱情就又高漲起來，紛紛激烈的發言，有人開始暢想翻過雲龍山，平服古蘭，有人卻說應該先引東海水將齊斯沙漠填平，將齊斯帝國征服，因為那邊的女人最漂亮。到後來，統一縹緲已經不新鮮了，大家紛紛在想什麼時候能夠得道飛升，去把天

上的帝釋拉下馬，或者是怎麼樣才可以讓五行之神重新歸化成創世神什麼的。

當然，女人自然是必不可少的話題，士兵們每人幻想最多的是怎麼樣才能讓元帥將歌舞團改成軍妓團，但這個話題在不小心被慕容幽蘭聽到並且讓談話的兩個人險些成爲太監後戛然而止，但對女人的渴求卻是無法阻擋的，女人依然是個重複率最高的話題，當然話題隱諱地變成「成家」。

趙虎就此「有小家沒有國家」的思潮向李無憂提出了自己的憂慮，後者微微一笑道：「堵不如疏，讓他們胡扯去吧！我想到了前線的時候，他們就會明白過來了。」

「可以嗎？」趙虎對此非常懷疑。

「放心吧。一定會的！」李無憂一臉的認真。

「真的嗎？」趙虎忽然覺得毛骨悚然。

「聽說蕭國的女人個個皮糙肉厚，一身的狐臭，這幫兔崽子不聽話，老子就抓幾個其中最醜的來送給他們，想來他們很快就會對女人失去興趣吧？」李無憂一彈額際長髮，若有所思地說。

趙虎：「……」

大荒三八六五年的六月十五，在經歷了幾達四十天的「急」行軍後，過了三千多里路，無憂軍團十萬人終於到達岳陽郡，距離潼關已不過三十里。

見日近黃昏，李無憂吩咐軍士先在城外紮營，遣趙虎帶了數名近衛前往潼關向守將石枯榮提前知會一聲。

計較已定，李無憂沒來由地覺得心緒不寧，換了便裝獨自外出去附近的名山封狼山散心。

暮靄紛紛，晚風如波，吹得瘋長的野草一片低伏，空曠的蒼瀾平原更加顯得一望無際。

身影在山間逶迤，繞過一片碧水，眼前忽然閃出數籠幽竹，鬱鬱蔥蔥，點綴在封狼山的峰頂。

清風徐來，水波微興。山上竹葉婆娑，落霞染翠。路邊山花爛漫，隨風而舞。慢慢登上山頂，李無憂胸懷一暢，懶懶地就在草地上躺了下來。

「男兒何不帶吳鉤，收取關山五十州。」李無憂輕吟著這兩句古詩，忽然湧起一種荒唐之極的感覺。自己嚮往的是自由自在的生活，現在卻不得不提兵去收復什麼河山。國家存亡，天下沉浮，什麼時候又關老子的事了？我是下山來封印魔刀，順便找幾個美女去過神仙日子的，怎麼會莫名其妙地就陷得這麼深？難不成老子骨子裏還是一位愛國人士？要不老子的潛意識裏也有要爭霸天下的要求？別逗了，那還不把人給累死了。算了，算了，將這次的戰事解決了，老子也算是報答了楚老頭的知遇之恩，去找阿碧盼盼她們吧！

少年心事如浮雲，即便是李無憂這樣絕頂聰明的人也無法完全把握自己雲起雲落的心緒，不久前壯懷逸氣，片刻後卻恬靜得可以笑看花開花落。

天際忽然出現了一紅一白兩個小點，一前一後慢悠悠朝封狼山頂飛來。

李無憂揉了揉眼睛，確定是兩個活點無疑，心念一動，默念隱身咒，藏到了一塊巨石後面。

那紅白兩點看似緩慢，實質迅疾如電，未幾漸漸清晰，卻是一隻七彩鳳凰和一隻白色羽鶴。鳳凰和羽鶴上面似乎都還坐著一人。

「這麼誇張？又是鳳凰又是白鶴，這兩個傢伙難道是仙人？」李無憂嚇了一跳。

漸漸臨近，終於看清楚前面的鳳凰之上是一個白衣女子，而後面那羽鶴上卻是一黃衫男子。可惜相隔甚遠，面容模糊不清。

片刻之後，那彩鳳哀鳴一聲，搖搖晃晃地墜落在十丈外的山頂上，馬上那白衣女子也摔倒在地。白鶴輕唳一聲，收翅降落，黃衫男子一按鶴背，飄然落地。

「依兒，依兒！」白衣女子手扶著那彩鳳的頭，焦急地呼叫起來。彩鳳低低哀鳴，似乎受了重傷。

黃衫男子從懷中摸出一塊紅色的藥膏，說道：「寒姑娘，我手上這是得自雲龍山中的奇藥配成的九轉靈膏，你拿去救彩鳳的命吧！」

白衣女子伸指輸出一道靈氣到彩鳳的體內，冷冷道：「姓蕭的，你若有這麼好心，就不會將我的依兒打傷，也不會從憑欄關追殺我到此了吧？」

這女子的聲音輕柔中帶著冷清，溫軟中帶著剛烈，初入耳時仿如清泉流水，接著卻如風舞松濤，最後一轉，成了東海暗潮。短短數語，竟然能蘊涵如此豐富的音韻，真是匪夷所思，但這聲音……

「寒姑娘，蕭某不捨追來是爲了被你盜走的那件東西，至於誤傷貴寵實屬無心之失，自當爲牠治好。另外，蕭某身懷照影神功，對任何法術都是免疫。羅剎魔音也不例外。姑娘不必再費心機。」

那黃衫男子淡淡的語聲中透著一股真誠，即使是李無憂這個陌生人聽來都隱隱覺得這是一個相識已久的朋友。

這個人似乎天生就有一種可以讓人對他放心的魅力，不過是淡淡一語，就有一種讓人願意與之生死交托，絕不皺眉的感覺。一見如故的感覺，等等……

姓蕭，憑欄關？蕭如故！這傢伙莫非就是蕭如故？統領煙雲十八州的蕭國君主，正提兵七十萬猛攻憑欄關的那個蕭如故？

神啊，我不過是比別人多些虔誠，不用如此優待我吧？李無憂掌心略略有些濕潤，心湖竟蕩起一陣漣漪，忙將禪林菩提明鏡心法運轉，立時回復古井無波的心境。

「照影神功？原來蕭如故也是謝驚鴻的弟子，這倒是個驚天的秘密啊！」白衣女子冷冷道，「依兒的傷我自己會想辦法，無須你同情！要搶那東西，請儘管動手就是。」

「劍神弟子？乖乖！這是個不好惹的傢伙。」李無憂一驚，接著心頭一顫，「這女子的聲音……怎麼越聽越熟？」

他隱隱已經猜到這人是誰，但這個魂牽夢縈的聲音驀然出現在耳畔，卻疑相逢是夢。便縱有千萬明鏡菩提心，也立告失守。

「寒姑娘如此說，太也瞧不起我蕭如故了。」蕭如故將九轉靈膏扔了過去，誠摯道：「姑娘可以先治牠的傷，其他的事待會再說。」

「那可多謝了。」白衣女子忽然笑著接過，卻似乎她早就在等蕭如故這話。

呵呵，便是這樣的地方也逞心機，典型的阿碧作風。李無憂再無懷疑，那女子果然就是他日思夜想的寒山碧。

只是蕭如故絕代梟雄，豈會看不穿這點伎倆，不過是不願意揭穿而已吧！但想來阿碧也知道他能看穿，但她依然做了，這大概就是所謂慣性使然吧。

寒山碧默運內力將藥膏化作一團漿糊，輕輕貼在彩鳳的羽翅上。片刻後彩鳳就停止了哀鳴，閉眼睡去。

蕭如故見此問道：「寒姑娘，我們可以動手了嗎？」

「我說過要和你動手嗎？」寒山碧笑道，見蕭如故一愣，又道，「你也不用失望，我不和你打，自然有人和你打。」

蕭如故心下狐疑，卻笑道：「寒姑娘莫要說笑了，我的羽鶴剛剛已經用靈氣掃描過了，這裏方圓二十丈內都沒有其他真、靈二氣波動的跡象，又會有什麼人替你出頭了？」

白鶴昂然一嘯，似乎非常得意。

寒山碧看了那白鶴一眼，一語雙關道：「畜生終究是畜生，又怎可盡信？」

蕭如故「鏘」地一聲抽出隨身配刀，正色道：「寒姑娘，你不必激我，也不必拖延時間了。剛才我發的驚鴻劍氣雖然大半被你的彩鳳擋住，但你自己所受內傷也絕對不輕，拖得越久，你的傷勢越重。我們這就動手吧！」

寒山碧忽然臉色變冷，道：「本姑娘最討厭別人不相信我！你既然那麼想死，我成全你就是！」

說到這裏語調忽然轉柔，朝李無憂藏身處大聲道：「老公，你老婆被人欺負成這個樣子，你還躲在石頭下面做縮頭烏龜嗎？」

「寒姑娘何必裝腔作勢，你什麼時候又有老……」蕭如故話音未落，一個手持長劍的藍衫少年嬉皮笑臉地從一塊巨石後邁步走了出來。

忽然之間，蕭如故只覺神經莫名地一陣冰涼，卻不是因爲這少年現身的突兀，而是自己與他互望一眼，那種似曾相識的眼神就讓他極其的不舒服，彷彿隨著那少年的漸漸走進，一生中最大的危險慢慢臨近。

「蕭兄好，小弟李無憂，不巧正是這位寒山碧姑娘的老公。」那少年在寒山碧身邊停下，一本正經地對他說道，「我這老婆生性頑劣，若有冒犯之處，希望蕭兄看在小弟的面上，不要和她計較才好。」

「老公，這麼久沒見，怎麼一來就說人家的壞話啊！」寒山碧嬌笑道，「阿碧什麼時候生性頑劣了？」

李無憂沒好氣道：「你要不頑劣，怎麼那麼久都不來找我？怎麼會揭穿老公我的行藏，害得我偷襲蕭兄的計畫胎死腹中？」

「胎死腹中？」寒山碧咯咯笑了起來，「你什麼時候懷孕了嗎？」

李無憂不懷好意地盯了盯她的肚子一眼，道：「現在當然沒有，但很快就會有了。」

寒山碧笑得更是大聲：「那就要看你有沒有那個本事了！」

李無憂淫笑一聲，張臂去抱她，寒山碧一把推開，嬌斥道：「別鬧了老公，蕭大王還在等著你打架呢！」

「哎呀！小別勝新婚，咱們先親熱一下再說。想必蕭兄也會體諒我們的吧！」李無憂道。

蕭如故微笑道：「二位繼續，不用管我。」

「看，人家都不介意了，老婆咱們繼續吧！」李無憂大喜，又張臂去抱寒山碧，後者「啪」地一聲，甩手一掌打在他的左邊臉頰，輕斥道：「他不介意我介意啊！小呆子！」

相隔數月之後，重聞這聲「小呆子」，李無憂不禁一癡。

寒山碧看李無憂望著自己的臉發呆，以爲他生氣，嗔道：「老公，你不是這麼快就生氣了吧？」

「當然生氣，還是大大的生氣！」李無憂義憤填膺道，「阿碧，你的玉手膚如凝脂，溫暖纖柔，摸在我臉上好舒服，但你怎麼能只摸左邊，而虧待了右邊呢，不行，你一定得再摸一下我右半邊臉！」

「李無憂！」寒山碧氣結，「你若是胡言亂語，小心姑娘我把你閹了。」

「好！好！老婆別生氣了，我這就去讓他走。」李無憂慌忙賠不是，一本正經地轉過頭來，似乎要對蕭如故說什麼，但忽然想起一事，又轉頭對寒山碧道，「阿碧，要不你先親我一下，這樣我和他打起架來力氣也大些……哎喲，右邊臉終於也享受了一下，阿碧你果然公平公正公開，不愧是我李無憂的好老婆。」

卻是話剛說了一半，就被寒山碧在右邊臉又賞了一記耳光。

蕭如故無論如何也未想到那個曾經以一己之力毀了自己數萬鐵騎並且隻劍刺死冥神獨孤千秋的李無憂，竟然是如此人物！一時間竟是不知道當哭還是當笑。

「蕭兄，不好意思，讓你久等了！」李無憂對蕭如故道。

蕭如故道：「無妨。賢伉儷久別重逢，有些體己話要說也是人之常情。」

「還是蕭兄通情達理，不像某人那麼不解風情……嘿，老婆我不是說你，你別誤會……那我說誰？我說那邊草裏那隻螞蟻，要不就是那邊樹上的金絲雀，反正不是說你啦。對了蕭兄，你不好好在憑欄關和我們的王軍神打仗，反而來追殺我老婆？這就有些說不過去了吧！」李無憂說到後來很有些不客氣。

「李兄誤會了……」

「蕭兄，這就是你的不對了。大丈夫敢做敢當嘛，我剛才明明看你拔出刀對我老婆喊打喊殺的，現在又不認賬，是不是太不光棍了吧？」李無憂一臉沉痛地教訓道，彷彿自己面前的不是蕭國天子，而是失足的社會青年。

「沒有……」

「蕭兄！你……你真是太讓我失望了。你要知道，一個大男人欺負一個弱女子就已經很說不過去了，你還想砌詞狡辯，這傳揚開去多影響你的聲譽啊？不過算了，大家都這麼熟了，你隨便送我個千兒百萬兩銀子，這件事我就當沒發生過！」

「銀子不是問題。不過李兄，事實上是尊夫人偷了我的東西，而不是我欺負她。」蕭如故彬彬有禮地解釋道。

「喂！老婆，這就是你的不對了！」李無憂轉頭對寒山碧道，「你到底偷了人家什麼東西，趕快拿出來還給人家！你要知道蕭國人的東西是不能亂拿的……」

「對，對……」蕭如故附和道。

「……因爲那上面十之八九都感染有愛滋、天花、梅毒，要不就是SARS什麼的，蕭

兄你說是吧？」李無憂接口道。這個時候蕭如故正沒口子的說對，聽上去就好似在說李無憂現在說的話也是對的一樣。

「老公！人家沒有拿他的東西了！」寒山碧忍住笑，狡辯道。

李無憂點了點頭，對蕭如故道：「看！蕭兄，我就說我老婆很有家教的，絕對不會隨便拿人家東西的……喂，你那眼神是什麼意思，好像是很懷疑我老婆說的話。這麼說，你是連我也要懷疑了？你知道不知道我是一代雷神，神啊！老大，你懷疑我就等於懷疑天地，懷疑創世神……喂，你舉刀幹嘛，難道還想對人神我動手啊？看我的移花接木！」

卻是蕭如故再也不能忍受這賤人的胡言亂語，揚起手中長刀就是當頭劈來。

李無憂最後喊出「移花接木」時，右手結了個古怪的手印指向蕭如故的小腿。

只是這一式正氣盟的高級法術放出後居然連個泡都沒有冒，蕭如故本該劈向自己小腿的一刀依然朝著李無憂的面門劈來，嚇得後者在白白浪費無數靈氣後，還不得不就地一個懶驢打滾才勉強化解掉這一刀。

「王八蛋，還堂堂一國之君呢！居然這麼沒江湖道義，老子話還沒說完就拿刀砍我！」李無憂像個小潑皮一樣罵了起來。

蕭如故卻不答話，面上露出凝重的神色，剛才李無憂失了先機之後，居然還是能夠躲過自己這凝聚了許久氣勢才發出的一刀讓他大吃了一驚，這個時候，他終於相信江湖中關於李無憂武術雙修的傳說是真的了。

李無憂表面雖然在大罵，卻已經拔出了無憂劍，而且心頭也暗自駭然蕭如故的武功，居然能躲過自己八成靈氣發出的移花接木，看起來，他的驚鴻照影神功最少已經達到第八重了！自己剛才輕易去試招，還是太魯莽了！

忽然羽鶴輕鳴三聲，蕭如故面色一變，拱手道：「既然李兄有朋友來了，蕭某就先告辭了。咱們後會有期！」

李無憂看了寒山碧一眼，將無憂劍入鞘，才道：「按說蕭兄傷我妻子和她的坐騎在先，李某本不該放過你。不過大丈夫恩怨分明，你剛才既然肯先治彩鳳的傷，再算恩仇，這一點李某承了你的情。這就放你一馬！下次沙場相見，李某絕不容情！」

蕭如故認真看了看他，道：「好！看在你的面子上，尊夫人偷盜我軍陣圖一事就此作罷！再見！」

「再見！」

蕭如故飛身上鶴，白鶴展翅一飛沖霄而去。

李無憂對著鶴影大聲道：「喂！記住一件事啊，下次別再讓這隻扁毛畜生飛到我大楚境內，否則老子一定給你射下來煮湯喝。」

寒山碧忍俊不禁道：「焚琴煮鶴，最煞風景，老公你果然是俗不可耐！」

「俗？老子就他媽是個俗人！」李無憂嬉皮笑臉道，「別說是那隻鶴，改天老子連你這隻花花綠綠的鳳凰也要給宰來紅燒了！」

寒山碧尚未說話，那彩鳳依兒聽到這話忽然睜開眼來，撲閃著翅膀，似要向李無憂撲來，只將某人嚇得忙陪笑道：「依兒乖，哥哥和你開玩笑的。」

寒山碧輕輕撫摸彩鳳的頭，笑道：「依兒別理他，這傢伙總是沒個正經。」見牠安靜下來，才又對李無憂道：「依兒是我師父的愛物，已經快兩百歲了，你叫他祖宗都可以了，還敢自稱哥哥，也不嫌害臊？」

李無憂道：「原來是隻老鳳凰啊！哈哈！依兒你別瞪我，我說的可是實話啊！不過我還真沒見過鳳凰是什麼樣子的，讓哥哥仔細看看你……喂，別那麼兇，不看就不看嘛，真是的，比老婆還兇！」

寒山碧正要說話，忽然面色一白，吐出一口血來，李無憂慌忙上前將她扶住，源源不絕地輸入真氣，後者嚶嚀一聲，昏迷在他懷裏。

李無憂叫了幾聲，終於還是沒有叫醒，不由大急，忙從乾坤袋裏掏出一瓶佛玉汁，喝了一大口，對著她的櫻口渡了過去。

雙唇一觸，丁香暗渡，卻在此時，李無憂腦袋上忽然著了一下重擊，暈乎乎地回過頭去，只見慕容幽蘭提著小拳頭正怒氣難平：「色鬼老公，你竟連騎鳳凰的仙女姐姐都敢非禮，是不是想讓人家守寡啊？」

下一刻，李無憂迷迷糊糊地昏了過去，心頭只有一個念頭：易刀，到底蕭如故是我的宿敵，還是小蘭呢？

李無憂迅疾點了慕容幽蘭的麻穴，渡了幾口佛玉汁到寒山碧口裏。但菩葉這百試不爽的療傷聖品灌下去卻半點起色皆無，本想省事的他不得不伸出食中二指按在寒山碧的脈門。

隨著真靈二氣透過雪肌在寒山碧體內繞轉三圈，他臉色越來越難看：「死丫頭！真不想要命了麼？中了冥神玄毒和三掌怒雷掌還要和人動手，接下了修羅勁還不肯甘休，終於惹出驚鴻劍氣了吧？打不過不會跑嗎？你……你……老子怎麼會有你這麼笨的老婆？」

他越罵越心痛，越痛越是憐惜，於是將整瓶佛玉汁都給她灌了進去……

慕容幽蘭大驚：「喂！你給仙女姐姐灌什麼東西了？」

李無憂並不理她，默念療傷訣，真靈二氣聚於右手，運指如飛，連點寒山碧身上三十六處大穴，接著手腕一翻，輕輕一拂，一拍，用真氣封住了她經脈運行，後者的呼吸立時變得若有似無，進入胎息狀態。

封脈閉穴也不是辦法，得趕快離開這裏，找個地方給她運功療傷。媽的！看來這次得大耗真元了！

目光落到彩鳳依兒身上，他劍眉微皺：「不能讓她這麼離開，那太驚世駭俗……對，應該有封印法器！」

在寒山碧身上逐寸摸索，卻並無發現，思忖半晌，目光落到寒山碧的髮簪上。

髮簪是由一塊極品翡翠雕成，翡翠綠的簪身，呈九曲龍形，簪尾爲鳳羽的形狀，簪頭卻是一隻仰天長鳴的七彩鳳頭。在簪子的中央有一對鳳羽金翅，羽翼半張，像似欲振翅而飛，又好像是收翅停歇。

「嗯！該是它了。」李無憂伸手拔下簪子。

慕容幽蘭大怒：「死老公你幹什麼，別動仙女姐姐的東西！」

李無憂依舊不理，一道靈氣透入掌中玉簪，簪子立時放出七彩亮光，彩鳳立有所覺，驀然睜開眼睛，撲動著翅膀，仰天長鳴起來。鳳鳴之聲清越婉轉，仿如玉碎珠濺，說不出的悅耳動聽，李無憂二人如聞仙籟，竟同時停下手中動作，癡立當場。

其時斜陽掛山，晚風如波，流雲舒捲，遠處軍營裏炊煙嫋嫋，鳳鳴之聲一出，那晚風流雲卻彷彿於剎那靜止，唯有炊煙在落日斜陽裏孤直上升。

幾聲清脆的黃鸝鳴叫聲將李無憂二人從心神俱醉的妙境裡拉了回來，二人尚不知發生何事，幾聲喜鵲的鳴聲又跌入耳來，緊接著，百靈、鸚鵡、蒼鷹、麻雀、烏鴉的叫聲又起，這些鳴聲尚未落下，龜鵲、琴鶴、龍鶯等常時難得一見的稀罕鳥類也應聲而起，一時之間，大群知名與不知名的鳥鳴聲響徹整個封狼山，此起彼伏，好不熱鬧。

隨著鳥鳴聲，附近山石、草樹、溪畔都有振翅之聲響起，而天空更有無數細小的黑點從四面八方朝山頂飛來，剎那間，夕陽的光輝竟完全被掩住。

彩鳳鳴聲不絕，卻漸由清脆轉為低沉，聽在李無憂二人耳中說不出的淒涼，卻又哀而不傷。

群鳥鳴聲越來越大，越來越密，黑點也漸漸變大，呈現出各類鳥的輪廓。

李無憂一驚，叮囑慕容幽蘭小心，同時解開了她的穴道，後者見他臉色難看，知道事有反常，乖乖待在他身側，不敢妄動。

鳳鳴聲漸由低沉轉為響亮，愈響愈碎，空中振翼之聲漸響，東南西北各處又飛來無數

奇鳥怪禽，或盤旋低飛，或歇於樹巔，或上下俯升，彩羽繽紛，蔚爲奇觀。

依兒狀甚焦急，忽然鳴聲一拔，隨即一沉，漸漸止息。群鳥唧唧喳喳，紛紛從空中落下，在距離彩鳳和李無憂三人一丈外圍成了一個看似雜亂無章卻實際秩序井然的圈子。斜陽的光輝再次透上山來。在圈子的最內圍是龜鵲和琴鶴等罕見的奇鳥，在這一層外，是蒼鷹、大雕等兇悍的大鳥，緊接著這層的是白靈黃鸝等鳴聲悅耳、羽毛鮮豔的靈鳥，在最外層的是麻雀烏鴉這些既不兇悍也無出眾羽毛和鳴聲的凡鳥。

李無憂隱隱覺得有什麼事情發生，卻又不明白到底是什麼，一邊將無形的浩然正氣潛勁滿布自己三人周圍，一邊阻止了慕容幽蘭想抱起寒山碧的行動：

「別問為什麼，看下去。」

依兒早已停止長鳴，但鳥叫聲卻良久不絕，間間關關，宛轉啼鳴。依兒忽然高鳴一聲，響徹千崗，群鳥鳴聲立止，又叫一聲，群鳥全數趴伏在地，不敢有絲毫動靜。依兒昂頭顧盼，赫然有王者之意。

群鳥寂寂，夜風如水，李無憂和慕容幽蘭只疑身在夢境。

依兒回頭看了躺在地上的寒山碧一眼，忽然又低鳴一聲，群鳥大恐，紛紛撲閃著翅膀，似欲飛走。依兒毛羽倒豎，探爪揚喙，引吭長鳴。除了一隻虎頭巨雕仰天振翅盤旋外，群鳥均立時收住飛騰的姿勢，斂翅低頭。

那虎頭巨雕長約半丈，兩翼張開約莫一丈，虎頭雕身，看來極是兇惡可怖，聽出依兒長鳴之意，似乎極其恐懼，一雙碧綠色的虎眼中射出暴戾的凶光。

依兒見此勃然大怒，振翅沖霄而起，如一道彩虹朝巨雕飛去。巨雕張開血盆虎口，隱隱帶著黑光的雙爪前探，迎了上來。

「啊！不好！老公我們快去幫忙，小鳳凰怎麼打得過這麼兇的怪物啊？」慕容幽蘭揮舞著雙手就要召喚閃電。

李無憂阻止道：「別擔心，鳳凰可是神鳥，若連這點小場面都應付不了，又怎麼能算萬鳥之王？」

在慕容幽蘭一愣的工夫，天空的情形已經發生了巨變。兩鳥近身，依兒雙翅張滿，頭上尾下地旋轉起來，一陣帶著藍光的強烈旋風應勢而生，本是氣勢洶洶的虎頭巨雕一觸到風稍，當即被震出老遠，重達數百斤的身軀竟然從空中摔下，跌在一塊巨大的山石上，腦漿迸裂。

看來纖柔的羽翅竟然有如此巨力！

依兒一個回合就擺平那個敢於挑戰王權的巨雕，像做了件微不足道的小事，神態卻並無得意，凌空輕輕一折，落到寒山碧身畔。

群鳥自震撼中回過神來，由龜鵲和琴鶴帶頭開始排著隊，一隻隻朝寒山碧走了過來。

慕容幽蘭手舞足蹈：「哇！小鳳凰你好威風哦！可惜小白正好進入了聖獸休眠期，不然就可以放出來看看你們誰更厲害些了！」

李無憂聞此又是好氣又是好笑，卻猛然想起《大荒異物志》上所說的一行記載，不禁大喜：「難道依兒想用傳說中的千鳥哺血？」

「老公，什麼是千鳥哺血？」慕容幽蘭大奇。

「彩鳳以為阿碧……你面前這位神仙姐姐就是你日日念叨的碧姐姐了……她的傷勢非常嚴重，彩鳳以為她將不治，引千鳥來朝，是要千鳥以精血餵阿碧……」

「啊！碧姐姐有救了！」慕容幽蘭大喜，但隨即秀眉微蹙，「那樣一來，這些鳥是不是都會死掉？」

「只要能救阿碧，死幾隻鳥算什麼啊？」李無憂覺得小丫頭的擔心有些莫名其妙。

「這話難道是你說得嗎？老公！」慕容幽蘭眼波流轉，滿臉訝異，「碧姐姐的性命是性命，鳥兒們的性命難道就不是性命嗎？用千萬條生命換一條性命，做這樣的事，你難道就沒半點愧疚，竟然說出這樣的話來？老公，你好自私！」

李無憂聞言，面色轉寒，劍眉一軒，正要說話，忽聽東南山際傳來一聲山崩地裂般的巨響。

響聲過處，大塊大塊的石頭四處暴射，煙塵亂舞，山上一道刺眼的紫色光華沖霄而起。

紫光漸漸變長，變粗，變亮，當上升到半空時已是粗如缸口，長有三丈。

紫光在高空停下，一聲震天動地的巨吼隨即傳出，滿天的雲霞忽然也被染成了紫色，漸漸從四面八方聚會到紫光附近。

「老公，那是什麼啊？」慕容幽蘭被李無憂看得全身發寒，乘機轉移話題。

李無憂輕輕吐出一個字：「龍！」

「老公，那真是龍啊？」小丫頭一臉的興奮。

「嗯？」

「哇！太好了，咱們今晚有龍肝湯喝了！」

「小蘭，你還真不是一般的敢想哦！」李無憂大笑，但剛才好不容易聚集起來打算用來趁機教訓小丫頭一頓的殺氣，也被她異想天開的想法搞得煙消雲散。

群鳥聽到龍吟之聲，神情比剛才更加驚恐，撲騰著翅膀，想逃離此地，但卻似又懼怕彩鳳依兒發怒，模樣極其尷尬。

李無憂瞥了小丫頭一眼，撫摸著彩鳳的鳳羽道：「依兒，你主人的傷，我能治好，不必白白犧牲牠們的性命，放牠們走吧！」

依兒似乎聽懂了他的話，歡喜地鳴叫了一聲，群鳥如蒙大赦，振翅飛去。唯有一隻鵲和兩隻琴鶴固執地守在牠身旁，不願離開。

東南天際已聚合了大片雲霧，伴隨著轟隆隆的雷鳴，紫色的閃電將天空照得透亮。龍吟不絕，閃電中那道不變的光華漸漸由閃爍不定變成穩定不亂，李無憂功聚雙眼，看清楚那紫光之中隱藏的模樣：鹿角牛眼，蝦鬚虎齒，雞爪魚鱗，蛇身禿尾。果然就是傳說中的龍！

紫龍忽然長吟一聲，口裏噴出一蓬紫光。紫光落到地上，並不消散，竟全皆凝固。天地間萬物彷彿披上了一層紫紗，朦朦朧朧，煞是好看。

不知何時夕陽已經落山，徐徐晚風又起，紫色的草木在風中搖曳，蕩起層層的紫色波浪，讓人如在幻境。

李無憂握住慕容幽蘭的小手，才發現自己手心也早已如她般微微濕潤，相視一笑，方才些許不快盡付煙霞中。

依兒展開雙翅，沖霄飛起。隨著身體的上升，耀眼的藍光從羽翼間散發出來，將身周的天空照得藍汪汪的一片。龜鵲和琴鶴緊隨依兒身側，儼然是百鳥之王的兩名貼身護衛。

藍光越來越耀眼，紫光也愈加燦爛，整個封狼山連著上方的天空都被分成了一藍一紫兩片天地。龍吟鳳鳴之聲此起彼伏，連綿不絕。山上鳥群四散飛逃，野獸也如臨大劫，抱頭鼠竄，蛇蟲紛紛鑽入洞中，隱匿形跡。

藍紫光華越來越盛，李無憂三人身周籠罩的本是無形的浩然正氣，也漸漸顯出黃色的光芒，彷彿一顆黃色的小球在藍紫色的波濤裏隨波逐流。

慕容幽蘭左手握著李無憂的右手，右手卻指著那戰機一觸即發的蒼穹，眉宇間都染著興奮，大聲道：「老公，龍和鳳要打架了！」

李無憂此時已經在寒山碧和慕容幽蘭身周布下了數重防護結界，見小丫頭歡呼雀躍的樣子，不禁笑道：「小蘭，那龍可兇得很，你就一點都不怕啊？」

「有老公在身邊，我有什麼好怕的？」小丫頭頭也不回，一副理所當然的口氣：「聽我爹說，龍都喜歡吃臭男人的肉哦，人家可是乖乖的小女生，又有什麼好怕的？」

李無憂道：「別聽你爹那老糊塗的話，老公我現在認真告訴你，龍最喜歡吃的其實就是小女孩的肉，嫩嫩的，滑滑的，香噴噴的……嘿嘿，連我都想吃了！」

見果然將小丫頭嚇得花容失色，伸手從乾坤袋裏摸出一件打滿補丁的破爛道袍，語聲轉柔：「不過別怕，只要你將這件寶衣穿在身上，那臭龍就不敢吃你了。」

慕容幽蘭見那件道袍又破又髒，好像幾十年沒洗過，上面還有些黃黃的不知道是血漬還是鼻涕的東西，立時大搖其頭：「不，不行！髒死了！與其被髒死，我看還不如被龍吃了算了！」

任李無憂如何軟硬皆施，都是拒而不受。

李無憂苦笑搖頭，念了個口訣，道聲「疾」，朝躺在地上的寒山碧拋去。

道袍飛在半空，化作一個帶著藍汪汪光華的巨大太極圖形，落到寒山碧身上後，藍光斂去，道袍卻已套在了寒山碧那襲雪衣之上。

「轟隆」一聲，一個悶雷炸開，地動山搖。

李無憂看清那聲雷響是紫龍吐出的一小團紫光炸開所致，忍不住皺了皺眉，緊了緊握著無憂劍的手，道：「小蘭！這次咱們走大運了。這條紫龍已經修煉到聖獸級了！」

「聖獸級的？」小丫頭驚呼起來，「那咱們還不快跑？哎呀，碧姐姐怎麼辦？哎呀，糟了，小鳳凰都衝上去了，怎麼辦啊？」

大荒的神獸妖物共分猛獸、怪獸、奇獸、神獸四種。不同於猛獸所恃的力大無窮、牙尖爪利，怪獸釋放譬如烈火，寒冰、閃電等系的低級法術，或者是如奇獸只能釋放一些影響精神的結界，一隻神獸的力量已經與一個大仙級的法師相若或者更強。

作為神獸中佼佼者的聖獸，全稱是聖神獸。大荒共有四隻聖獸，分別是白虎、青龍、火鳳和金鵬。四聖獸每八百年會不同時轉世一次，每類每代僅存一隻，壽命不知。但事實上，除開四大天生的聖獸，別的種類的神獸，例如龍、鳳、麒麟、鵬、翼龍、仙鶴、龍鯨等通過長期的修煉，力量也可以達到聖獸的級別。

雖然這些後天修成的聖獸比起天生的聖獸力量要弱些，但也已遠勝普通神獸，具有超越大仙級法師的力量。

紫龍口吐炸雷，已初步達到了聖獸的級別，這才讓李無憂這樣不怕天高地厚的人物也露出了難得的凝重神色，而慕容幽蘭一聽到那紫龍是聖獸，頓時忘了美味的龍肝湯，只記得逃之夭夭了。

李無憂搖頭道：「龍鳳相遇，必然有宿命的決鬥，所產生的相持結界，絕對達到了大仙級頂峰！即便我用盡法寶可以讓你和阿碧都離開，但那鳳凰怎麼辦？老子總不能等她一醒來就告訴她依兒已經成了紅燒野雞了吧？別傻笑了。唉！這兩個變態，不分出勝負，牠們是不會甘休的。更何況即使我們都能逃走，讓那妖龍飛下山去，老子辛辛苦苦建立起來

的無敵軍團怕是要盡化流水了……喂，別一副不屑的樣子好不好？經過當世戰神李無憂的調教，無憂軍團絕對可以說得天下無敵……行了，別吐了，真是的，你老公我什麼時候講過假話啊……好了，別數了，估計十天半月你是數不完的……」

李無憂唧唧歪歪的時候，空中的龍鳳決鬥已經開始。

紫龍與依兒對峙一陣，終於發出一聲巨吼，吼聲形成一股巨大的氣流，朝依兒撞來，後者一揚彩翼也扇出一股罡風，兩股氣流一撞，先是發出一聲悶響，隨即彩光四溢，一聲巨響驚天動地！

天上的雲彩散向四方，山頂煙塵亂舞，樹葉在巨大的氣流裏簌簌作響。

紫龍一擊無功，大吼一聲，張口噴出三隻紫色小球，呈扇形朝依兒射去，後者知道厲害，雙翅疾扇，也張口噴出一蓬藍色光芒。

藍光一遇到紫色小球立時變成了藍色的冰塊，紫色小球如同高翔的飛鳥忽然中了獵人的弓箭，呈直線下墜，砸到地上，隨著三聲驚天動地的巨響，那三個紫光球次第忽然炸開，地上被炸出一個寬約丈許的巨大深坑。

地動山搖，風雲變色。

李無憂三人雖然被籠罩在浩然正氣所形成的一個黃色的光罩裏，但依然身子微微一顫。

光罩四周碎石亂飛，擊打在罩壁上，發出尖銳的鳴響，彷彿是狂瀾裏的一座燈塔，隨時都會熄滅。

紫龍一擊無功，惱怒地大吼一聲，身體四周的紫光忽然暴漲一丈。剎那間，天地間紫氣陡盛，壓得藍光頓時弱了三成。

依兒本是在高空盤旋，此時忽然長鳴一聲，展翅直上雲霄，但怪異的是，在李無憂二人遠遠看去，牠的身形非但沒有變小，反而越來越大。

「老公，莫非這就是傳說中的『鳳凰展翅，翅蓋千里』？」小丫頭如有所悟道。

李無憂一邊運氣加固光罩，一邊點頭道：「不錯，據說鳳凰的翅膀徹底展開後，會迎風變長百倍不止。好戲終於要開始了！」

依兒上升十丈後，開始向下飛翔，當牠回到原來位置的時候，本是一身彩羽已經完全變成了冰藍色，雙翼也已經比方才長了數十倍，閃亮的藍光將整個夜空照得通透。紫光立時被壓得弱了幾分，天空中藍紫二光開始平分秋色。

依兒與紫龍似乎厭倦了試探，各自大叫一聲，對衝飛近，鬥在一處。一時間，鳳鳴龍吟，玄光亂射，牠們拋棄了花俏的法術，直接使用爪牙開始進行最原始的禽獸之搏。

身在浩然正氣光罩裏的慕容幽蘭立時覺得壓力暴漲，彷彿天上的紫光忽然透過浩然正氣，灼傷了她的肌膚。雖然不是真的傷痛，但這依然讓她心有餘悸，因爲沒有練過內功，呼吸漸漸沉重起來，兩邊臉頰都透出一抹妖異的淡紅。

這個時候，右手心忽然傳來一股清涼的氣流，同時傳過來的還有李無憂溫和的聲音：「別怕。有我呢！」

慕容幽蘭立時安靜下來，這一刻，她清晰地知道，只要有這個叫李無憂的男子在身畔，縱然天塌地陷，洪荒重來，她也一無所懼。

李無憂知道龍鳳雖然採取了最簡單的決鬥方式，但神獸所蘊涵的力量卻依然隨著簡單的一抓一啄之間釋放無遺，牠們自身不覺如何，龐大的力場卻輻射了整個封狼山。

浩然正氣號稱破盡天下法術，但真要破盡天下法術，卻非要練到第十一重的極境不可，那時浩然之氣可直塞天地之間，當真是無堅不摧，無法不破，只是那已經是聖人級的武功了，李無憂此時的功力不過是第九重，絕對無法正面抵禦龍鳳交鋒時產生的相當於兩個大仙級法師的力量。

一念至此，他鬆開慕容幽蘭的右手，伸出左手食指，靈氣一透，指尖發出一圈淡淡的黃光，出指如電，在慕容幽蘭和寒山碧身上畫了一道怪異的靈符，畫完之後，略一沉吟，指上光華又變成藍色，又在二人身上各畫了一道符，這才叮囑道：

「這是土系的千壁咒和水系的柔水咒，也許能有點作用。一會兒情形可能會很亂，你幫我看著碧姐姐，你自己也多保重。」

靈符在二人身上閃了幾閃，迅即消失無蹤，慕容幽蘭聽到李無憂竟然會土系的魔法，大吃一驚時，李無憂已將無憂劍一展，沿著東西南北四方各刺出一道劍氣，同時左手暗掐法印，一團金光在指尖閃爍不定，道聲「去」，四道金光疾射向四方，飛出二十丈後，消失在虛空之中。

緊接著，李無憂身形淩空飛起，升高一丈，身形一翻，變成頭下腳上，長劍一轉，淩空下刺三十六劍，刺畢劍意不止，順勢改刺爲拖，在慕容幽蘭和寒山碧身周畫起了圓圈。一圈畫畢，並不停止，在圓上又連補了八次，這才將劍勢一折，在圓的中央畫出一道曲弧。

做完這一切，李無憂淩空一翻，落下地來，額角已是露出幾顆晶瑩的汗珠。

慕容幽蘭家學淵源，知道他是在布下一個大陣，但不明所以，正要發問，卻聽空中傳來一聲嘶鳴，抬頭看時，才發現剛才一直鬥得難分難解的局勢已經發生了變化，彩鳳已被紫龍的利爪抓下了一大片鳳羽。

紫龍一擊奏功，更是兇焰大漲，張口朝依兒噴出一顆紫色大珠，同時龍尾一擺，張牙舞爪氣勢洶洶地飛撲過來。

「不好，是龍珠！」李無憂大吃了一驚，默念御風咒，整個人乘風而起，身形一飄，朝紫龍飛去。

龍珠遇風便長，並漸漸有一股烈焰冒出，很快從一顆拳頭大小的珠子變成了一個足球大小的紫色火球。

彩鳳展翅上飛，讓過龍珠，不想那龍珠卻緊追著跟了上來，而且越變越大，片刻工夫已大如磨盤。更可怖的是，龍珠體積雖然越來越大，速度卻不減反增。

依兒終究是舊傷未癒，又添新創，動作微微遲緩，更兼翅長十丈，目標巨大，眨眼間已經好幾次被越來越大的龍珠火焰給擦中翅膀，冰藍色羽毛立時迸發出綺麗的火花。

第八章　世事如棋

下一刻，依兒奮力上旋，上升方三尺，龍珠已飛近，牠雙翅一揚，帶起一股巨風，想將龍珠逼飛，但忽然慘叫一聲，身形下跌，同時紅色的鮮血從藍色的羽翅飛濺出來。龍珠略略一頓，隨即加速朝下跌的依兒追去。

「不好！」李無憂大吃一驚，左掌連動，射出數道真氣旋，在緊催靈氣將御風術施至極限的同時，體內真氣發動，絕世輕功龍鶴掠影施出，凌空加速，足點氣旋，速度立時快了一倍不止，剎那間已斜向上掠出三十丈，離依兒已不過五丈，但此時龍珠離後者的身體也已不過三尺。

千鈞一髮，一褐一綠兩道疾光飛射過來，與龍珠撞到一處。血光飛濺，在龍珠熾熱的火焰裏發出詭異的光彩，龍珠被撞得一晃，但隨即恢復如舊，以疾如電光的速度射向彩鳳，後者的眼神裏充滿了絕望。

「依兒莫怕！」隨著一身斷喝，一柄黑黝黝的長劍擊在了龍珠之上。「鏘」的一聲，

龍珠被砸得火焰全消，如星丸倒瀉，朝地面射去。

卻是李無憂見依兒有難，不惜功力受損，使出極耗真氣的禪林密學小虛空挪移，瞬間橫移了五丈之距，及時橫劍來救，而之前那一褐一綠兩道光芒卻是一直於依兒不遠處盤旋的龜鵲和琴鶴替牠以身擋難。

饒是無憂劍是經過當世鑄劍名將段冶百鑄精煉成的神劍，但依然被龍珠一擊震得嗡嗡亂鳴，而李無憂自己更是狂噴一口鮮血，御風術和輕功同時失控，身體如斷線的風箏從三十多丈的高空飛墜下去。

「該死！發生什麼事了？」他狂提真靈一氣，卻發現小腹內空空蕩蕩，無數鋼針在丹田亂竄，一絲氣機也無，「媽的！難道老子今日竟會喪生於一隻畜生手裏？」

憤恨之間，卻瞥見被無憂劍擊飛的龍珠劃出一道紫色的虹影，向地上的慕容幽蘭和寒山碧射去，不由大急：糟了！不知道太極抵天劍陣能擋住不？

龍珠射到二女上空兩丈時，成千上萬把長劍高速飛舞，相觸相抵，相輔相衝，組成了一道白色的光幕，伴隨著一蓬瑰麗的火花和一陣連珠脆響，斷劍四濺，光幕巨大的波動中，龍珠已破陣而入。

瞥見那個巨大的火球呼嘯著、如離弦激箭射向二女，手持盤子古劍的慕容幽蘭花容失色，躺在地上的寒山碧一臉的靜謐，李無憂又驚又恨，又悔又怒，心神激蕩，不可自止，卻終於只是大笑三聲，身體撞到山頂堅硬的花崗岩上，一陣撕心裂肺的劇痛傳來，昏死過去。

眼前一片混沌，昏昏沉沉，經脈內時而烈火熔漿，時而冰瘋雪長，身體一直簌簌發抖，小腹依舊鋼針扎般疼，鼻息中卻盡是女兒幽香，臉頰上陣陣溫潤傳來，極是舒服，人世間最極端的痛苦與舒爽同時梳洗著李無憂的全身每一寸肌膚，他掙扎著想坐起來，但才一動念，胸口已是鑽心般疼。

「別亂動。」迷迷糊糊間耳畔響起一個輕柔的女聲，彷佛是小蘭，又依稀是阿碧，但又好像都不是，睜眼看時，四圍漆黑，伸手觸摸，空空蕩蕩，並無半個人影。

「難道老子已經下地獄，剛才那是個女鬼嗎？」這個念頭才一閃過，巨大的倦怠感傳來，複又昏昏沉沉，人我兩忘。

也不知過了多久，耳朵裏忽然跌入一陣嘈雜的打鬥聲，刀劍交刃，風火呼嘯，依稀夾雜著馬嘶驢鳴，好不煩躁。

良久之後，打鬥聲漸漸消散，耳畔卻多了一個沉重的呼吸聲，激戰很快平息，但那種莫名的煩躁卻不減反增，緊接著一股極強的殺意撲面而來。

他努力想睜開眼，但那強大的氣勢壓得自己眼皮重如千斤，竟是分毫不能動彈，本就不是如何清晰的神智更趨昏沉，迷迷糊糊中，隱隱聽到一陣激烈的爭吵聲和哭泣聲，鬧了一陣，其中一人惡狠狠說了聲「你終有一口會將他害死」，馬蹄聲緊，臉上一陣溫柔感覺，幽幽哭泣聲也漸渺去，萬籟止息，復又人事不省。

又不知過了多久，全身熾熱和冰冷都化作了陣陣舒服的暖氣自背心走遍全身，十萬八千毛孔如飲甘泉，舒暢難言，陣陣倦怠傳來，不久又沉沉睡去。

如此昏昏沉沉，半夢半醒，也不知過了多久，終有一日，全身氣脈靈和，他大喝一聲，翻身坐起。

「老公，你終於醒了？」

隨著熟悉的幽香撲鼻，一個火樣的身了和喜悅的聲音投入懷來。

「小蘭，你沒事啊？」

李無憂大喜，不顧肋下痛楚，緊緊將慕容幽蘭擁入懷裏。

「你個沒良心的，難道非要我有事你才開心啊？」

慕容幽蘭撅著嘴，卻一臉的喜氣。

「哈哈！老子怎麼捨得？」李無憂在她臉頰一吻，頓了一頓，忽又道：「咦，怎麼沒見阿碧？」

「懷裏抱著一個，心頭又開始想另一個，很好，很好，不枉老子救你一場！」一人大笑道。

李無憂放下慕容幽蘭，循聲望去，不遠處站了兩人，說話那人是位六十歲左右的老者，虯髯亂髮，腰胯長刀，正抱著一個酒罈，一臉賤賤的壞笑，一看就是風塵異人，但他的目光卻落在那人身側再也無法移開：「盼盼？」

那女子淡紫紗裙，亭亭玉立，正是風華絕代的朱盼盼。

朱盼盼笑道：「京城別後，盼盼日日思君風采，極盼重晤。不想再次相逢竟是千里之外，君又已高升，帶甲十萬，卻又身負重傷，世事之奇，一至於斯，令人嘆惋。」

「嘿！我雖然已是天下有數的絕頂高手，但偶爾也會失手的嘛。」李無憂自嘲地笑了笑，眼光四處搜索一遍，終於還是沒見寒山碧的影子，不禁疑惑：「小蘭，你碧姐姐呢？」

「我也不清楚啊！」小丫頭神色黯然道，「當時那個巨大的火球射過來，撞破劍陣後速度降低，然後就碰到你布下的結界，在連續撞破三道壁障後，它又恢復到普通明珠大小，火焰也全不見了，我使了個『玄水凝冰』，以爲可以凝住它，但還是被它撞到了腦門，然後就昏了過去，醒來的時候，碧姍姐已不知去向，只看見了朱姐姐和厲前輩，這幾日多虧了他們二人不惜真元替你療傷，今天已經是第三天了，謝天謝地，你終於醒了。」

見李無憂眼光朝自己望來，朱盼盼道：「我和厲前輩從山下路過，見有異相，就上山來看看，不想看到你倆人和一條紫龍躺在地上，至於你所說的那位碧姑娘，卻並沒看到。」

李無憂見二女神情不似作假，想起昏迷時所聞所感，滿腹疑問，刹那間已是心念電轉，無數可能盡入心頭，卻茫無頭緒，頹然之下再提丹田真靈二氣，雖再不疼痛，卻依舊空空蕩蕩，渾無半絲氣息，大駭之下，默查體內傷勢，卻早已全部復原，但那往昔雄渾無比的真靈二氣卻全都消散無蹤。

又驚又疑之際，猛然想起崑崙學藝時，有一日大哥見自己施展「心有千千結」時說的一番話來：

「無憂啊，武術雙修最是凶險，而你是同時兼修五行陰陽，比我們之凶險更勝百倍，所以，在你未練到真靈合一之前，儘量少用武術同施，因爲一旦你因此走火入魔或者受了重傷，那就很有可能功力全失甚至有性命之憂。」

「當時不以爲然，聽過就算，萬不料今日竟終於應驗了死牛鼻子的話……」他越想越恨，刹那間卻又是萬念俱灰，「什麼破穹刀，什麼天下沉浮，從此之後，可再與你無半分干係了。算了，算了，還是回崑崙山，將倚天劍交給大哥他們吧！哈哈，老子還是回鄉下種田去，娶個老婆，平平淡淡地過一輩子算了吧！」

慕容幽蘭見他臉色慘白，只道他擔心寒山碧的事，安慰道：「碧姐姐吉人自有天相，老公你別太擔心了。」

李無憂暗自苦笑一聲，握了握她的手，臉上擠出了一絲笑容，復對那厲姓老者拱手謝道：「多謝厲前輩救命之恩！」

「芝麻大點小事，別謝了！」厲姓老者揮了揮手，一臉的不奈，「也別前輩長前輩短的，婆婆媽媽，好生麻煩。小子你要賞臉，就叫我老厲就成了！」

「好的！老厲！」李無憂隨口應了。

朱盼盼見他神色黯然，心不在焉，亦真亦假地嗔道：「無憂你可真是偏心，怎麼只謝厲前輩，卻不謝我？人家可是爲了你三天沒合過眼了呢！」

李無憂一怔，隨即以一種曖昧的語調柔聲道：「盼盼，以我們的關係，若還要說謝謝，豈不是太見外了嗎？」

朱盼盼玉容一紅，嗔道：「誰……誰和你有什麼關係了？」

「哈哈！老子認識朱丫頭這麼久，從來沒見她爲誰紅過臉，沒想到你一句話就做到

了。」老厲放聲大笑，「好，好，李小子，你可真是好本事！你這個兄弟，我厲笑天是認定了！來，來，來，我們來斬雞頭燒黃紙，老子要和你結拜！」

「兄弟結拜，貴在同心，何必非要燒什麼黃紙，說什麼生死與共的廢話？」李無憂脫口而出，話一出口，才又想起這話青虛子曾經說過，心頭又是一黯。

卻聽老厲大聲道：「好，好，太他媽有理了！就這麼的，從現在開始，你就是我厲笑天的兄弟了，以後誰要敢欺負你，儘管和大哥說，我幫你砍他！」

「多謝厲大哥……等等，你剛說什麼？」李無憂的嘴忽然張大得足以咽下一隻老母雞，「厲笑天？正氣譜排名第二的刀狂厲笑天？」

「狗屁第二！」厲笑天不以為然，「江湖中臥虎藏龍，老子那幾招把式也就能殺殺豬、宰宰羊什麼的，離第二……嘿嘿！算了，別說這些掃興的鳥事，來喝碗湯，好好補補，一會兒大哥帶你出洞去透透氣！媽的，在這破洞憋了三天，早悶出鳥來了。」說時遞過一個正冒熱氣的大碗。

李無憂聽他言語不羈，很對自己脾胃，雖是心亂如麻，卻依舊大笑接過，邊喝湯邊打量四周，這才注意到自己四人所處的是一個不大的山洞，洞內除了一口正熱氣騰騰的超大鐵鍋外，空空蕩蕩，奇怪的是空氣中卻瀰漫著各種奇特的香氣。

那湯鮮美異常，淡香漠漠，李無憂喝下後全身熱氣亂流，舒坦異常，亂亂的心緒也漸傾平和，不禁讚道：

「鮮而不冷，香而不鬱，看似一味，實有千萬滋味在其中，厲大哥，你可真是好手藝，這是什麼湯，這麼好喝？」

「嘿嘿！千年不遇的紫龍肉湯，由我這烹飪界第一高手精心調製而成，能不好喝才怪了！」

厲笑天大是得意。

「龍肉湯？大哥，你居然將那條紫龍給煮了湯？」李無憂失笑，接著話鋒一轉，「不過大哥，你雖然刀法蓋世，小弟自知不及，但說到這煮菜的本事，小弟若認第二，這天下可就無人敢認第一了！」

「哈哈！果然是後生可畏！」厲笑天放聲大笑，只震得四壁亂顫，泥塵飛舞（李無憂暗罵：**老傢伙你有力氣沒地方使嗎？**），傲然道：「世人都知老子三歲學刀，十歲有成，卻不知老子兩歲就已學廚，七歲就已大成，這五十餘年更是突飛猛進，早已臻至化境。就說這鍋龍湯，老子用了三百六十五種調料，歷時三日熬成，絕對是天下第一美味。」

此言一出，李無憂面色不變，朱盼盼一臉欽服，慕容幽蘭卻是不解：「所謂『大道之行，至簡至易』。厲前輩，你以三百六十五種調料入味，繁複無比，怎麼算得上第一流的本事？」

厲笑天只是哼了哼，一臉不屑。

朱盼盼笑道：「小蘭，這話你就錯了，你那只是廚藝的第二境界。一個算得上入『道』的烹飪高手，共有三種境界：第一境就是能精確地將多種調味融合在一起，互相配合，組成美味。第二境就是返璞歸真，至簡至易，力求用最少的調料達到最美的味道，至於第三境卻又要求將更多的調味溶入同一種味道之中，只是此時已經過了第二境，他對每種味道的使用都已如臂使指，調出的味自非前兩境可比。厲前輩能用三百六十五種調料，已經是第三境的極限了，便是說句登峰造極，也不過分。」

「嘿嘿！要說還是朱丫頭有見識！」厲笑天很是得意，看了慕容幽蘭一眼，又對李無憂道，「小子，你服了沒有？」

「當然不服。」李無憂笑道，「將三百六十五種味化作一味，自是了不得的本事，不過嘛，你將龍香草做主料來煮龍肉那可就太大的錯了。」

慕容幽蘭立時附和：「不只是錯了，厲老頭你簡直大錯特錯，錯得不能再錯！」

厲笑天道：「小子你少胡言亂語，這龍香草可是生於東海之濱的奇草，有龍誕香味，用來煮龍肉正是骰子配牌九，還能有什麼錯？」

「龍香草五行屬水，性陰寒；紫龍屬火，性烈陽，此二味同鍋，不啻暴殄天物！依小僧之見，不如以齊斯沙漠中的枯龍草替換更佳。」聲音卻是在自洞口響起。

「何方鼠輩，藏頭露尾？」

厲笑天怒喝聲中，身形已憑空消失不見，下一刻，身形復現，一柄寒光森森的長刀已架在洞口那人的脖子上。

那人紅髮飄逸，雪衣僧袍，卻是個帶髮修行的行者，見到刀鋒及頸，臉色刷地白了。

「老公，那小和尚明明是正大光明地從洞外走進來的，厲前輩爲何還要罵他鼠輩，一副很生氣的樣子？」慕容幽蘭對厲笑天的激烈反應很有些看不慣。

李無憂淡淡笑道：「這你就不懂了，我功力全失也罷了，他一個江湖上的成名人物，正氣譜排名第二的狂刀，被一個年輕後輩在洞外偷聽了這麼久，居然沒有發覺，面子上過不去啊！若不虛張聲勢，搞得氣氛緊張些，讓我們想到了這一節，他怎麼下臺？」

慕容幽蘭卻沒看出李無憂笑容裏的苦澀，露出一個恍然大悟的神情，接著大聲道：「厲老頭，你別再虛張聲勢，故意搞得氣氛緊張，我們是不會揭發你被一個年輕後輩在洞外偷聽了三天而沒發現的醜事的，快放了那小和尚！」

「天！」李無憂忍不住呻吟一聲，眼前巨黑。

厲笑天聞言臉色變成胭脂紅，接著是死雞白，轉瞬又變成豬肝紫，怒吼一聲，長刀倒捲，挾著一股激烈的勁風猛砍向慕容幽蘭，朱盼盼忙出玉笛相阻，笛尖卻只碰到一個虛影，厲笑天的刀鋒卻已貼在了慕容幽蘭的額頭。

刀光如雪，明眸可鑑。刀風如水，青絲亂舞。

李無憂見此卻並不驚惶，只是暗忖：「倒沒想到盼盼這丫頭武功原來也高明如斯！真他媽有意思。」

「死丫頭！你剛說什麼？誰虛張聲勢了？」厲笑天惡狠狠道。

「哼！就是虛張聲勢，說的就是你！」慕容幽蘭明眸清澈，一無所懼。

「再說一次！看老子不宰了你煮湯喝！」厲笑天雙眼發赤。

「街坊鄰居們，大家快來看啊！厲老頭又在虛張聲勢了，他打不過劍神，打不過天魔，打不過宋子瞻，就只知道欺負未成年的小和尚和手無縛雞之力的天真少女哦！」小丫頭這次是扯開嗓子大喊了起來。

「哈哈！好膽氣，不愧是慕容軒的丫頭！」厲笑天大笑著撤去長刀，轉頭朝李無憂腳下吐了口濃痰，「她比你這小子強多了，你見到心上人就要被老子宰了，連屁都不敢放一個，還是個男人嗎？」

慕容幽蘭狠狠朝李無憂瞪了過來。

李無憂心頭大罵：「若是老子功力還在，管你是笑天還是哭天，早讓你這老烏龜上天了！」卻笑道：「大哥，你的如意算盤可是打錯了。我的小蘭那麼聰明，怎麼會被你這麼明顯的挑撥離間和嫁禍東吳的一箭雙雕之計所迷惑？我早從岳父那裏知道你和他是舊交——既然你根本不敢殺慕容軒的寶貝女兒，我又何必浪費寶貴的臭屁來熏死你？」

一洞狂笑。慕容幽蘭甚至主動在李無憂臉上吻了一口，以示獎勵。

厲笑天的臉又在胭脂紅、死雞白和豬肝紫之間轉換，回頭見小和尚也正咧嘴傻笑，喝道：「小和尚，你從哪冒出來的？剛才爲何鬼鬼祟祟地在外邊偷聽我們說話？」

「小僧是封狼山文殊洞主持古圓。」紅髮雪袍的小和尚忙合十道：「剛才路過的時候不小心聽到二位論及廚藝三境，一時口快，多有打擾，還請諸位施主莫要見怪！」

厲笑天冷冷道：「算了，老子也不會和你一個小禿驢計較的，沒什麼事的話，你可以滾了。」

「哦！不好意思，打擾了，小僧先告辭了。」古圓轉身要走，卻剛走了半步，一拍腦袋，臉紅道：「啊！小僧忘了一件事，好像這是我的家啊。」

「什麼？這個魚都不來拉屎的地方，居然是你的家？」慕容大小姐明顯吃了一驚。

「……這個，好像魚都在水裏那個吧？」朱盼盼小心翼翼地指正她的錯誤。

「呵呵！是的，是的。你們看這牆壁上，是不是有三個大字？」古圓指著牆壁，不好意思地笑了笑。

牆上依稀有三個髒兮兮的大字，隱隱油光發亮，不知是哪年哪月某位高人醉後塗鴉之作。

「文、殊、洞？」朱盼盼訝道：「這裏原來還真是您的清修地啊？」

「哎呀！原來您就是封狼小活佛古大師啊！久仰久仰，大師聖名播於四海，恩澤洋於宇內，真是見面不如聞名……啊，不好意思，是聞名不如見面。呵呵，四海之內皆兄弟，來來，坐下來喝幾碗龍湯，在下一定要好好向您請教一下法術上的大秘密啊！」李無憂眉開眼笑，活像剛撿了塊寶貝。

「真的？我在江湖上名氣竟然已經那麼大啊？」古圓不可置信地張大了口，「可是小僧還從未下過山呢！」

李無憂面不改色：「當然了，不信你問問這位慕容姑娘，她平時足不出戶，都躲在家裏繡花，但也聽過你的大名啊！」

「正是，小女子絕對聽過大師的大名。」慕容幽蘭正色道。

廢話！以前沒聽過，剛才還沒聽過嗎？

古圓頓時飄飄然起來，說了一通連自己也不相信的譬如「小僧其實浪得虛名」、「您太誇獎了」之類的廢話後，歡喜坐下，幾碗龍湯下肚，立時將到底誰是主人這事給忘了。

天南海北一陣胡扯。

古圓忽道：「看李大俠臉色蒼白，中氣不足，該是受了嚴重的內傷吧？小僧略通醫理，身邊也常備有些草藥，不知可否讓小僧看看？」

「廢話！這瞎子都看得出來！」厲笑天冷笑，「不過老子勸你還是別逞能了，不然看了又治不好，白白丟臉！」

李無憂剛才一直強顏歡笑，此時不禁也苦笑道：「算了吧活佛，在下也略通醫理，什麼千年靈芝萬年何首烏之類的玩意，我也有好幾麻袋，只是我這傷勢太過古怪，這些東西都不管用的……」

古圓越聽越奇，忍不住又道：「李施主，能否讓小僧看看？」

朱盼盼顯然明白李無憂的情形，也勸道：「無憂，不妨讓活佛看看，他佛法精深，也許有妙法讓你復原也未可知呢！」

李無憂不忍逆了她的好意，將右手遞了過去。

「按說李施主的內外傷都已經完全復原了，但丹田內卻一絲氣息都無，這可就怪了……莫非是受傷前曾走火入魔？」古圓神色凝重道。

李無憂聽他說得一絲不差，心頭燃起了一絲希望，問道：「活佛可是有什麼天材地寶讓我功力復原嗎？」

「天材地寶？」古圓緩緩搖頭，「封狼山雖然地勢險要，但終究靈氣不足……」見李無憂一臉失望，厲笑天面帶不屑，復道：「李施主別急，此地雖然沒有靈藥，但小僧卻知道世上有種極品靈藥，這種靈藥不分五行陰陽，見傷便好，只要服下它，你的功力多半立刻就能復原了！」

慕容幽蘭不信：「世上哪有這樣的靈藥，小和尚，你在吹牛吧？」

古圓和尚受美女一激，當即臉紅脖子粗，大聲道：「出家人不打誑語！小僧若是吹牛，將來一定要被打入阿鼻無間地獄，永世不得超生，試問小僧又怎麼會吹牛呢？」

朱盼盼笑道：「小蘭鬧著玩的，大師別當真。對了，那藥在何處啊？」

古圓臉上顯出猶豫之色，沉吟半晌，終於道：「北溟天池內有一種玉鯨，其膽能生死人、肉白骨，無論多重的內傷隱患，即刻便能痊癒如初……」

厲笑天陰陽怪氣打斷道：「李兄弟啊！爲兄知道東海中有座蓬萊仙山，山上的不老仙翁養有一條九尾仙魚，你等著，爲兄這就去爲你尋找，雖然大海茫茫，但百八十年內必有回音，回來的時候，你孫子一定還沒娶媳婦。」

傳說中，北溟比東海還遠，聽厲笑天如此說，眾人均是大笑。唯有朱盼盼道：「厲前輩，你何必處處與活佛爲難呢！北溟雖遠，活佛既能說出玉鯨之名，安知他就沒有快捷法門呢？」

厲笑天冷笑道：「老子生平最討厭的就是裝神弄鬼之輩！什麼佛啊仙啊的，見了就想殺！要不是知道丫頭你討厭血腥，早將他剁了熬湯了，難道還要老子對他好言好語？再說了，去北溟的路，幾千年來就那麼一條，難道他還真能開一扇方便之門？」

古圓微微嘆了口氣，站起身來，緩緩走到了洞口，一言不發。

皎潔的月光透進洞來，遇到這僧人雪白僧衣的阻隔，在洞壁上留下一個蒼勁挺拔的背影。洞內的火光映紅了他的清瘦臉龐和微皺的劍眉，一頭紅髮在夜風中微微的起伏，讓那少年僧人看來有種出世的丰神。

萬籟俱盡，唯有燃燒的篝火發出「畢啵」的聲響。

古圓細細喃語：「佛說救一人如造七級浮屠，見一人而不救如造百萬殺孽，只是若救

那人……師尊，千萬人重，還是一人重？」忽道：「李施主真是雙名無憂嗎？」

李無憂不疑有他：「正是。」

古圓臉色發白，長長嘆了口氣。「難道他叫李無憂，你就不願意救了嗎？」

厲笑天大怒，拔出長刀，朱盼盼慌忙拉住，但前者卻依舊放聲大罵，「賊禿驢，死禿驢，平時滿口大慈大悲，捨身飼虎，一旦事到臨頭就只知道當縮頭烏龜。」

古圓搖頭道：「本來無論是聖賢哲達，還是十惡不赦，在我佛眼中皆是平等的芸芸眾生，根本不存在救誰不救誰的問題，何況李施主乃是當世大俠，更是非救不可，不過他一身已涉關天下蒼生，小僧不得不謹慎些……罷了，只要諸位肯吞下這粒丹丸，小僧就告訴諸位這前往北溟的捷徑。」說時已自懷中摸出一把粉紅色的藥丸。

「小和尚，你不會給我們毒藥吧？」慕容幽蘭眨巴眨巴眼睛，一臉的天真。

「慕容姑娘說笑了！李大俠醫術通神，此藥丸有毒無毒，一看便知，小僧又何必枉做小人？」古圓道，「不過，這藥另有一項特殊功用，此時卻不便相告。吃與不吃，全在四位自己。」

朱盼盼微微一笑，毫不遲疑，拈了一粒，迅疾吞了下去。

「盼盼你……」李無憂話剛說了半句，慕容幽蘭和厲笑天卻也已各搶了一粒吞了下去。

李無憂無語，也自服了一粒。

古圓望著洞外的月色，神色凝重：「各位可知道七大封印？」

「七大封印？」眾人迷惑不解，連厲笑天也露出茫然神色。

「不錯！就是七大封印！」古圓微微頷首，語調滄桑，「創世之初，天地間妖魔叢生，危害蒼生，創世神憐憫蒼生，親自降妖伏魔，盡收世間窮兇極惡，並將其中最厲害的妖魔大多誅殺，但就在他要誅殺最後七隻魔獸時，發生了著名的元神分離事件，創世神在分離成五大主神前，分別將這七大魔獸封印在縹緲大陸的七個地方。這封狼山先前其實叫封龍山，乃是七大封印地之一，七魔獸中的冰火紫龍就封印在此。此處的封印力量本來就是最弱的，而近來天劫當至，北斗移位，正氣衰落，魔氣大盛，魔物即將肆虐人間，而七大封印的力量更是達到了數千年來的最低，三日前有神獸鳳凰引百鳥來朝，觸發了紫龍封印的共鳴，讓紫龍得以破除了封印的力量而破印而出……」

「狗屁！」厲笑天忽然打斷道，「秦乾創世的傳說本身就只是狗屁。媽的！什麼五大主神、七大封印也全都是狗屁……」

他話音未落，古圓已放聲大笑，紅色的長髮和雪白的僧衣在篝火的映照下，以一個囂

張的姿勢在璧洞上留下了一個張揚的影子。

「這傢伙笑得好詭異哦！」慕容幽蘭輕輕嘀咕了一聲。

古圓止住笑聲，冷冷道：「如果厲施主認為小僧是在打誑語的話，那之後的話，小僧就不必說了。」

李無憂忙圓場道：「當然相信，當然相信……我就說那紫龍怪怪的，原來不是聖獸而是與之齊名的魔獸啊！對了，活佛兄，這七大封印都封印了些什麼魔獸？和我們的北溟之行又有什麼關係？」

古圓怒色微減，說道：「小僧所知道的封印共有四個。封狼山的冰火紫龍、北溟的雪衣孔雀、古蘭帝國的哈蘭羅依州的影鳥畢方，以及齊斯沙漠中的沙獸赤蟒，另外三個封印在哪裡，都封印了些什麼恐怖魔獸，小僧就一無所知了。」

「古蘭那邊也有？」李無憂吃了一驚。

「是啊！」古圓嘆了口氣，「人俠如果不健忘的話，應該還記得金毛獅王吧？那其實並非什麼奇獸，而是一個經常上山砍柴的樵夫，常年受畢方的魔氣所侵擾，漸漸魔化，終於有一日和山上的一隻獅子相融合，從而形成了一隻亦人亦獸的怪物。唉！隨著天劫將至，這些魔獸的力量可真是越來越強……不說這個了，創世神曾在這四大封印之間都有一個古傳送陣，每一個傳送陣間可以互相傳送……」

「活佛的意思是，我們可以通過這裏的傳送陣直接到北溟？」朱盼盼若有所悟。

古圓微笑頷首。

李無憂也是精神大振，問道：「那此地的封印在哪裡？」

古圓站起身來，大喝一聲「芝麻開門」，右掌連拍身後牆壁上那髒兮兮的「文殊洞」三字上。「轟隆」一聲，牆壁倒塌，塵土飛揚中，一片刺眼的白光從剛才牆壁倒塌的地方射出。

「諸位，傳送門開放時間極短，待會兒小僧打開傳送門，切記快速跳進去，莫要自誤！」古圓面色凝重地囑咐道。

李無憂一臉壞笑，從乾坤袋裏掏出一片金色的葉子，在上面比劃一陣，交給慕容幽蘭，說了個靈訣，然後讓她快速擲了出去。

古圓咒語念動，本是合十的雙手一分，白光之牆自中間裂開。

封狼山西連波哥達峰，東襟單于山，北帶憑欄關，南控蒼瀾平原，連綿百里實是扼近東西南北交通之險要。潼關就是依波哥達峰和單于山而建，扼住了南北咽喉，成爲了新楚北方最後一道屏障。

但就是望著這樣的雄關險隘，柳隨風卻沒有豪情頓生，而是在這個夏夜裏莫名其妙地打了個寒戰，心頭不好的預感漸漸萌芽，這個時候，青絲散亂的唐思從山上飛身落了下來，一臉的憔悴和布滿血絲的眼睛裏依然寫著茫然。

柳隨風輕輕嘆了一聲，已經三天了，臭小子你別是出事了吧？

一片菩提葉忽然晃悠悠地飄到了他的眼前。雖然有極其不好的預感，雖然是萬分不願意，新楚無憂軍團的軍師依然迅疾地抓下了那片樹葉。

趙虎策馬過來：「報軍師！潼關石元帥派人送來請帖，請元帥和軍師前往赴宴。怎麼處置，請軍師示下！」

「老子想宰了那個渾蛋！」柳隨風幾乎是吼著說。

「宰了？」趙虎愕然。

唐思搶過那片樹葉一看，秀眉舒展，微笑宛爾——一行金色的小字正慢慢消逝：

最近天氣好熱，老子要去北溟避暑，軍中的事給老子管好，別出亂子，不然回來閹了你！

靈王叛亂前，蕭如故就帶領西琦的賀蘭凝霜和陳國大將陳過屯兵新楚與西琦交界處的惠州。

雪滿京華夜，蕭如故揮軍攻打梧州城，一日而下，梧州軍團副元帥百里長青自殺殉國，十四萬將士悉數陣亡。聯軍自梧州城外的飛雲橋渡過蒼瀾河後，蕭如故只是帶著人馬在憑欄關前的十八連環壘前轉了一圈，損失了數千人馬後就不再進兵，而是開始掃滅周圍的郡縣。

五日後，雖然梧州六郡已盡收入聯軍囊中，但王天和張承宗手下的宋真都相繼率大軍到達了憑欄關。

西琦國主賀蘭凝霜倒是沒說什麼，但陳國領軍的老將陳過卻對此頗有微辭：「蕭帝陛下，如果三日前我們就渡過憑欄橋，直接攻打憑欄關的話，此時怕已長驅直入到蒼瀾平原了，爲何你甘願錯過良機呢？」

問這句話的同時，還有憑欄守將楚雷、王門四將以及宋真。

王天撫摸憑欄城牆良久，什麼也沒有說，轉身離去，讓身後一片茫然的眼光更加茫然。

蕭如故也不答，卻微笑反問：「陳老將軍，這五十多年來，我們三國屢次對新楚用兵，你可知最深入他們國境的是哪一次？」

陳過傲然道：「這還用問？當然是四十六年前我父領聯軍六十萬直破憑欄、潼關後，連下新楚二十八城的那一仗了！」

蕭如故又問：「不錯，當時我們可以說是已經佔據了新楚一半的土地，但那一仗為何我們最後卻敗了？」

「因為他們當時有兵聖蘇固！」陳過神色轉黯，「我父就是中了他的詭計，身受重傷，不治而亡……」

「不錯，就是蘇固！」蕭如故的俊臉上也閃過了一絲憂傷，「一百年前是蘇慕白，五十年是他的兒子蘇固，而近二十年撐起新楚一片大的卻是王天。試想，若在四十六年前，陳倫老將軍能打敗蘇固的話，那麼……」

「蕭帝英明！」陳過恍然，「現在王天在新楚百姓的心中是軍神，一如當年的蘇慕白和蘇固，而只要王天一日不死，無論我們攻破多少險關，多少城池，楚人的信心都不會破滅，戰鬥就會越發艱苦，但如果我們能在正面決戰的情形下，在憑欄打敗了王天，就可以直接摧毀他們的民心士氣！再攻取杭州甚至是整個新楚也就輕而易舉了。」

一直沒作聲的賀蘭凝霜忽幽幽嘆道：「那也要真的打敗王天才行！」

蕭如故望了望天上的浮雲，微笑不語。

弓彎弦緊，刀明槍亮，名將與天才的較量一觸即發。

誰也沒料到，這個時候，本已有些收斂的暴雨又開始傾天而下，十日不止，雨停的時候，飛雲橋和憑欄橋同時淹沒了！

在蒼瀾河以西，四十四萬聯軍佔據了落鳳、桐廬和棲鳳三郡，與憑欄關的二十五萬楚軍兩兩相對。

蒼瀾以東，近二十萬聯軍佔據了梧州和梧州六郡的另外三郡舞鳳、落霞和秋水，在它們的左右是各擁有十萬楚軍的斷州和柳州。

本是殺氣騰騰的蕭王二人，各自對河苦笑，隔河而峙。只是這一對峙就是近四十天，甚至在大水已退了三日後，二人依然沒有半點要各自進兵的意思。

石枯榮三十五六歲，和他名字的飄逸清瘦不同，生得高大威猛，一臉的虬髯鬍子，說話的時候口沫飛濺，到激動處，更是袖子挽得老高，手掌將桌子拍得篤篤亂響，只差沒站到桌子上振臂高呼了。

柳隨風問起前線的戰況，這典型的好戰分子一臉的義憤填膺，十句話中倒有九句是氣

憤水既然退了，王天爲何還不出兵痛擊聯軍，另一句卻是抱怨聯軍爲什麼也不來進攻，卻絕口不提之前到底打得如何。

柳隨風暗自哭笑不得，在用盡譬如旁敲側擊、迂迴曲折、打草驚蛇、敲山震虎、連哄帶騙等手段後，幾乎是經歷了不亞於虎口拔牙的艱辛，才終於從他嘴裏知道了以上的戰況。

「老子就是不明白，爲什麼軍神就是不肯出兵和蕭狗決戰呢？」最後石枯榮一掌拍在酒几上，憤憤不平地總結道。

爲了充分顯示石將軍的鬱憤之情，紅木酒几碎成一堆粉末，美酒佳餚灑了一地，仿似惡霸行兇後的現場。

絲竹弦歌忽然停下，正好在石柳二人面前倒酒的侍女嚇得一哆嗦，宛如鮮血的西琦紅酒就灑了柳隨風一身。

所有人都停下手裏的動作，滿腹疑竇，爲了一個小小的侍女，石將軍和柳軍師值得拳腳相加嗎？

石枯榮嚇了一跳，慌了手腳，忙拿手巾來擦，卻發現那玩意其實是塊桌布，乾笑兩聲，道：「柳大人，都怪我太激動了。家裏有剛買了幾套從未一穿的新衣，我與大人體形相若，若是大人不嫌棄的話……」

穿著濕淋淋的衣服確實難受，柳隨風應了。

石枯榮大喜，當即讓那侍女領著柳隨風去換衣服。出了宴會大廳，二人輕捷地穿越於重重雕廊畫棟，溪橋流水之間。

柳隨風見那侍女行步間略顯局促，不發一言，顯然是還在意剛才的事，於是笑道：「姐姐的芳名可是叫嫣兒？」

侍女大奇，回頭道：「你怎麼知道的？」

話一出口，才想起自己這話太也無禮，偷偷看了柳隨風一眼，見後者依舊面帶微笑，低下頭，可愛的吐了吐舌頭。

柳隨風走上前，與她並肩而行，微笑道：「你猜呢？」

嫣兒明眸一轉，笑著撫掌道：「啊！我想起來了，剛才石大人叫我的時候，你聽見的？」

柳隨風見她一笑，露出了兩個甜甜的小酒窩，很是喜歡，因笑道：「嫣兒姐姐果然冰雪聰明！」

「姐姐？我可不敢當！嘻嘻！」嫣兒一掃方才的局促，彷彿是一隻穿花的蝴蝶，在柳隨風的身邊環繞，「柳大人，你果然是個沒有架子的人，不過，你若再那樣叫的話，有人會殺了我的！」

說到後來，嫣兒又忍不住吐了吐舌頭，做出一個「我好怕怕」的可愛表情。

「誰？石大人嗎？」柳隨風大奇。

嫣兒大聲道：「當然不……不是石大人還能有誰啊？」

柳隨風聽她言不由衷，正要發問，二人卻已經來到一處掛著「竹衣閣」三字的竹屋前。

嫣兒一掃方才的嬉笑，肅容道：「柳大人，前面就是竹衣閣了，奴婢不方便進去，大人請！」說罷轉身離去。

柳隨風大奇，卻瀟灑然一笑，輕推竹門，大步而入。

「人言柳隨風智絕天下，今日一見，原來也有勇無謀，不過是個魯莽匹夫而已。可惜啊可惜！」隨著柳隨風推門而入，一個天籟般的少女聲音如一陣溫柔的輕風迎面拂來。

柳隨風抬眼望去，竹屋內除了中央有一株蘭竹外，空空蕩蕩，再無他物。

人呢？莫非是個妖精？

竹門忽然關閉，一股排山倒海的逼人氣勢已撲面壓來，柳隨風忙運功全力相抗，卻依然有些透不過氣來，心下大驚，忙深吸一口氣，放聲大笑，針鋒相對道：「哈哈！哥哥我雖然有勇無謀，但也比妹妹你藏頭露尾的好吧？」

那少女不惱不怒，淡淡笑了一聲，柳隨風立時感覺籠罩著自己的強大氣勢已消失無蹤，正自不解，卻聽那女子又道：「柳公子夜闖我竹衣閣，不會是爲了逞口舌之利吧？」

「你的竹衣閣？石大人不是說這裏是他放衣服的地方嗎？」柳隨風隱隱覺得事情有些不對。

「衣服？這塊石頭，還真是……」那女子嗔了一聲，卻再無下文。

柳隨風利用真氣碰撞反擊之理搜索那女子的位置，但那強橫真氣，來如崑崙壓頂，去時卻如雁過無痕，搜遍四處，卻連半絲人氣也未見，又驚又駭下，強笑道：「妹妹你既有難言之隱，哥哥我這就告辭了。」說時作勢飛身欲走。

「既然來了，何不帶件衣服再走？」那女聲淡淡說時，方才那壓力又自四面八方朝柳隨風壓來，仿如水銀瀉地，無孔不入，他逃跑的念頭方生，身體卻已被無形的氣勁包成了一個粽子，動彈不得。

背心一冷，一道極強的殺意開始慢慢逼近。

柳隨風天生對法術免疫，本身武功也是出類拔萃，是以生平罕遇敵手，但此時這女子施展的真氣場鎖定，卻似比李無憂還略勝一籌，自己空有一身功力竟成了蜘蛛網上的飛蛾，分毫動彈不得，驚恐之處，實是溢於言表，面上微笑卻不減一分，說道：「無功不受祿，妹妹你這麼想將我留下，莫非是想和哥哥我同赴巫山，行那雲雨快活之事？」

「無恥！」那女聲一直淡然，此時卻終於輕斥了一聲，而本是鎖定柳隨風的真氣場卻有一瞬給鬆開了。

雖然只是一瞬，但對柳隨風來說已足夠了，如柳隨風身法一旦展動，他整個人就仿佛變成了一條柳葉，而本是纏在他身上的無數絲形勁道也彷彿被他找到了引線，輕輕一撥，變成了一陣碎裂的風，柳葉霎時化作千萬條柳葉，朝竹屋四面八方飛去。

柳絮勁滿天飛舞，無聲無息間，柳隨風卻已洞穿了竹門對面的竹牆，落到屋外，當即得意一笑，轉過身，卻呆呆傻傻——一黃衫女子淡雅如仙，正對她淺笑盈盈，而方才放在屋內那盆蘭花卻已到了她手中，綻放正豔，風姿綽約。

男兒如酒，美人如花。

男兒如酒，龍吟霄如一鐔塞外烈性燒刀子，需一飲而盡，不如此，不足以明何為「迴腸盪氣，酣暢淋漓」。蕭如故必是長安秦淮芳，飲此酒須先冷後熱。飲冷需如冰泉汩汩，不即不離，熱飲需如瀑瀉陡壁，不拖不滯。其後冰火交融，如達九重天。司馬青衫者，陳年女兒紅也。常人難知其佳期何時，因其老而彌香，歲有不同，各具滋味。柳隨風，唯竹葉青一杯差可比擬。其清香芬冽處，實不足為外人道。正所謂「莫道江湖一杯酒，能醉天涯萬里人」……

若玉人如花，慕容幽蘭人如其名，似深谷幽蘭，幽香馥郁，淡沁心脾。諸葛小嫣如茉莉，清香撲鼻，永蘊濃芳。師蝶舞即是百合，清雅脫俗，羞澀無限，卻一綻放，必芳華奪目。寒山碧定是雪野寒梅，有暗香盈袖，卻錚錚鐵骨，彷彿笑傲寒霜，芳華清冷。朱盼盼顧盼流香，清清淡淡，唯南山秋菊可比；陸可人嬌俏如蕾，可稱平羅滿天星。芸紫熱情似火，實蒼瀾海棠……

——夜夢書《男兒如酒，美人如花——閒話鐵馬冰河》

日後南山論劍時的大荒風雲兒女幾盡被夜夢書所收錄，唯有李無憂與另一女子無法入書，按夜夢書自己的說法是「不是不想描述，而是這兩人都根本無法描述」。

柳隨風完全可以理解夜夢書後來無法描述的遺憾，因爲現在的他，就真切的感受到了那種無可捉摸的感覺。

那女子似有一種特別的氣質。說她有幽蘭的清雅吧，偏於某處閃耀海棠的火熱。說她是牡丹華貴雍容吧，偏故意流露出桃李的一淡如水。說她是苦雪寒梅吧，她偏將百合嬌羞藏匿於心……

總之，沒人可以描述她到底是什麼樣的氣質，也沒有人可以看出她容貌的特異。她絕對只是一個簡簡單單、清清爽爽的美麗女子，卻又予人高不可攀之感。斯人只應天上有，人間哪得幾回見！但就是這樣的一個女子卻讓淫賊柳隨風張不開口來。

也不是真的張不開口，而是張著很大的口，卻說不出一句話來。那女子見此微微一笑，道：「柳兄果然智勇雙全，自依依出道以來，你還是第一個能從我天香陣中脫身的男子呢！」

柳隨風苦笑道：「沒什麼好嘆服的！哥哥我再厲害，最後還不是落到妹妹你手上了，說吧，要姦還是要殺？痛快點！」

「呸！」黃衫女子終於又輕啐了一口，「你就不能正經片刻嗎？人家本來打算送件衣服給你的……」

柳隨風四顧一遍，又再次仔細地打量了那女子一次，疑惑道：「好妹子，這裏哪有什麼衣服？」

「呵！依依自己不就是一件大大的衣服嗎？」白衣女子嫣然一笑。

柳隨風只覺自己彷彿是月夜行舟，為她一笑所感，忽然舟覆人沒，滿船星輝當頭壓下，擺出一個誇張的表情哀求道：「好妹子你莫玩我，會死人的！」

「我石依依若不玩你，才會死人呢！」白衣女子淡淡一笑，明眸中閃過一絲認真。

四野蒼茫，天地間都是冰與雪的世界。文人騷客們所謂的玉樹瓊枝，春風一夜，萬樹梨花，聽上去固然極美，但真要踩著冰雪，嘎吱嘎吱地穿梭在萬里冰原，其中甘苦就是如魚飲水，冷暖自知了。

李無憂擦了一把汗，抬頭看了看天色，黃澄澄的太陽依舊高懸於九天，固執地散發著毫無熱量的淡淡白光。

地平線上一條黑線越來越清晰，他以一個優雅的姿勢捋了捋額間的微亂的髮絲，臉上露出一絲堅定的神色，剎那間，他的胸中似乎湧起了萬丈豪情，雙眼中彷彿有火焰騰騰燃燒起來。

「駕！」他背上的慕容幽蘭一夾雙腿，大聲喝道，「你再不跑，本姑娘可要咬你耳朵了哦！」

李無憂回過神來，萬丈豪情剎那間消失了個乾淨，回頭諂媚一笑，足下飛一樣在冰原上快速跑了起來，邊跑邊安慰自己：「媽的！現在讓你騎，總有一天是老子騎你！」

一開始的時候，厲笑天捉了隻雪龍鹿給他代步，但那玩意跑起來簡直是電奔光走，奇寒罡風撲面，失去內力他自然冷得直打哆嗦，無奈下將鹿放了，穿得像隻大企鵝一樣和眾人一道步行，而慕容幽蘭卻開著禦寒結界很寫意地走在他身側。

但在走了幾里路後，身無武功的小丫頭已累得香汗淋漓，當即驕傲地宣布自己已經走不動了，看到李無憂寬闊的肩膀，立時有了一個「絕妙」主意——老公你背我，我給你放結界吧！這樣一來，你不冷了，我也不累了。

李無憂大是躊躇，這雖然確實兩全其美，但若傳出江湖，堂堂雷神竟要個小女孩保護，會不會太那個了……但所有的顧慮在小丫頭輕輕一哼中，全數被裝進了乾坤袋與小白一起冬眠去了，而那些許羞慚也很快在慕容幽蘭「老公，你真好」的誇獎聲和玉人在背的成就感中消散怠盡，走到後來，某人甚至有些得意洋洋了。

厲笑天、朱盼盼和古圓三人有幸目睹了全過程。

對此，厲笑天是大讚特讚：「臭小子，果然敢作敢爲，根本不在乎世俗庸人的眼光，不愧是我厲某人的兄弟！」

朱盼盼是一直微笑視之，眸中除了溫柔之色，還約略有些別的什麼。

古圓卻一直面無表情，此時終於忍不住一聲長嘆，雙手虔誠合十，仰首大聲問天：「佛祖啊！請您告訴弟子！面前這少年真的就是名震天下的雷神李無憂嗎？他該不會是假冒的吧？」

「砰」、「哎喲！」──羞愧難當的李大俠被冰塊拌了一下，摔了個狗吃屎。慕容幽蘭軲轆一樣滾出老遠，痛得哇哇叫。

「死禿驢！」李無憂仰天狂嘯！古圓瞬間消失在地平線的另一端！

李無憂氣喘吁吁趕上古圓的時候，後者正豎著耳朵，身周金光亂射，靈氣環繞，顯然是在施展佛門一種高級的搜索法術，不禁大奇：「臭禿驢，又裝神弄鬼，想蒙混過關啊？」

「不對！」古圓神色凝重，緩緩搖頭，「剛才明明感到這裏有真氣波動的，怎麼瞬間又沒有人了呢？」

李無憂知道他靈覺超乎尋常，不禁一怔：「聽老莊說，除了妖魔神怪，北溟根本無人居住，哪裡會有真氣的波動？該不會是厲大哥換了種真氣運行方式捉弄你吧？你也知道他一直看你不順眼……」

「不會！」古圓收回金光，堅定地搖頭，「厲施主的逆天真氣至剛至陽，無論怎麼改，小僧都是認得出來的，而剛才那絲真氣卻至冰至寒，完全是兩回事。」頓了頓，又道，「前幾天，小僧也有一次隱約感覺到這股真氣波動，當時以為是錯覺，現在想來，只

怕另有蹊蹺……」

「你是懷疑這一路上有人暗中跟蹤我們？」李無憂嚇了一跳，「以老厲和盼盼的武功，加上你的靈覺，居然都沒察覺那人，這未免太過匪夷所思……」

「老公，你怎麼還沒將這臭和尚揍扁啊？」古圓尚未說話，慕容幽蘭已和厲朱二人趕了上來。

李無憂胡言亂語敷衍了小丫頭幾句，將古圓的疑惑說了，最後問厲笑天道：「厲大哥，這事你怎麼看？」

厲笑天不屑道：「憑老子的修爲，都沒有感到有什麼真氣波動，死禿驢就只會裝神弄鬼，他又能感覺到什麼了？多半是他怕你找他算賬，想引開你的注意力吧！臭禿驢，你說是不是？」

古圓和尚微微一笑，並不言語。

「你們別猜了，發出真氣波動的人不是就在眼前嗎？」朱盼盼手指著前方道。

順著她手指的方向，竟然有一條壯闊的藍色大河！

第九章　黑白二仙

此時大雪已止，風輕雲緩，河上波瀾不興。在河的正中央，有一塊圓形的巨石。那石約莫一丈方圓，高出水面約半人高，縱橫各有十九條粗大的線條，將其分為無數整齊格子。

兩名分別身著黑白兩色長衫的老者正對坐其上，全神貫注地盯著什麼。冰冷的河水洗濯他們的赤足，二人卻恍如未覺，雪白長鬚隨著微風輕輕起伏，看上去悠閒瀟灑，而絲絲若有若無的真氣波動卻隨著流水的滌蕩，緩緩向岸上傳遞過來。

「好純的至陰真氣！」古圓咋舌，「難道就是他們……」

「真好看！」朱盼盼讚嘆道：「這裏莫非就是莊夢蝶前輩在《逍遙遊》中提到的藍帶河？只是這兩位前輩又是誰呢？莫非是神仙中人？」

「問問他們不就知道了嗎？」慕容幽蘭說完扯著嗓子發喊，「喂！老人家，請問你們是仙人嗎？可以不可以帶我們過河啊？」

那黑白二老卻似聾子，不理不睬，依舊全神貫注地盯著自己面前，似乎他們之間放著天下間最寶貝的寶貝。

「他們究竟在看什麼呢？」古圓和尙第一次動了好奇心。

「太沒面子了！本小姐要將他們砍成八塊！刀來！」古圓話音剛落，小丫頭已氣急敗壞地大喝一聲，右手虛抓，立刻地，她手上就有了一把冰刀，然後整個人就御風朝巨石飛了過去。

「不要！」

四人驚呼阻止時，小丫頭已飛出了五丈之外，慕容軒的御風術果然有獨到之處。

厲笑天二人忙也飛身緊追。

慕容幽蘭在落到二老身旁三尺後，她高高舉起了冰刀——二老中的黑衣老者頭也不回地輕輕拂了一掌，一縷淡淡的黑光應掌而生，然後她就變成了一尊黑色的石像。

變生肘腋，在李無憂驚呼「化石大法」的刹那，厲笑天、朱盼盼和古圓三人也已風馳電掣般掠到了巨石上，但三人也是剛剛站穩，就有一黑二白三蓬光亮鋪天蓋地的襲來，三人根本避無可避，立時也成了石像！

從李無憂的角度看去，他們都傻傻地張大了口，臉上凝固著不可思議的驚愕表情。

「不是吧！厲老頭，連你也被石化了？」李無憂先是一臉的驚愕，隨即憤憤不平，狠狠吐了口唾沫，「還大荒第一刀呢？靠！」

「砰」地一聲炸響，碎石亂濺，藍濤飛舞過後，剛剛還是石像的厲笑天手持長刀，傲立巨石之上，狀如天神，仰天狂笑道：「媽的！區區化石大法，就想困住老子？做夢！說什麼老子也是聖人級的絕頂高……」

話音至此戛然而止，整個人再次變成了一塊可憐的石雕，不過這次是身體一左一右呈現出黑白分明的兩種顏色。

「囉唆！」黑白二老嘟囔了一聲，同時收回衣袖，又全神貫注地去注意面前那件寶貝去了。

李無憂只覺毛骨悚然，不自覺朝後退了半步，溜之大吉的美妙想法剛剛萌芽，沛然的吸力忽然自河裏幕天席地的捲了過來，他本能地想提真氣施展龍鶴身法避開，猛然想起自己現在已是內力全失，驚叫一聲，整個人已身不由己地被吸下河去。

飛到巨石上空，那股吸力忽然消失，李無憂慘叫一聲，摔落在巨石邊緣，劇痛難忍下，不禁大聲亂叫，忽見眼前一黑一白兩道閃光撲來，暗自苦笑：你們倒真是看得起老子。

正等著嘗試一下變成石頭是什麼滋味，卻見那黑白二光甫一射到自己身上，就消散無蹤，正自不解，又是一道白光朝腦門射來，隱隱聽見兩聲輕咦，就此暈了過去。

醒來的時候，他驚奇地發現自己除了腦門隱隱有點疼外，身體竟然沒有受什麼傷，歡喜地一個鯉魚打挺站起來，足下一晃，竟沒有站穩，詫異之下，卻發現身側原本平靜的河水竟然在流動——巨石像一葉小舟一樣正在河上漂移。

驚疑半晌，回過頭來，才發現厲笑天四人依然在做石像這份很有前途的職業，陽光落到他們大理石雕刻一般的臉上，折射出淡淡的七彩光暈，竟很是好看。

上前依次摸了摸四人的臉頰，少不得悲痛一陣，沉思半晌，終究還是沒有任何辦法可想，向黑白二老看去，二人依然一動不動地看著自己面前的寶貝。

「二位前輩……」他剛揚手打了個招呼，立時感覺到一道排山倒海的冰冷氣息壓了過來，差點讓他窒息，忙乖乖地住了口，冰氣果然立刻就散了。

經此一嚇，他一時不敢去找兩個老妖怪的麻煩，只好望著四人的石雕發呆，開始還說些安慰別人也安慰自己的話，見四尊石像始終不能回答自己，終於意興闌珊，窮極無聊下，蒙頭呼呼大睡。

日起日落，斗轉星移，眨眼已是三日過去。

藍帶河水漸漸有了波瀾，石舟漂移速度也漸漸加快，沒了慕容幽蘭的結界禦寒，穿得像企鵝的李無憂也漸感奇寒刺骨。

黑白二老還是望著面前的方寸之地，一動不動，他數次想走到二人身邊偷看，卻被那冰寒氣壓得喘不過氣來，有一次還險些喪生，此後再也不敢上前半步，好在他曾博覽群書，知道這化石大法雖然威力絕倫，卻於人性命並無任何妨礙，一時倒也不擔心四人生死，自坐在四尊石像間觀賞沿岸風景。

夾岸雖然冰封雪飄，卻有不少奇花異卉，飛禽走獸，更有不少大荒從未一見的壯麗景觀，再不如先時那麼無聊。

斗轉星移才方寸，輕舟已過萬重山。

越往北行，日照時間漸漸變長，天氣卻愈加寒冷。

藍帶河面也漸漸變窄，波瀾卻漸漸壯闊，常有浪頭撲到石舟上來。夾岸冰山險峰林立，河路也百轉千迴，石舟速度卻越來越快，彷彿是一點流光，穿梭於一條藍翡翠帶中。

冰水及體，李無憂只覺得越來越冷，見四尊石像上冰塊越來越厚，黑白二老卻依舊一動不動，漸生不耐，破口大罵，但對於他打算將生平罵人絕技傾囊相授的好意，二老卻並不領情，依舊充耳不聞，紋絲不動。他又不敢上前，既窩囊且無聊，漸漸也止了罵聲。

不知紅日又升落了幾次，這日黃昏時分，石舟在兩座高聳入雲的冰峰之間穿梭，李無憂正抱著酒壺啃著乾糧，大頌《逍遙遊》，對夾岸險峰大發思古幽情，忽聞水聲如雷，正不知所謂，一片巨藍跌入眼來，本能一閉眼，一陣溫暖濕潤之感已撲面而來。

睜眼再看時，不禁呆住——眼前卻是一個三面冰峰環繞的巨型山谷，谷下是藍色的水潭，中間一根兒臂粗的藍色光柱直插雲霄。

低頭看時，不禁驚呼失聲：石舟不知何時已凌空飛起，朝潭水俯衝而下。沒有大片水花，也沒有他想像中的驚天動地的巨響，石舟自高達二十丈的高空俯衝而下，卻彷彿如一片樹葉一般，以與本身速度極端不相稱的輕盈輕輕落到了潭水之上，離那根藍色光柱不過三丈之遙。

谷中芳草萋萋，落英繽紛。一條清澈溪水自谷中潺潺流過。溪上仙鶴起舞，白雁梳翎，溪畔靈猴獻桃，白鹿呦呦。一條長虹自天而來，直飲溪中。煙霞爛漫，暖風徐徐，與先前又寒又凍的冰天雪地相比，不啻仙境。

回首向來之處，唯見絕壁千仞，一條巨大的藍色瀑布直掛其上。面前景致，倒與崑崙忘機谷依稀有幾分相似。

他呆立良久，終於回過神來，細看石舟，巨石依舊露出水面半人高，剛才竟忘記了看其廬山真面目，真是好不遺憾。舟上四尊石像水珠滿面，滿身厚冰竟有了初融跡象，而黑白二老經此巨變，依然紋絲未動，全神貫注地看著面前的寶貝。

李無憂好奇之下，渾忘了前幾次的慘痛經歷，緩緩移步到二人身側，竟終於見到了那件讓二人日日對望出神的寶貝：那東西通體熒白，非金非玉，長約半尺，蘭竹粗細，兩端凸出，中間細長，內裏卻綠光閃閃，晶晶亮亮。

「這件寶貝果然既可愛又漂亮，難怪兩位前輩日夜對此不累。」李無憂不禁開口讚道，話一出口，卻是一奇，怎麼這次竟順利地到了二人身側呢？

「那你不妨猜猜這絕世寶貝是什麼東西？我們又是什麼人？」一個溫和的聲音忽道：「若你現在就能猜出來，你四位朋友我們就全放了。」

李無憂乍聞人聲，嚇了一跳，細看時，卻發現開口的正是那黑衣老者，不禁大喜。一個尖銳的聲音冷冷接道：「若是猜錯了，你也將和他們一樣變成石像，一生不得解脫！」

這次說話的自是那白衣老者。

「啊……這個……」李無憂嚇了一跳，「能不能給點提示？」

「沒有提示！」白衣老者的話聽起來比北溟的冰雪還要冷。

「我們這個賭已經打了一千多年了，若有了提示，那可就不怎麼公平了！」黑衣老者

撫鬚笑道。

「那……我能不能不猜啊？」李無憂微一沉思，忽嬉皮笑臉道，「這幾個人我根本不認識，我不要求解封他們，你們也別石封我，呵呵，二位前輩你們看……」

「哼！再說這樣無情無義的話，爺爺直接將你撕成粉碎。」白衣老者冷冷道。

「嘿，晚輩不過開個玩笑，炒熱一下氣氛，前輩何必那麼認真呢？」李無憂乾笑一聲，隨即正色道：「晚輩其實生平最痛恨的就是那些無情無義的卑鄙小人，最敬佩的就是那些爲了朋友願意兩肋插刀、赴湯蹈火的英雄豪傑，怎麼會幹那等不顧情義貪生怕死的卑鄙齷齪之事？試問若是如此，我李無憂又有何顏面立足於天地之間？若是如此，怎對得起生我而不養我的父母，怎對得起天下千千萬萬黎民百姓，怎對得起滿天神佛、魔界眾生……」

「行了，小子，別胡扯了。你這套把戲當年莊夢蝶就用過一次，想用它來拖延時間難道不嫌老套嗎？」黑衣老者微笑打斷道：「你到底想到了沒有？」

李無憂當面被人揭穿，也不尷尬，只是立刻就對黑衣老者一陣諛詞如潮，大讚特讚他如何高明睿智明察秋毫，接著開始懺悔自己的險惡用心，暗地裏卻是邊仔細觀察那寶貝，邊心念電轉，希冀能從二人的隻言片語間發現線索。

白衣老者聽得眉頭大皺，漸漸不耐，冷聲道：「若老子數到三，你再不說出一個答案來，就當你答錯了！一！」

「藍帶河，會動的巨石，黑白分明的衣服，連厲笑天都無法抗衡的化石大法，三面環山的深潭，熒白色、冒著綠光的細長棍子……」剎那間，這數日來的所見所聞一一閃過李無憂的腦際。

「二！」

「一冷一熱的性格……撕裂……千年前……莊夢蝶……《逍遙遊》……到底有什麼線索？」

「三！你還沒猜出來，受死吧！」白衣老者雙手蜷曲成爪，猛地朝李無憂抓了過來。

「媽的！老狗，你他媽還真不是人，讓老子多想一會兒又怎麼樣嘛？」李無憂見事已至此，索性破口大罵，死之前總要賺個痛快。

「哈哈！他猜出來了！我說吧，這小子聰明著呢！果然就猜出來了！這場賭我贏了！這寶貝歸我了！」黑衣老者哈哈大笑，伸手去抓二人面前那件東西。

白衣老者一掌將他手撥開，冷冷道：「即便他猜出我們的身分，但也還沒猜出這件法寶的來歷，你怎麼能算贏了？」

李無憂先是聽得莫名其妙，隨即靈光一閃，又仔細看了看那寶貝，已是恍然大悟，微笑道：「你怎麼知道我沒猜出這件寶貝的來歷？難道這件寶貝不是一塊豬骨頭嗎？白狗前輩！」

「哈哈！好聰明的小子。」黑衣老者放聲大笑，白衣老者卻面色越加冷酷難看。

「前輩謬讚了。」李無憂謙虛道，「只是……這究竟是怎麼回事，晚輩不是很明白，前輩能否解釋一二？」

黑衣老者笑道：「這事我不說，怕你也猜到了幾分。不錯，我們本不是人，而是在三千年前即已得道的狗仙。我叫黑石，他叫白石。我們二仙受大鵬神之命，在此守護這進入九溟的第一門戶藍帶河。我們生性好賭，但早在兩千年前就已玩過了各種賭博之法，無聊之下就想到了讓來北溟的人猜寶貝，而我們兩人就賭他能否猜對。一千年前的時候，莊夢蝶來求藥，以『化蝶心法』看穿了他的法寶『掩耳盜鈴』的功用，那次是我贏了，白石這傢伙不服氣，湊巧過了不久我們就殺了一隻極其罕見的劍豬，但在分配這隻豬脊骨時，我們發生了爭執，白石就說我們以此爲注，誰贏了，脊骨歸誰。呵呵，他爲了贏得這塊脊骨，可說是機關算盡。先是規定我們兩人誰也不能對來人說話，只能靜坐著看這塊骨頭，而你們來的時候，他覺得你在四人中功力最弱（李無憂：豈止是弱，其實他根本就是一丁點都沒有），呵呵，所以選你來猜，先將你四位朋友都變成石頭，接著讓你千里漂泊，最後才讓你進這玄心谷，這一路行來，又故意不讓你近前半步，吊足你胃口，就是爲了讓你又驚又疑，見到這塊骨頭的時候，無法以正常的眼光來看待，可謂層層布疑，哈哈，沒想到還是白費心機，枉作小狗了！」

李無憂笑道：「晚輩僥倖而已。」想到這二「人」千年來就是對著這樣一根普通的豬骨頭靜坐打賭，無論風霜雪雨未曾一動，只覺生平所遇之奇實是以此事為最，忍俊不禁，放聲大笑。

白衣老者嘆了口氣，道：「算你們倆走狗屎運了！老黑，這塊骨頭歸你了！」又對李無憂道：「你們是什麼人？跑到北溟來做什麼？」

李無憂笑道：「晚輩若說久仰兩位前輩大名，特不遠萬水千山前來拜會，想來前輩也不信……其實晚輩是來求藥的。」接著將玉鯨一事說了。

「嘿嘿！」白衣老者聽完冷笑起來，「千年前是莊夢蝶來求藥，千年後你又來了。只是不知道你有沒有他化身蝴蝶的本事了？若是沒有，趁早回去，免得浪費時間不說，弄得性命也丟了，那才可憐。」

黑衣老者也道：「你回去吧。沒有功力，總比沒有性命的好。」

李無憂一怔，隨即雙膝跪倒，再抬頭時，已是眼淚滂沱，鼻涕橫流：「晚輩死不足惜，只是天劫當至，晚輩身負拯救蒼生的重任，若無功力在身，無異於癡人說夢，望二位

前輩成全！」

「什麼天劫？」白衣老者冷笑道，「我怎麼沒聽說過？」

李無憂正色道：「破穹刀已於年前出世、雖非晚輩之過，卻與晚輩有不可推卸的責任，是以這次劫難，晚輩必定要一肩承擔。」

「什麼？魔刀破穹？」黑白二老同時動容。

李無憂將破穹刀出世一事細細說了，不過自己得到倚天劍一節自然略過，只說是倚天隨著破穹一併飛走了。

沉吟半晌，黑衣老者道：「老白，若他說得是真的，我們是不能袖手旁觀的。」

「哼！你怎知道這小子說得不是假話？」白衣老者冷冷道。

「試試？」黑衣老者笑問道。

「好！」白衣老者點頭。

李無憂見這二人神色詭異，立知大事不好，慌忙舉手反對，但為時已晚，只覺眼前一黑一白兩道光芒閃過，立時全身無法動彈。

彷彿是千萬分之一瞬，又彷彿是過了千萬年，李無憂終於有了意識，但糟糕的是這種意識卻不只一種，而是三種。

內心明明知道自己是李無憂，但片刻後自己卻又告訴自己是北溟二老之一的白石，已經在北溟待了近三千年，是藍帶河的守護神，生性冷酷，而第三種意識又不時提醒自己是藍天河的守護神不錯，但個性是溫和的，而名字也是黑石。

我是誰？

我是李無憂！

不，你不是！白石，你怎麼忘了，你是要殺盡天下惡人的白石！

我是白石？錯了，錯了！呵呵，黑石你可真是健忘啊，是不是活了三千年，你已經不知道自己是誰了啊？什麼都可以忘，自己可不能忘了啊！

那誰是我？

李家集上那個趴在牆根流鼻涕的流浪童子，崑崙山頂面對天下第一醜的長劍口若懸河的浮滑少年，忘機谷中靜靜地坐在菩提樹下九日夜的堅毅少年，乍見寒山碧就驚爲天人並承諾一生的癡情少年，蒼瀾河畔雙馬疾馳中回首施展定神掌的無賴少年。斷州城外，舉手之間，擊敗數萬鐵騎的蓋世英雄，煮月樓中，睥睨蒼生，指點天下英雄的孤傲霸者，提督府上，談笑間，讓三大勢力灰飛煙滅的冷靜提督，西子湖上，鎖魂於青鳥身上，刺死獨孤

千秋的陰險刺客……

誰又是我？

錯了，錯了，呵呵，他們都不是你！自鴻蒙初開，就堅守在這藍帶河的守護神黑石才是你。

對，就是那個要守住人間最後一絲正氣的黑石啊！

都不對！你就是白石啊！天下第一高手的白石！要替天行道，誅盡天下賊人的白石！

白石，你怎麼不認得自己了呢？

李無憂？白石？或者是黑石？

「我生之前誰是我，我生之後我是誰？」李無憂頭痛欲裂，不禁仰天長嘯，「天啊！你告訴我，我到底是誰？」

天？天在哪裡？天地不仁，以萬物爲芻狗！白石，你活了三千多年，難道還沒看透嗎？那個所謂的天，將天下盡皆視作芻狗，哪裡還配做什麼天，哪裡還有什麼天？

黑石，你什麼時候這麼的偏激了呢？天地既生，萬物才得存，沒有天，又哪裡有人？上蒼有好生之德，大地有孕育之靈，何以敢說大地不仁？命運之輪，於天命神手中，於天地間，輪轉不休，不止，不息，這才有你啊！

李無憂你在放屁！哪裡有什麼天？哪裡有什麼地？哪裡有什麼諸神？天地是虛，諸神是妄，天是狗屁！天地鬼神盡虛妄，故可恃唯我！可恃唯我！誰是我？

「我是李無憂！」李無憂忽然發一聲喊，山搖地動，天地變色。

一黑一白兩道光華自李無憂的鼻孔裏飛了出來，各自射進黑白二人的身體裏，兩具僵硬的「屍體」霎時動了一動，數隻停在二人肩上的雪龍鳥嚇了一跳，振翅飛去。

「好小子，你是繼小莊後千年來，第一個破解了我們玄心大法第一重『天心地心』的人，可惜你功力全失，不然就能讓你嘗嘗第二重聖心佛心的滋味。」黑石又是讚許又是遺憾，「真是懷念小莊啊，呵，『我化蝶兮蝶化我』，真是個有趣的傢伙。」

「嗯，不錯。」白石不知是在稱讚李無憂還是在贊同黑石的話，語調裏很有些惆悵的意思。

「二位前輩，玉鯨的事……」

「我們剛才雖然進入了你的識海，卻無法溶入你的靈魂，也沒找到你的記憶體，根本無法分清你所說是真是假……」黑石很是爲難。

「讓他過去吧！」白石忽道，「我相信他。」

黑石愕然看了看自己的同伴一眼，好像數千年來首次認識他一般，終於，他笑了笑，

對李無憂道：「好吧！我們可以送你出這玄心谷。只是出谷之後，距離九溟還有無數險關，每一地都有守護仙魔，能不能通過，可就要看你的造化了。」

說到這裏他頓了頓，看了一眼白石，見後者點頭，方續道，「我們在這北溟已待了三千年，外界小子都不知我們北溟二老的蓋世大法，好不遺憾，想將玄心大法和化石大法一併傳授給你，你可願意？」

李無憂大喜：「願意，當然願意……不過，這玄心大法還好說，這化石大法是土系法術，晚輩之前於土系法術只是略知皮毛，何況現在身上一絲靈氣也無，怕是學不會。」

「你的資質，我們是瞭解的。沒有靈氣也無妨，你只消將大法奧義記下就是，來日功力恢復時，自能融會貫通。」黑石笑道。

半個時辰後。

在黑白二人驚詫的眼光中，李無憂已經完全領悟了兩種法術的精妙，所差者不過是等將來靈氣恢復後的實踐了。

白石冰冷的臉上也露出了一絲笑意，不過隨即肅然道：「玉鯨乃是九溟至寶，很有可能是大鵬神親自看管，而他的力量絕非人力所能抗衡，只宜智取不可力敵。若有危險時，你就說是我們倆的徒弟，他多少會給幾分面子。」

見李無憂點頭應，黑石笑道：「此去九溟坎坷重重。按說那個使刀的小子（厲笑天？）武功已非常不錯，盡可保護你到達九溟，不過求人不如求己，我現在注三道靈氣到你體內，可助你施展三次化石大法。只是這靈氣非你本身所有，乃是無根之物，並不能催化你本身靈氣增長，用後就沒了，你小心使用。」

李無憂大喜謝過。

做完這一切，北溟二老施法解開了厲笑天四人的石化封印。面對四人迷惑的表情，李無憂自然少不了費一番唇舌解釋，只是關於破穹刀及學法一節自然略過不提。

見眾人嘰嘰喳喳沒完，白石不耐地揮揮手道：「好了，話已說完，你們也該走了。看到那根藍色光柱了吧？走過去，一起握住，待會兒無論如何都別鬆開。」

眾人依言照做。北溟二老同時施法，彩光大作，絢爛奪目，藍色光柱忽然巨漲百倍，變成一根巨柱，四人驚呼聲中，光柱忽然離水飛起，直沖九霄。

望著李無憂漸漸渺去的背影，白石忽道：「老黑，我怎麼感覺他身上有一股我非常熟悉的氣息？」

「呵呵！是汗臭吧？你們都好久沒洗澡了！」黑石笑道。

「不是。我八百年前剛洗過一次，不算久。我是說他身上似乎潛伏著一股奇異的力量。這力量發出的氣息似曾相識……你不覺得奇怪嗎？我們的化石大法在北溟除了大鵬神外，可說是並無敵手，可居然對他半點作用都沒有！我看如果他將潛力都發揮出來的話，我們都不是他的對手。」白石露出深思的表情。

黑石收斂了笑容：「何止是我們，即使是大鵬神也未必……但他才十八歲，沒有理由有這麼強的力量啊！莫非……」

白石緩緩點頭，然後說了句莫名其妙的話：「不錯……上蒼何其殘忍。」

黑石望了望身周這片白茫茫的天地，聲音中莫名地透出了一絲蕭瑟：「天命如此，人徒奈何？只希望他別覺醒得太早吧。」

大荒三八六五年的六月十七的黃昏，殘陽滿天，柳隨風帶領十一萬無憂軍團的將士，奔赴憑欄關。

臨出潼關時，石枯榮要柳隨風將自己唯一的妹妹帶去前線歷練的時候，心中有數的柳軍師連假意推託了都沒有，只是用力拍著自己的胸口，大聲道：

「石大哥，你我親如兄弟，你的錢財就是我的錢財，我的麻煩也就是你的麻煩，你的老婆……嘿，你的妹子也就是我柳隨風的妹子，依依就放心地交給小弟吧，我一定幫你將她調教成一位巾幗女英雄。」

於是潼關就此少了個美女石依依，而前往憑欄的無憂軍團卻多了個粗聲粗氣的壯漢謝石。

當無憂軍團風塵僕僕地趕到了憑欄關前時，王天竟攜了楚雷、宋真，以及名震邊關的手下四戰等候多時。

柳隨風受寵若驚，當即拜倒：「屬下無憂軍軍師柳隨風參見王元帥。」

王天微微一愣，隨即伸手扶起，讚道：「早就聽說京中最近出了兩位少年英雄，今日得見柳賢侄，果然是一表人才。」

柳隨風惶恐道：「軍神謬讚了。」

王天笑笑，忽道：「不知貴軍的李元帥人呢？怎沒見與軍師同來？」

柳隨風歉然道：「元帥前日忽然得了一不知名的惡疾，幸得名醫襄助，已大有起色，不過依舊不良於行，元帥怕耽誤了軍機大事，特命末將先領兵過來，他自己則留在了潼關養病，待身體康復，不日就將趕來拜見元帥，請元帥莫要怪罪。」

這個藉口是柳隨風未來之前就想好的，可謂嚴密天衣無縫，王天與眾將不疑有他，嘆

息一聲，著實安慰了他幾句。

唯有一四十多歲的虯髯將軍譏笑道：「病了？該不會是因爲少年風流，得了花柳吧？那玩意整得一身都是紅點，密密麻麻，確實無法見人的！」

柳隨風聞此暗怒，卻淡淡道：「將軍果然經歷豐富，在下佩服。」

那將領一愣，沒有反應過來。眾人卻已大笑。

趙虎微笑著想：「這就是柳隨風和李無憂的區別了吧？」

柳隨風表面看來溫文爾雅，瀟灑出塵，其實爲人很有些孤傲自負，好像是雪野寒梅，受不得半點泥塵的污染。至於李無憂則一天總是嬉皮笑臉，沒半刻的正經，典型一個市井無賴，但卻能屈能伸，心頭在問候你祖宗十八代，面上卻絕對笑容可掬，若是他和柳隨風易地而處，剛才一定不會語中帶刺，而是表面極力維護柳隨風的尊嚴，話裏卻要透出自己和柳隨風仇深似海，並且暗自咬牙切齒，接著話裏帶話地將那將領一通馬屁亂拍。日後卻一定尋個機會狠狠將這傢伙置於死地，並且臨死前還要在他耳邊一本正經地說：「知道老子爲什麼要殺你嗎？媽的！柳隨風得了花柳，這可是國家機密啊，你怎麼可以隨便洩漏呢？」諸如此類，不一而足。

那將領隨即醒悟，正要反唇相譏，王天忙打圓場，說這位就是憑欄關楚雷將軍，都是一時俊彥，你們互相多親近。

楚雷冷笑一聲，不再言語。

柳隨風更絕，假裝沒聽見，大聲說，王元帥你的軍服款式很特別，不知道是不是京城的百年老店王裁縫服裝有限公司的產品啊。王天得意地說小夥子很有眼光嘛，我這件「風中雪」正是鎭店裁縫王十三的獨門珍藏，不過，這東西除了冬暖夏涼秋擋蚊蟲春防病毒外，基本上也沒什麼用……

互相介紹完軍中幹將，王天說沒有想到無憂軍這麼快就能來，軍營尚未完全布置妥當，讓無憂軍團先在關外紮營，柳隨風、趙虎二將先進關商議安頓事宜。柳隨風心頭閃過一種不好的預感，暗自小心，行事如履薄冰。

當夜王天在元帥府大擺筵席，爲無憂軍團洗塵。酒過三巡，賓主盡歡。

柳隨風瀟灑出塵，妙語如珠，爲人又不拘小節，很快就與憑欄諸軍打成一片，氣氛極其和諧。

正自酣暢，忽聽一人朗聲道：「久聞無憂軍李元帥和柳軍師都是知兵之人，京華一戰，柳軍師更是名揚天下。今敵寇領兵七十萬來犯我境，已近兩月，卻不知軍師是否已想到破敵妙計？」

柳隨風認得那給自己出難題的人正是楚雷，暗自唾罵一聲，急思對策。

在座衆人多是玲瓏剔透人物，都明白這個難題的奧妙所在。王天到憑欄關已近兩月，卻依然沒有能夠退敵，柳隨風若真是說出一二可行的破敵妙策，必然會讓前者面上無光，但若是不答，他自己卻又會難免有名不副實的嫌疑，立成衆人笑柄。

柳隨風略一思忖，笑道：「在下初來乍到，於邊關地形不是很熟，且待熟悉此地後，再獻上一點愚見，請王元帥和諸位將軍定奪。不知楚將軍以爲如何？」

楚雷道：「當今邊境戰況如千雷壓境，情勢如何，柳將軍雖然未曾親赴戰地，但也不會不明。本將軍這裏有一幅憑欄要塞圖，這就爲柳將軍講解一二，想必柳將軍必定能有所啓發。」說著取出一幅地圖，高高掛在牆上。

柳隨風見他如此精心準備，顯然是想讓自己當衆出醜，暗自大罵，卻見楚雷指著一處關隘，面有得色，說道：

「此處就是憑欄關，南北暢通，東連封狼山，西接楓山，自天和十年我奉聖上之命，駐守此關，當即在關牆外連修了五座由可抵抗任何法術攻擊的花崗石組成的堅固壁壘。每座壁壘方圓約十丈，呈半球形，僅露五百細小箭孔，壘壘相連，每壘內布神箭手一千，壘間更是布滿塔樓，互爲犄角。十餘年來，我苦心經營，兢兢業業，片刻不敢疏於職守，先後剿滅冏遭馬賊十五萬之多，穩定憑欄局勢，也算是於社稷略有微功。此次我聽說敵寇聯軍七十萬來犯，連夜在關前廣築工事，又增加了五道壁壘，這才擋住敵軍，撐到軍神領兵來援，現在這一里之地，又被我修築了八座連環壁壘，層層相連，互為照應，說此十八連壘為銅牆鐵壁，想諸位也不以為過吧？」

眾將雖不耐他自吹自擂，卻見關防布局謹嚴，層層相扣，而之前聯軍的數次衝擊確實在那十八道屏障前退卻，都是點頭稱許。

柳隨風這才明白這廝讓自己出計是假，炫耀自己是真，極感無聊，待見那幅地圖陣勢，卻大感滑稽，忍不住哈哈大笑。

眾人聽得笑聲，無不側目而視。

王天用兵如神，對這十道連環壁壘也很是稱道，見柳隨風似乎很是不屑，皺眉道：「柳軍師可是認為這十八連環壘有何可笑之處嗎？」

楚雷本看柳隨風這後生小輩不順眼，此時生平得意之作被他譏笑，怒氣勃發，見王天給自己撐腰，不禁膽氣又壯，當即大聲道：「柳將軍經歷豐富，想必對末將的建設不屑一顧，卻不知能否認真賜教一二？」

「經歷豐富」四字本是柳隨風剛才譏刺他經常出沒煙花之地的用語，此時原璧奉還，並且將「認真」二字加重了語氣，自是諷刺柳隨風只尚空談，不解實際。

石依依暗自拉了拉柳隨風的衣角，示意他稍稍謙讓，卻不知柳隨風已被楚雷的話激起了傲氣，灑然一笑，長身而起，冷冷道：「楚將軍，依你目前這陣勢，要是三日內還不被蕭如故攻破，柳某這顆腦袋就輸給你了。」

語不驚人死不休！

聽得柳隨風這般說話，舉座譁然，彼此交頭接耳，喧囂異常，王天雙眉一軒，淡淡道：「柳將軍，莫要嘩眾取寵才好！」

楚雷更是暴跳如雷，怒極反笑，指著那地圖道：「好！好！柳將軍若果然用兵如神，就破給老子看看，若是真能破了，老子這顆破頭就輸給你了。」

趙虎聽到柳隨風的話驚得有如五雷轟頂，見楚雷動了真格，忙起身道：「楚將軍，柳軍師他路上偶感風寒，頭腦有些發熱，說錯了話，請您多擔待！軍神，也請您老人家原諒則個。」

王天正要說話，楚雷已搶道：「狗屁傷寒！這小子根本是看我不起，今日他若不說出個所以然來，老子和他沒完！」

柳隨風朝趙虎點頭示意讓他別擔心，又對同樣滿臉擔心的石依依微微一笑，徑直走到那地圖邊，指著那十座連壁道：「在下雖還未親到北門，但關前建壘，表面層層相護，互爲犄角，能讓敵軍最擅長的騎兵機動立失，但如此一來，我軍部隊往來困難，徒增困擾。若真有戰事，我軍出入反爲不便，怎麼調派部隊？」

他見眾人紛紛點頭，又道：「關前建壘，看似敵方難攻，實則我方更難守。若我是蕭如故，甚至不用真的猛攻壁壘，只需對著這壁壘猛射一通火箭，大火蔓延，不需三天，壘內大軍就可全軍覆沒。」

楚雷怒道：「胡說八道，區區火攻，老子早已有備，這花崗石堅硬無比，可擋五行法術，不易燃燒，你憑什麼燒壞我的壁壘？」

柳隨風大笑道：「花崗石能禦法術不錯，怕是除火神赤炎外，再無人可用火讓壁壘燃燒，但西琦有種火油，名喚千里赤，無物不透，但遇火立燃，想必將軍也聽過吧？此次賀蘭凝霜怕是帶了不少，若她令數千輕騎遊走於十八連環壘之間，不惜死傷，將千里赤灑滿壁壘，油入壘內，再以火箭射入，壁壘立時起火，一萬八千兒郎，除了做燒雞外，不知楚將軍以爲還有何別的出路？」

楚雷大怒道：「放屁！放屁！」一時竟口不擇言，旁觀眾將默然。

王天露出深思神色良久，終於輕嘆一聲，雙眉緊鎖，久久不發一言。

滿堂皆靜，落針可聞。

不想柳隨風又道：「此尙爲小節。事實上，憑欄立關本就是無聊之舉。」

舉座又是一驚，人聲鼎沸。

王天聞此不禁拍案而起，斥道：「憑欄立關乃是昔年戰神孫武所同意的，黃口小兒，何敢信口雌黃？」

柳隨風卻一無所懼，朗聲道：「此一時，彼一時也！孫武立關是千多年前，那時郢朝與西琦人……」

「夠了！你亂我軍心，本當重罰，今日就看李元帥的面子，且放你一馬！今後若再大放厥詞，必斬不饒。」王天怒道，「散會！」說罷滿臉怒色，拂袖而去。

字付無憂軍團柳軍師台鑒：

久聞貴軍團操練有素，戰士驍勇，將帥英明，實是大楚柱石。今貴軍團不遠千里來援邊關，王天足感盛情，只是貴軍車馬勞頓，風塵僕僕，而李元帥又重病在身，不妨先去庫巢休養一段時日。期待來日戰事起時，工天能與貴軍並肩為戰，戮力為國效命。

柳州軍團——王天。

新楚天和二十二年六月十七。

「柳軍師，王元帥希望貴軍能即刻前往庫巢，並且沒有他的命令，不准貴軍一人一馬踏出庫巢半步，違令者軍法從事。」負責傳送帛書的王戰最後補充道。

看著十一萬龍精虎猛的無憂軍戰士不得不奔赴離憑欄關三十里外那個固若金湯的小城庫巢，而不能爲國效力，石依依忍不住輕嘆道：「柳兄，昨天晚上你若是聽我的，冷靜些，事情何至於此？」

「切，謝兄，你上當了！這傢伙根本就是沒打算留在憑欄關！」趙虎接道，「庫巢風景如畫，美女如雲，聽說守將玉燕子秦江月就是一位絕世美女，比起待在憑欄關受王天的惡氣不知道要好多少倍！」

石依依易容後女扮男裝，運功改變聲線，活脫脫一個鬚眉男兒，所以無憂軍中除柳隨風外，都只知道他是石枯榮送給柳隨風的一名高手護衛謝石，而不知此人就是一名絕世美女。

聽到趙虎的話，石依依露出愕然的神色，柳隨風卻半真半假地笑道：「真是生我者父母，知我者病貓啊！」

「可是……可是……柳兄，難道你就一點都不想在沙場上爲國建功嗎？」石依依不解。

柳隨風不語，臉上露出一絲笑容，彷彿清秋時節的金風。

白雲悠悠，殘陽將大地都鍍上了一層鮮紅的血色，看著無憂軍團的飛虎白旗慢慢消失在地平線上，王定問道：

「元帥，柳隨風此人雖然因為少年得志，有些恃才傲物，但並非桀驁不馴之輩，而且確實頗有見識，元帥你向來胸襟寬廣，自不會將昨晚的事放在心上，卻不知為何獨獨不能容他呢？」

王天搖頭道：「我非是不能容他，而是不能容無憂軍團啊！」

王定不解地問王天：「元帥，屬下看無憂軍團的紀律很嚴明，士兵們的精神飽滿，完全不是我們想像中的那支紀律散漫的流氓軍，而前線也正值用人之機，為何您依然要將他們發往庫巢呢？」

「小定啊，你只看到了表面。」王天搖了搖頭，緩緩道，「事實上，我昨夜悄悄看過他們的操練，無憂軍團絕對不僅僅是紀律嚴明那麼簡單，而已經是一支訓練有素的精兵，而且是不遜色於新楚其餘五大軍團的精兵。不得不承認，李無憂能將這樣一支一半以上是土匪、兩成是流氓的雜牌軍捏合成一支強有力的軍隊，絕對是一個奇蹟！但這一切，都完全是建立在李無憂的個人魅力之上的。而根據我派到他們營裏的探子傳過來的消息，李無憂前天忽然失蹤了，至今未歸！柳隨風雖然才堪大用，性子卻有些懶散，還未完全控制這支軍隊。沒有了李無憂，他們很快就將由訓練有素的雄獅變成一隻瘋狗。所以，這支軍隊就不再是一個強有力的臂助，而是禍亂之源。」

「可是，元帥你如今將他們發往庫巢，難道就不怕他們在那邊爲禍嗎？」王定不解道。

「蒼瀾河已經開始退水，聯軍的進攻怕就在這一兩日了，大敵當前，我也沒有時間專門去管他們，打發他們去庫巢，也是沒辦法中的辦法。」王天微微嘆了口氣。

這個時候，王定忽然發現他額際的白髮又多了幾根，他看了看遠方地平線上的煙塵，忍不住也嘆了口氣：「李無憂，你究竟是怎樣個人呢？」

只是這嘆氣的二人卻怎麼也沒想到日後挽狂瀾於既倒，將新楚從亡國邊緣拉回來的，卻正是這支被軍神王天認爲是禍亂之源的無憂軍團；而柳隨風懷著一腔憤憤離開憑欄關的時候，也完全沒有想到自己正見證了一場血雨腥風的開始。

世事之奇，一至於斯！

無憂軍團剛剛走出半個時辰，憑欄關的北門已是胡笳悠悠，金鼓如雷。

馬蹄聲疾，馬未至，馬上的通信兵已飛身掠到馬前，帶來的消息與王天的猜想不謀而合：聯軍開始攻城了！

王天從臨時帥府趕到北門的時候，戰鬥已經進入了白熱化狀態。

果然不出柳隨風所料，十八連環壘真的就被蕭如故以犧牲三千名騎兵的代價用千里赤給燒掉了，近兩萬楚軍士兵活活被燒死。楚雷當場昏了過去，而聯軍也早已攻到護城河下。

慘烈的喊殺聲、震耳欲聾的火炮聲、兵刃交擊的鈍響，馬嘶、蹄聲、人的哀鳴、護城河的水聲，天地就像個鬧哄哄的大葫蘆，裝下了世間所有的喧囂。

刀光、劍光、火光、陽光，各式法術施展時發出的絢爛的彩光，將天地變成一片充斥著光影的大彩盤。

夏日的暖風，夾雜著血腥味，吹在臉上彷彿是來自地獄的冥火，皮膚似乎將被烤焦。利箭如暴雨，從城頭到城下，頻繁的來往，每一次都帶走無數的冤魂。風聲鶴唳。

在休養了近四十天後，雙方都士氣如虹。

蕭如故一開始就投入了二十萬大軍，不惜傷亡地猛攻那不過十丈寬的憑欄關牆。不過是片刻工夫，護城河裏幾乎已經被屍體所填滿，一河流赤。聯軍卻絲毫不知死亡爲何物，前仆後繼，永無斷絕，倒好像他們遠赴異國他鄉本就爲求一死。城頭的楚軍見到連環壘的兄弟被殺，更像是急紅了眼的老虎，欲擇人而噬。

在兩倍於己的敵人面前，他們一無所懼，人人奮不顧身。

腥風血雨中，王天直直地站在城頭，像一杆驕傲的標槍，見到十八連環壘火光兀自未滅，心頭閃過重重的悔意，但他知道這不是後悔的時候，迅即定下心神，聚精會神地注視著戰場上的局勢。

王門四大戰將，王戰，王猛，王紳和王定這四個結義兄弟，如眾星拱月般站在他的左右。

王天看著馬蜂一樣撲上來的聯軍士兵，對四人道：「你們誰知道蕭如故讓這麼多士兵來送死，是為了什麼？」

四戰將的老大王猛朝城下吐了一口濃痰，信誓旦旦道：「老子敢發誓，這一定是蕭如故覺得我們這邊風水好，他決定把同胞們都送到這邊來安葬！」

老二王戰卻以一副同情的語氣對王天道：「元帥，你到底欠了蕭如故多少銀子？害得他不惜手下的性命來找你要錢？」

「二位大哥說得都有道理！不過在我看來，這還不是主要原因，蕭如故一定還有什麼陰謀！」老三王定若有所思地說。

「什麼陰謀？」眾人齊聲發問。

「我正在想！」王定老神在在地說。

「靠！」眾人一起唾棄道。

手下的士兵們看到元帥和將軍們在如此緊張的氣氛中依然能談笑自如，都是信心倍增，殺敵更加勇猛。

「你們仨少給老子胡扯！」王天笑罵了一聲，最後問四人中年紀最小的王紳道：「小紳，你是怎麼看的？」

王紳冷靜分析道：「依屬下愚見，蕭如故這樣做，一方面固然是真的想要用猛攻來打開缺口，另一方面怕也是要消耗盟友的實力而保存自己的實力，你們看，來攻城的多數是陳國和西琦的士兵。由此可以知道，元帥的等待已經起了作用了，在平靜了四十多天後，三國聯軍內部已經出現了問題，這次的攻勢很大程度上是爲了轉化他們的內部矛盾。」

王天點頭讚許道：「不錯！你能想到這一步，已經難能可貴。不過，事實上正如阿定所說，這裏面其實還有別的陰謀。」

「什麼陰謀？」四人都收斂了笑容，露出了凝重的神色。

「蕭如故是想……」王天的話音未落，一支全身帶著金光的勁箭，彷彿是穿透了虛空，以一種看來極端緩慢，但實質上快如疾電的速度朝城頭的王天射來。

如夢似幻！四大戰將紛紛拔出兵刃挺身去迎，但那箭卻似真還幻，明明就在眼前，一刀砍去，箭已改變軌跡飛往在另一個位置，正是「瞻之在前，忽焉在後；瞻之在左，忽焉在右」，那種感覺就彷彿這支箭本身已與虛空融為一體，是以可以不按物理軌跡、不按常規地出現於任意位置。

王天冷笑一聲，拔出佩刀，不偏不倚地劈在金光的頭上，「鏘」地一聲，金光斂去，利箭從中間被一分為二。

「刷刷刷」又是三道金光緊隨而至，王天大刀一揮，三聲鈍響過後，三支勁箭全數落空，釘在城樓的花崗石壁上，深入半尺，兀自搖晃不定。

楚軍歡聲雷動，士氣更是高漲。

城下。

賀蘭凝霜笑道：「早聽說當日蕭帝蕩平叛逆時，不過射了三箭，三路叛軍就都投降了，人稱『三箭定江山』。今日一見，才知盛名之下果無虛士！」

蕭如故收回玉雕弓，深深吸了口氣，苦笑道：「賀蘭國主是在笑話蕭某嗎？不過，這王天真不愧是新楚軍神，竟讓我這九霄雲羽箭第一次失手了。」

賀蘭凝霜笑道：「蕭大王真是太客氣了，你這四箭看似徒勞無功，還爲楚軍長了士氣，但王天硬接了這四箭，一定也付出了極大的代價吧？而大王更厲害的招數還在後面吧？」

蕭如故的眼中閃過一絲厲芒，淡淡道：「不知道賀蘭國主是否聽過一句話，太聰明的人通常都活不長，特別是女人！」

二十八歲的賀蘭凝霜裝出一個怕怕的小女兒情狀，說道：「蕭大王這是在恐嚇霜兒嗎？」

蕭如故調笑道：「我哪裡捨得啊？」

賀蘭凝霜似笑非笑道：「天下間又有什麼是你蕭如故捨不得的呢？」

蕭如故微微一呆，想說什麼，卻終究半晌無語。

「稟元帥，西城的一間糧倉忽然失火，火勢已經蔓延到了附近的兩間兵器庫，宋將軍請元帥派兵支援！」一名頭髮鬍子都散發著焦臭的士兵，慌慌張張地單膝跪到了王天的面前。

「已經做了萬全的準備，他還是讓敵人得逞了！這個宋真！真不知道承宗是怎麼教他的！」王天雙眉緊鎖，對王紳道：「小紳，你帶三千……不，五千人去協助他們，務必儘快將火撲滅，同時給我查清楚究竟是怎麼回事，該抓的人先給我抓起來，今天的戰事結束後我再親自過問。」

王紳答應，飛速地去了。

看著西面沖天的煙火，感覺到剛才持刀的右手隱隱的疼痛，五十八歲的老元帥忽然覺得脖子一陣發涼，不禁喃喃自語：「蕭如故，你不會就只會這點雞鳴狗盜的伎倆吧？」

蕭如故當然不會只有這點伎倆。

在王紳去後不久，剛才那個士兵帶著麻煩又來了：「元帥！不好了！不好了！出大事了！」

「慌慌張張的，成什麼體統！」王天斥道，「說！又出什麼事了？」

「武威將軍被宋將軍給殺了！」士兵哭道，「現在宋將軍的人和我們的人打了起來，反而沒有人救火了。」

王紳官拜武威將軍。

「什麼？小紳被那狗才宋真給殺了？」王猛大怒，一把抓住了那士兵的衣領，「快帶我去，老子要活剮了他！」

第十章　憑欄事變

「住手！」王天大喝道，「事情沒弄清楚之前，誰也不許妄動！王戰，你挑一萬人和我走一趟，王猛，少安毋躁，你和王定好好留在這給我殺敵，記住，人在城在，國家存亡可在你們一念之間！」

「元帥！請讓我親自手刃宋真！」王猛急紅了眼。

「閉嘴！」王天厲聲道，「這是軍令！抗令者斬！」

王猛還要說什麼，卻被王定一把拉住：「鎮定點，大哥！有元帥在，沒有人能逃脫懲罰，難道你連元帥都不相信嗎？」

王猛平靜下來，道：「好！元帥，我聽你的。」

這次憑欄保衛戰，柳州和斷州各自出兵十萬來援，按張承宗的意思，斷州的十萬軍隊到達憑欄後悉數盡歸王天指揮。王天當仁不讓，而年輕的宋真也一直在他身邊，很得王天的賞識，但因為年輕氣盛的緣故，一來就與粗魯的王猛發生過爭執，雖然最終沒有大打出手，卻也因此與四戰將的關係搞得不是很好。

前幾天敵營的細作傳回消息說，蕭如故將於近期開始第二次攻擊，而在戰爭爆發前潛入憑欄關的奸細，有可能對楚軍的糧草庫和兵器庫發動襲擊。

宋真主動請纓去鎮守這二處，王天就撥了三千斷州軍給他，其中還有三十名精通匿跡藏身術的法師，讓他務必擒住活口。但誰也沒想到，如今居然會搞成這樣的局面。一個解決不好，怕會影響到斷州軍和柳州軍的關係，到時候敵軍沒攻進來，楚軍自己可就不戰自潰了。

當上述情況如走馬燈似地在王天腦子裏閃過的時候，身受三處重傷的宋真正單膝跪在他的面前，而王紳的屍體正躺在他身邊不遠處，在他身後十丈躺著數百具橫七豎八的屍體，而二十丈外卻是依波哥達峰的石壁而建的糧倉和軍械庫正冒著濃煙，數千名柳州軍士兵正奮不顧身地救火，近三千斷州軍士兵卻和王天帶來的那一萬多名柳州軍分別站在各自統帥的背後，弓箭在弦，刀劍出鞘，各自虎視眈眈地盯著對方，彷彿即使是一根針掉到地上，都立刻會引起一場血雨腥風。

王天深吸了口氣，問道：「宋真，到底是怎麼回事？」

宋真搖頭道：「元帥！我不知道發生了什麼事。我和手下抓住了幾名縱火的奸細後，正在救火，武威將軍就帶人過來，開口就要我將人交給他，我讓手下帶他過去，一會兒工夫他就怒氣沖沖地帶人過來要我束手就擒，我想這裏邊一定有誤會，正要和他解釋，他已經一刀砍了過來……」

王戰冷喝道：「你他媽少胡扯，小紳從來不會無故砍人！」

宋真怒道：「神威將軍請放尊重點！眾目睽睽，難道宋某還會撒謊嗎？」

「你他媽就是在撒謊！」王戰也是惱怒之極，大聲喝罵起來。

宋真冷笑道：「那我就用死來證明自己的清白吧！」舉刀朝自己脖子抹去，卻被兩根快如閃電的手指夾住了刀尖，抬眼看時，卻是王天。

王天將刀尖一撥，喝道：「人若死了，還有什麼清白可言？快把刀收起來！」

宋真憤憤地將刀還鞘。

王戰冷冷譏諷道：「做做戲就能免一死，這未免太便宜了吧？」

宋真怒極反笑，「嗆啷」一聲又拔出大刀：「好！好！王戰，宋某賤命一條，你有本事儘管來取就是！」

王戰冷笑一聲，挺劍便刺。雙方十兵見此大嘩，亂箭齊發，場中彷彿下了一場暴雨。

王天雙手一分，一合，漫天的箭雨彷彿是受到一塊磁鐵的吸引，如鐵針般被吸到身周，他整個人彷彿成了一個縮成一團的巨大刺蝟。

「去！」王天大吼一聲，附在身上的數千支勁箭破空而去，消失無蹤。

幾乎所有的人都被這匪夷所思的一招之威鎮住了，呆呆傻傻，作聲不得。

但這不包括王戰和宋真。二人不知是對自己的武功還是對王天深具信心，在亂箭齊發的時候都沒有去喝止手下，而是拚命廝殺起來。

王天怒喝道：「你們倆還不給我住手？」

但兩人對他的喝問置若罔聞，根本沒有半點住手的意思，反而越殺越起勁。他們武功本就在伯仲之間，此時都欲殺對方而後快，因此招招都是進攻，全不防守，不過交手數招，二人均已滿身是傷，鮮血長流。

王天氣急，蹂身撲上，一招分花拂柳使出，雙手化作兩隻輕盈的蝴蝶，分別飛向王戰和宋真二人的兵刃。

王戰的劍忽然快了十倍不止，本來刺向宋真脖子的一招，順勢一拖，變劍為刀，斬向宋真的小腹，而王天的橫空出現，讓這招本是攻向宋真的必殺一招，引向了他自己的丹田。

先前王天為鼓勵士氣，硬接了蕭如故的四箭，已經受了不輕的內傷，剛才又以極耗內力的百川歸海一式接下了數千支箭，雖然威風，卻無疑讓傷勢更如雪上加霜，此時再被王戰一劍砍在氣海丹田，護體真氣立時告破，狂噴一口鮮血後，身形被震向宋真——宋真慌忙收刀，但一股巨力忽然從雙臂傳來，大刀不由自主地向前一推，在他尚未搞清楚發生什麼事前，王天的咽喉已經在他的刀鋒輕輕地抹過。

王天狀若瘋魔，怒吼一聲，指著王戰，想要說什麼，一蓬鮮血卻自喉頭如箭射出，隨著一聲如山崩地裂的巨響，整個人仆倒在地。

絕代之名將，未戰死沙場，卻死在了自己人的刀下。

場中數萬人都被這忽然的變故嚇懵了，緊握著手裏的刀劍，不知何去何從。

「宋真殺了元帥了！」王戰怒吼一聲，舉劍就刺。

宋真呆呆傻傻，直到王戰的劍刺在肩膀上，劇痛才讓他回過神來。

「彈他的劍！」一個聲音在他耳畔響起，宋真不假思索，曲指彈在王戰的劍身上，「噹」地一聲，那柄曾經千錘百煉的寶劍立即齊腰斷爲兩截，而王戰手中的斷劍被震飛到丈外，虎口也被震出血來。

「賊子邪功厲害！兄弟們一起上，殺了他爲元帥報仇！」王戰大喝一聲，帶頭赤手撲上。

柳州軍的士兵們清醒過來，懷著一腔的仇恨，一窩蜂地撲了上來。

「不！我不是有意的！」

宋真不爭辯還好，這一爭辯就等於是直接招認了王天確實是被自己殺的。柳州軍士兵更加激憤，人人高喊著「替元帥報仇，誓殺叛國賊」一類的口號，惡狠狠地撲上，恨不得將宋真千刀萬剮。

遠處救火的士兵也聽到了口號，紛紛放下水桶，抓起兵器過來幫忙。

身處憤怒洪流中的三千斷州軍將士很快身不由己地捲入了這場暴動，成爲了宋真的附逆——先是一名斷州軍士兵替自己的將軍高聲辯護，說完全是一場誤會，於是其餘的斷州軍士兵紛紛相應，開始阻攔柳州軍朝宋真的進攻。

王戰大喝道：「宋真殺死元帥和武威將軍！圖謀叛國！斷州軍附逆，兄弟們，殺光他們爲元帥和將軍報仇！爲國除奸！」

一萬五千名熱血沸騰的柳州軍開始了對三千斷州軍的圍剿，後者爲求生存，不得不拚死抵抗。附近的斷州軍聞訊趕來，加入了戰團！

一場醞釀已久的巨大風暴終於爆發！

大火越燒越大，卻無人去救。本是同仇敵愾的斷州軍和柳州軍因爲王天的死，變成了

水火不容的死敵，互相廝殺。

有些明智的將領想阻止這場風暴，但很快他們自己就被風暴所吞噬。很快的，這場風暴席捲了整個憑欄天關。

由於守城的十萬軍隊中，除了楚雷的五萬憑欄軍，就幾乎全是柳州軍了，而正等著輪換的十萬斷州軍力量則在城中輔助修建工事和運輸補給，聽到暴亂發生，很快就趕了過來，局勢立即以壓倒性的優勢向斷州軍的一邊倒。

宋真受到神秘人的點撥，決定以雷霆手段先將這一萬五千斷州軍壓制住，熄滅混亂之源，然後再細細解釋。

這個計畫進行得很順利，但就在混亂即將結束的時候，王戰卻帶來了大批手持鋤頭、鐮刀一類武器的百姓。原來是在內戰剛剛開始沒多久，他見一時奈何不了宋真，就在憑欄廣場上登高大呼軍神的死訊，百姓們聽說軍神被宋真的斷州軍所殺，紛紛加入到柳州軍的行列中來。

宋真下令斷州軍不要與百姓衝突，儘量採取規勸的方式。但不明真相的百姓們卻義憤填膺，對斷州軍猛下死手。斷州軍的士兵們當然沒有理由坐以待斃，奮起反擊。混亂終於不是宋真所能控制的了。

火勢越來越猛，喊殺聲震天，終於驚動了在憑欄關口指揮楚軍和聯軍大戰的王定和王猛。

聽到通信兵的彙報，王猛目眥俱裂，提起九環刀就要猛衝過去。

王定一把拉住他，急道：「大哥冷靜！」

「冷靜？王元帥都被宋真那狗才給殺了！你叫老子怎麼冷靜？」王猛怒吼一聲，飛身躍下十丈高的城樓。

王定阻止不及，只能眼睜睜地看著他如一匹烈馬，絕塵而去。

一石激起千層浪！聽到軍神被殺，城頭的士兵立時都紅了眼，紛紛要求王定這個臨時總指揮替元帥報仇。這一鬆懈，城下的聯軍士兵又有好幾人通過雲梯爬到了城頭。

王定手中長劍如一道白線，在那數名聯軍士兵的脖子上劃過，留下一絲鮮紅的血痕！

方才那個儒雅的白衣少年彷彿成了地獄的修羅！

眾人微微一愣之際，王定大喝道：「王元帥向來視我等如兄弟、如親生兒子！眾位兄弟，如今竟然有人將他殺害，如此大仇應不應該報？」

「應該！」

吼聲如雷，熱血奔騰！

王定揮手讓摩拳擦掌的眾人靜下，一指點向城下如潮水般的聯軍，又道：「但如今國難當頭，叛亂又生，內憂外患，實難決斷！若元帥在此，會讓我們棄城不顧，一心只記掛個人私仇，任憑敵寇入關，殺我百姓，占我國土，還是會先驅除外敵，保我城池，再平內患？國恨私仇，我們何者當先，何者當後？諸位兄弟，你們教我！」

一名老兵哭道：「元帥在世時常說，國家，國家，先國後家。我們既然是他的士兵，也該先國後家，先報國恨，再說家仇！」

眾士兵默然片刻，應者如雲。

王定一掌將一名蕭國百夫長震下城牆，大聲道：「既然如此，大家還愣著幹什麼？還不振奮精神，化悲痛爲力量，驅除外敵？」

愣住的士兵們警醒過來，紛紛捨生忘死，重新投入戰鬥。一度已經佔據了城牆一角的聯軍士兵，很快又被趕下城去。楚軍人人爭先，個個奮勇，一直備而未用的燙油和滾木帶著仇恨瀉向了城下的聯軍，後者死傷慘重。

「這不過是苟延殘喘。如果一個人的經脈已壞死，無論肌肉如何的光潔，都已離死期不遠！即便他依然面泛紅光，也僅僅是迴光返照。」

見到關內火光沖天的蕭如故，在面對陳過和賀蘭凝霜關於爲何讓那麼多的士兵去無辜送死的質問時，以一種淡淡的語氣如是說，在這句話之後，他立即又下了一個繼續猛攻的指令！

事實證明了蕭如故的預見。在三個時辰之後，憑欄關的城門居然被城內混戰中的某支柳州軍「不小心」給打開了！

聯軍長驅直入。

這個時候，兩支內戰的楚軍才醒悟過來，但爲時已晚。兵力本已處於劣勢的楚軍在內耗過後，與蕭軍的比例更是懸殊，而兩支楚軍間的刻骨仇恨更是讓他們配合不起來，更糟糕的是，原憑欄守將楚雷見大勢不妙，當即率部投降。

楚軍在抵抗了半個時辰後，甚至連巷戰都沒有怎麼進行，就全線潰敗！

曾經固若金湯的憑欄關就這樣被攻破，而諷刺的是，攻破憑欄關的不是兇悍的三國聯軍，而是楚人自己。

當蕭如故進入憑欄關的時候，發現整個憑欄關已經是滿目瘡痍。滿地的屍體，四處是斷垣殘壁，偶爾還能看見兀自未熄的火苗在街角吞噬著楚軍士兵的血衣。

饒是一切都在自己的預料當中，見到這一將功成萬骨枯的場面，蕭如故依然忍不住長

嘆一聲：「須知兵者是凶器，聖人不得已而用之。」

但這聲悲天憫人的長嘆兀自在空氣中迴旋，發出嘆息聲的主人卻已下令加封楚雷爲明智侯，同時冷靜地下令將隨楚雷投降的四萬楚軍就地活埋。

賀蘭凝霜倏然變色：「蕭帝三思！這可是四萬條人命！」

滿臉鮮血的陳過卻興奮得大聲叫好。

蕭如故揮手讓蕭未帶著令箭去了，對賀蘭凝霜淡淡一笑：「你不是說了嗎，天下根本沒有蕭如故捨不得的東西？必要的時候，我連自己都可以捨棄，更何況是這區區四萬敵人的性命？」

「可是……」

「沒有可是！做大事的人，怎麼可以有婦人之仁？我以爲你與別個女子不同，原來也並無兩樣！算我看錯你了！」

蕭如故冷冷地看了她一眼，轉身離去。

望著那少年帝君淡漠的黃衫背影漸漸消失在士兵匯聚的洪流中，賀蘭凝霜的心頭第一次閃過一絲猶豫：這次出兵，自己是不是做錯了？

處理完善後事宜，蕭如故留下陳過率領十萬陳軍和五萬蕭軍鎮守梧州六郡以及憑欄關，自己則提兵南出憑欄，在兩個時辰內，以摧枯拉朽之勢很快蕩平了潼關與憑欄之間的兩個小城虎都和古浪。

之後他分兵兩路，一路由賀蘭凝霜率西琦鐵騎二十萬，以重兵圍困無憂軍團所在的孤城庫巢，他自己則親率二十五萬蕭軍晝夜兼程夜襲百里之外的潼關。

好在王定雖敗不亂，憑欄戰敗後就帶領兩萬殘軍奔赴了潼關，與石枯榮的五萬潼關軍配合，憑藉潼關天險，勉強頂住了三倍於己的蕭如故大軍的夜襲。

另一方面，賀蘭凝霜與無憂軍團也終於正面對上。千古興亡，江山沉浮，已悄悄集中在了柳隨風一人肩上。

憑欄事變是新楚建國二百年以來從來沒有的慘敗。是役，二十三萬楚軍陣亡十七萬，其中柳州軍損失七萬，四大戰將王紳、王猛陣亡，天威將軍王定率領兩萬殘軍退往潼關，王戰下落不明。斷州軍損失十萬，宋真生死成謎。原憑欄守將楚雷與四萬憑欄守軍投敵。

戰報傳到朝廷，楚問果斷下令暫時封鎖消息，同時卻又發出一連串應急指令：徵調潼關附近三州的民兵二十萬，急調趙符智崑崙軍團五萬人趕赴潼關，同時派出司馬青衫與耿雲天前往平羅和天鷹。

但不知是誰走漏了風聲，關於軍神戰死、楚軍大敗的「流言」紛起，眨眼間傳遍全國，民間沸沸揚揚，開始質疑朝廷的可靠性。

在蒼瀾河一帶，百年不遇的大水已搞得百姓流離失所，今年的糧食已經注定顆粒無收。不巧的是，這個時候，主理蒼瀾賑災事務的欽差正國公許正在青州遇刺身亡，副官武辰挾鉅款數千萬出逃的醜事忽然鬧得沸沸揚揚，青州總督爲向上面交差，抓了數百平民斬首，一時間，青州民憤不絕，匪首馬大刀打著「除奸黨，靖敵寇」的旗號趁勢揭竿而起，一時應者如雲，起義暴動如雨後春筍一般冒了出來，義軍很快攻克青州三郡，且聲勢越來越大。

在大荒三八六五年的這個多事之秋，新楚王朝從未如此的風雨飄搖。

北溟的最北邊是九大溟池。傳說這九大溟池乃天上九顆明星墜落凡間所砸成的大坑，北溟的精華彙聚於此所成，是以北溟又稱九溟。

藍色光柱在到達第一池紅溟上空後，憑空消失不見，五人猝不及防下，就此從四丈高空摔落下去。

厲笑天四人或有輕功或會御風術，唯有倒楣的李無憂是半絲功力都欠奉，又一次摔了個鼻青臉腫。

事後眾人羞愧難當，但給他道歉的話卻是千篇一律，「活佛的御風術比我好，老公，我以爲他會來幫你，所以……」，「以厲施主的修爲，帶你下去應該是輕而易舉的事，小僧以爲他會出手……」，「朱丫頭當時離你最近……」，「男女授受不親，無憂，你會明白我的苦衷的對吧？」

對此，李無憂只說了一句意猶未盡的話：老子怎麼會認識你們這幫鳥人……

九溟第一池的守護神看起來非常的與眾不同。這傢伙身高三丈，生得很是面目猙獰，腱子肉亂飆，典型的兇神惡煞，但全身只穿了一個紅色小褲頭，手持一根狼牙巨棒，很有幾分性感撩人的風情。

問明了來意，褲頭男嘿嘿笑道：「你們雖然能打敗北溟二老，但修爲比我還是差遠了，不過你們放心，我們都是文明人，不打架的。你們回答我一個問題，答對就可以去下一溟，荒人和古蘭魔族最本質的區別是什麼？」

慕容幽蘭道：「最本質的區別在於，荒人都是一個鼻子兩個眼睛，而魔族是兩個鼻子一個眼睛！」

古圓的答案就有點飄逸了：佛曰，空即是色，色即是空，人魔都只是皮相，無所謂差

別，所以兩者沒有區別。這兩個答案當然被褲頭男槍斃了。

厲笑天和朱盼盼只是微笑，顯然沒有半點要出手的意思，眾人的眼神都望向了李無憂。

李無憂沉思半晌，決定劍走偏鋒：「我覺得，其實人魔最本質的區別在於，魔族沒有人族帥，而人族沒有魔族酷！」

「耶！恭喜你過關！」褲頭男的聲音聽起來讓人很容易誤會是他中了千萬大獎，但送給四人的過關獎勵卻是一顆小如米粒的普通紅寶石。

李無憂知道這是到下一池去所必需的法寶，輕輕接過，手心立時傳來一種熟悉之極的溫潤，他嚇了一跳，寶石噹啷一聲掉到地上。

眾人驚愕看來，他自嘲地笑了笑：「嘿，老子還真是窮慣了，見到寶貝就發慌！」

從第一池到第七池，五人都未遇到任何有難度的挑戰，因為守護神們一聽說這幾個傢伙是打敗了北溟二老過來的，都是臉色慘白，紛紛表示自己法術高出二老太多，還是文比公平些，但這些人的智力水準實在是不敢恭維：不是智障人士就是一些剛剛修成人形的小妖精，出題的難度就可想而知了。

這種情形到第八池紫溟的時候，終於有了不同，守護神居然是個穿著三點式泳衣的性感美女！

「姐姐你好漂亮哦！」說這話的除了慕容幽蘭，還有手不小心摸到某些地方的李無憂李大俠。

「哎喲！小蘭你幹嘛抓住我的手不放啊？什麼！我輕薄仙女？小蘭，難道你認爲你道德高尚人品可靠的老公會做出這樣傷風敗俗的事情嗎？我只是見這位姐姐胸口有一隻小小的蚊子，深怕牠因缺氧而死，秉著憐憫眾生的大慈悲心腸，欲救牠脫險而已。」

李無憂義正詞嚴，最後對古圓道，「古大師，不知道我這樣做對不對？」

古圓合十道：「阿彌陀佛，李大俠菩薩心腸，這樣做當然沒錯，不過……」

他話音未落，厲笑天哈哈大笑，朱盼盼卻已羞紅了臉。慕容幽蘭小臉氣得紅嘟嘟的，卻一時找不到反駁的話，只將小蠻靴朝地上猛跺，碎雪亂濺。

性感美女只笑得花枝亂顫，對李無憂道：「小色狼，可真有你的！這麼多年了，你還真一點都沒變哦！」

慕容幽蘭酸溜溜道：「看不出來嘛！老公！連北溟都有你的老相好！」

「天地良心！」

李無憂覺得自己比竇娥還冤，「雖然我也十分希望她是，但事實上我真的是第一次見到她啊！」轉頭又對那美女厲聲道：「美女，我們好像不是很熟吧！你再亂破壞我們夫妻親密無間的關係，可別怪我不客氣了。」

性感美女幽幽道：「一千多年了！你連講話的語氣都沒變過啊！莊夢蝶！」

「死和尚！」李無憂一掌拍在古圓的光頭上，大聲道：「有人叫你！」

「不是，不是！」古圓忙擺手道，「小僧俗姓豬的！」

李無憂懷疑的眼光轉到厲笑天身上，那美女氣道：「說你呢！裝什麼裝？」

李無憂迷惑道：「我沒裝啊？小姓李，雙名無憂，木子李，無憂無慮的那個無憂。不是那假裝自己夢到蝴蝶的傢伙啊！」

美女一愣：「你真的都不記得了？」隨即莞爾一笑：「是我糊塗了！你記性一向不好，都一千多年了，你當然不記得了！一千多年啊，物是人非了！誰又還記得誰啊？我幹嘛那麼傻，竟然在這裏等了你一千年！」

李無憂只聽得頭皮發麻，暗道：「這丫頭不會是從北溟瘋人院跑出來的吧？怎麼腦子燒糊塗了？」乾笑敷衍道：「是啊，一千年，嘿，真的是好長哦！」

笑了一陣覺得不是辦法，趕忙轉移話題：「對了，美女，我現在受了很重的內傷，必須去一趟九溟，您那麼漂亮，一定是菩薩心腸，能不能放我們過去？」

「你老婆很漂亮啊？」美女盯著慕容幽蘭和朱盼盼的眼神裏透著古怪，朱盼盼本想辯解什麼，話到嘴邊卻又咽了下去。

「嗯！那個……還好……」李無憂深知和女人討論這個話題，實在是一件吃力不討好的事，當即使用了招殺手鐗，「不過，沒你漂亮！」

「一千年前我這麼問你，你答的是這句話，一千年後依然一個字都沒變！」那女子眼中的神色不知道是譏誚還是惆悵，「莊夢蝶啊！不過是經歷了十世的輪迴，難道你真就不記得玄女了嗎？那若琴呢？當年發誓生生世世永不相忘，難道你就真的一點都不記得了嗎？」

「生生世世……永不相忘……永不……永不相忘。」李無憂微微一愣，「這兩句話似乎曾經在哪裡聽過？若蝶，若蝶又是誰？我怎麼一點印象都沒有？」

玄女悠悠一嘆：「你連若蝶都不記得了，又怎麼會記得我呢？若蝶就是你當年抱到北溟來求醫的那個蝴蝶小妖啊？長長的頭髮，背上一對彩色的蝶翼，懷裏始終抱著一隻九弦古琴……呵，忘了吧，忘了也好，都那麼久了……可我怎麼還總是覺得在眼前呢？難道這也和修煉輪迴眼有關嗎？」

語無倫次了！完了，這丫頭真是瘋人院出來的啊！

不過秉持對美女一貫的禮貌，李無憂只是矜持地笑了笑，道：「這個……那個美女啊，你是說莊前輩千年之前到這裏來，也是爲了求醫嗎？」

玄女悠悠道：「是啊！一千多年前，他也是這樣來的。」

一直沒說話的慕容幽蘭插口道：「玄女姐姐，他是爲了救心上人的性命嗎？」

玄女看了她一眼，笑道：「是啊，也是這樣！萬里奔波，情深義重。不過，他的心上人可不是人，而是一隻蝶妖。那個小色狼啊，爲了她不惜得罪正邪兩派，不惜與天魔爲敵，不惜與五行之神爲敵，甚至不惜放棄自己即將飛升的大好機會，自願墮入輪迴，轉世十世，替她償還孽債！他……可真是個小傻瓜啊……」

說到後來，晶瑩的淚珠幾欲奪眶而出。古圓和尚輕輕宣了聲佛號，朱盼盼神情悽楚，厲笑天一陣冷笑。

慕容幽蘭卻聽得癡癡發呆：「爲了她……不惜得罪正邪兩派，不惜與天魔爲敵，不惜與五行之神爲敵，甚至不惜放棄自己即將飛升的大好機會，自願墮入輪迴，轉世十世……替她償還孽債……」

忽然古怪地望了李無憂一眼，「老公，你當年真有這麼偉大嗎？」

李無憂苦笑道：「他說的是莊前輩，和我沒有半點關係啊！」

「可玄女姐姐說你就是莊夢蝶轉世啊！」

「哈……啊哈……有這回事嗎？」李無憂覺得自己遇到了一群瘋子，「莊前輩早得道飛升了，你現在告訴我他已經轉世了十次，而且這一次還是我？你說像我這麼有理智的人，怎麼會相信如此無稽的事情？諸位，你們能不能給我個有趣的理由先？」

眾人搖頭，看著他的眼神像看怪物。

「終有一日，你會記起來的。」玄女嘆了口氣，「你還欠我一件事呢！」

「那等我記起來再說吧！」李無憂嚇了一跳，急忙顧左右而言他，「對了，美女，咱們書歸正傳，我要去第九池，你能不能幫幫忙啊？」

玄女道：「別想逃避！那件事一千年前你就答應過我，都一千年了，你可是再也別想賴了！做過這件事後，我就將開啓第九溟的法寶交給你，不然，你可以再等一千年再過來。」

李無憂用頭髮想也知道不會有什麼好事，笑道：「你們北溟的人說話真是有趣，動不動就要人等個千兒八百年什麼的，不過，常言道『過期作廢』，你看你，都一千多年了，你還掛在心上，會不會太那個點了？」

玄女卻不受激：「大丈夫一言九鼎，你答應過的事情就該做到。好了，這件事就是你的過關條件！」

「如果我只是個小丈夫的話，這件事是不是可以不做了？」李無憂小心翼翼地討價還價。

玄女用碧藍的清澈眸子橫了他一眼，沒好氣道：「除非你把自己閹了，不是個丈夫了，這件事就可以不做了。」

「可以找人代做嗎？」

「再討價還價我可就走了！」

李無憂看了慕容幽蘭一眼，見小丫頭一副無所謂的樣子，又看朱盼盼，後者臉上掛著淡淡的笑容，看那神情似乎已經知道玄女要做什麼，最後看了看古圓、厲笑天，二人一臉的鎮定從容，眼睛裏卻露著幾絲幸災樂禍，猛一咬牙：「好吧！美女，你說要我做什麼吧？」

玄女招手讓他過來，在他耳畔吹了一口熱氣，輕輕道：「莊夢蝶，那一千年前欠我的一吻，如今總該還了吧？」

一池紫冰，風雪交加。

「她很漂亮？」垂髫的紫衣少女問這句話的時候，正直視著對面那中年男子懷中的另一個女子，撲閃的翅膀擋住了那女子本來就只露了一半的絕世容顏掩映更深。

「嗯！那個……還好……」雖然風塵困頓，卻無礙那男子眉宇間的英氣逼人和嘴角的風流如常，「不過，沒你漂亮！」

「沒有騙我吧？」少女一臉的歡喜，卻撅著嘴，似乎不敢盡信。

「我莊夢蝶騙天騙地騙神佛，就是不騙女人！」中年男子一剔眉，神色透著認真，「特別是像你這樣可愛的女人！」

少女迷醉了，自懷裏掏出一塊紫色的水晶心，輕輕道：「如果我讓你過去，你能給我什麼好處？」

「我……」那男子好看地一笑，露出一口整齊的雪白牙齒，他伸出一根手指在那少女的臉頰輕輕的抹過，微笑道，「我會親一下你的臉頰，或者還會娶你做我的妻子。」

少女臉頰緋紅，微微躲閃，男子靈巧的手指卻已掠過了那顆紫水晶，手指過處，幾乎沒有遇到任何的阻力，那枚水晶已經落到了他的手裏。

少女抬頭，以莫大的勇氣點了點頭，卻發現那男子已經乘風遠去。

「你真的會回來娶我嗎？」少女拋棄了矜持，對著呼嘯的北風和滿天的大雪，發了一

聲喊。

「不知道！如果可以，或許在一千年後吧！呵，希望你到時候依然是這身衣服。」男子的笑聲在風雪裏迴旋，彷彿是一個亙古以來就存在的諾言……。

唇上微微一濕，一道蘭花般的香氣直侵心脾，如癡如醉間，感覺兩滴熾熱的水珠順著自己的臉頰流了下來，李無憂猛然抬頭，睜開眼來，面前依然是梨花帶雨的玄女，那中年男子和他懷中的蝶翼美女以及那顆紫色的水晶心也都已化作一天的碎雪，慢慢消失在北溟最冷的寒風裏。

「可惜我不是莊夢蝶！」李無憂忍不住嘆了口氣。

「什麼？」玄女拭去眼角的淚痕，笑靨如花。

「不然，我就可以娶你回家了。」李無憂認真地說。

玄女沒有說話，自懷裏摸出一顆紫色的水晶心，遞到他手上，才輕輕道：「看到你的時候，我以為他回來了，但掏出這顆心的時候，我才發現當年那顆心我已經給了他，而你雖然是他，卻終究不是他。雖然歷經了十年的等待，我卻終於還是沒有等到我應該等的人。」

抬起頭時，玄女的纖瘦的倩影，且行且遠，漸漸消失在迷離的風雪中，紫色的水晶心在紫溟池的上空放射著燦爛的紫光，一池的紫冰迅疾融化，縷縷紫煙嫋嫋上升，彷彿輕盈舞蹈的精靈。

李無憂知道封印結界已破，最後看了一眼玄女消失的方向，壓下心頭的悸動，隨著眾人躍入了紫溟池。

紫光斂去，眾人都傻眼了——眼前再非冰天雪地，而是斜陽淡漠，草木瘋長，鬱鬱蔥蔥。遠處眉山如黛，浮雲黏草。

眾人議論紛紛，只疑來錯了地方。最後厲笑天道：「《逍遙遊》中明明說過了紫溟就該是第九溟玄溟了，大概我們真是來錯地方了！大家四處找找，也許會有出路。」

眾人當即分作兩組，古圓和二女一路，李無憂因為功力全失，只得和眾人中武功最高的厲笑天一路，約定天黑之前回到此地會合。

不過盞茶工夫，厲笑天帶著李無憂風馳電掣般向東掠出十餘里，不遠處的山峰已是觸手可及，但二人又朝前方掠了三十餘里，卻發現那山峰竟越來越遠。

二人都是見識過人之輩，立知不對，掉頭轉回，卻訝異發現已是景物全非。來時淺草幽林已是消失無蹤，唯見數座險峰如平地而起，直插雲霄，乳白色的雲霧繚繞其間，山間一條大河奔湧，濤聲隱隱。

「難道這就是傳說中的移山填海？」李厲二人同時失聲驚呼，頹然倒在一片草地上。

移山填海是傳說中的一種高級幻境陣法，布陣範圍內的環境自成一格，並且陣內景物位置瞬息萬變，讓人如在幻境，至於此陣竟然能將巨峰、大河也囊括於內，佈陣之人法術之精，實已是登峰造極，匪夷所思。

「你會破陣嗎？」兩個人又是同時發問，之後面面相覷，相對苦笑。

李無憂哂道：「老大，好歹你也是一代刀狂，連區區幻境都破不了，這幾十年的江湖都混到哪裡去了！」

厲笑天反唇相譏：「老子是武者，當然不懂這些雞毛蒜皮的機關陣法，但是你怎麼說都是堂堂雷神，大荒四大法師之一，居然連這點小把戲都擺不平，實在是讓人笑掉大牙！」

李無憂苦笑道：「媽的！若在平時，這點小把戲，老子還不是動動指頭就搞定了？可現在老子一絲法力都沒有，無法用法術尋找這陣法的陣眼，陣法不破，這幻境自然無法破起。」

二人對視一眼，同時大笑。

厲笑天見天色已暗，便道：「我們先就地休息一晚，明天早上再去尋找陣眼吧。」

李無憂本掛念小蘭三人，卻知擔心也是無用，點頭答應。

二人於那條大河邊找了一處乾淨地面，安頓下來。

當下，李無憂就地取材，燒了幾條烤魚，厲笑天吃得讚不絕口，後者少不得又自得意了一陣。

是夜，二人圍著篝火，煮酒閒談。二人皆是當世豪傑，說起江湖人物事蹟，見解雖未必盡同，卻必各有新奇之處，越說越是投機，越說越是開心，大有惺惺之態。兩人本一見如故，此時經此深談，關係更進一步，竟真親如兄弟。

夜色如水，山間霧嵐漸由乳白色轉爲淡紅。二人奔走一日，終究倦極，說笑至半夜，終於沉沉睡去。

恍恍惚惚間，體內真靈二氣漸漸重新聚集，片刻間竟已充滿丹田，功力更勝舊時，李無憂人喜過往，手舞足蹈道：「玄宗『道詣九式』，正氣盟的浩然正氣，巫門的天巫尋龍大法，哈哈，還有禪林的『我懷冰心』，老子隨便使一樣都能破了你這鳥陣！」

說時大笑一聲，手掌亂揮，一時間，面前真氣縱橫，靈氣四溢，無數聖人金仙級的武功法術源源不絕而出，山移海分，好不壯觀。

忽覺右側一股陰森森的臊氣漸漸逼近，細看時卻是一隻惡狼鬼鬼祟祟匍匐而來，剛想

一掌擊斃，忽地想起北溟二老所授的化石大法，一掐靈訣，叫聲「疾」，一道黑光飛射而出。

「啊！」隨著一聲悶哼，滾滾濤聲落入耳來，李無憂猛一睜眼，才發現篝火已熄，自己正臥在河邊，方才不過是南柯一夢而已，搖搖頭，自嘲地一笑，向右側看去，不禁呆住，那裏不知何時竟多了一個石人。

石人擺了個好笑的姿勢，雙手叉腰，　根細長的石條從他胯下直達地面。依稀覺得石像面容很是眼熟，細看之下，不禁失笑——那人卻是厲笑天！

「哈哈！老厲啊老厲，你什麼地方不好尿尿，竟然敢在太歲爺頭上動土，敢情是活得不耐煩了。」李無憂哈哈大笑，明白定是自己剛才夢裏發動化石大法，不小心將正在小便的厲笑天直接給封印起來。

厲笑天身上的石塊慢慢褪去，方便完畢後，徑直倒在自己剛才尿尿的地方睡下，任李無憂如何拉拽，竟如死豬一般，鼾聲如雷。

一夜無事。

翌日清晨，二人醒來時候發現險峰大河已去，自己竟臥在一片戈壁灘上，前方不遠竟是莽莽沙漠，一望無涯。黃沙於陽光照射下，一派金光燦燦。

「不對，這些真是金沙！」厲笑天抓起一把黃沙，失聲道。

「厲……厲大哥，你說面前這片一望無邊的沙漠全是黃金？」李無憂雙眼放光，如癡如醉。

「你要喜歡，都送給你就是。」厲笑天淡淡道。

李無憂先是一愣，隨即明白他是以為自己也搬不走，當即笑道：「大哥你還真是慷慨得可以，那小弟就恭敬不如從命了。」當即抓了一把金沙，放進乾坤袋裏。

厲笑天知道他這麼做不過是聊勝於無，也不理會，只是道：「我們四處找找，也許能遇到朱丫頭他們，大家一起好想辦法。」

李無憂深以為然，由他帶著四處亂飛。

不知為何，今日的陣法再未發動，景物如舊。二人大喜，更是馬不停蹄地四處搜索朱盼盼三人的蹤跡，但過了半日時光，依舊全無訊息。

此時厲笑天才顯示出他聖人級的深厚功力來，足足施展輕功疾飛了三個時辰，他竟依然神采奕奕，全無倦意。

李無憂一直被厲笑天拉著手飛掠，見此欣羨不已，心想老子何時也能擁有如此絕世功力就好了，正想著，厲笑天本是熾熱的掌心忽然傳過來一絲冷氣，不禁嚇了一跳：「厲大哥，你怎麼了？快休息一下！」

厲笑天身形一窒，忙收勢停下，臉色極其難看，喘氣良久，方道：「可能是因爲太久沒練功，剛才又消耗過度，差點走火入魔。」

李無憂見他臉色蒼白，關切道：「厲大哥，你就地坐下調息一下，我去附近給你找些水喝。」剛一轉身，卻歡喜的叫了出來：「啊！小蘭、盼盼！咦……活佛你也還沒死啊，哈哈，可喜可賀。」

他話音剛落，慕容幽蘭一陣歡呼飛了過來，撲到他懷裏大罵壞蛋，而朱盼盼和古圓也正自不遠處的樹林間含笑走了過來。

請續看《笑傲至尊3法力無邊》

笑破蒼穹 ②世事如棋 (原名：笑傲至尊)

作　　者：易 刀
發 行 人：陳曉林
出 版 所：風雲時代出版股份有限公司
地　　址：105台北市民生東路五段178號7樓之3
風雲書網：http://www.eastbooks.com.tw
官方部落格：http://eastbooks.pixnet.net/blog
信　　箱：h7560949@ms15.hinet.net
郵撥帳號：12043291
服務專線：(02)27560949
傳眞專線：(02)27653799
執行主編：朱墨菲
美術編輯：吳宗潔

法律顧問：永然法律事務所　李永然律師
　　　　　北辰著作權事務所　蕭雄淋律師
版權授權：蔡雷平
初版換封：2015年2月

ISBN ：978-986-352-124-2

總 經 銷：成信文化事業股份有限公司
地　　址：新北市新店區中正路四維巷二弄2號4樓
電　　話：(02)2219-2080

行政院新聞局局版台業字第3595號
營利事業統一編號22759935

定 價：280元　特價：199元

國家圖書館出版品預行編目資料

笑破蒼穹 / 易刀著. — 初版. —
臺北市 ： 風雲時代, 2014.12
冊 ；　公分

ISBN 978-986-352-124-2 (第2冊：平裝)—

857.9　　103024454

有華人的地方就有
龍人的作品